가무사리 숲의 느긋한 나날

가무사리 숲의
느긋한 나날

미우라 시온

임희선 옮김

청미래

역자 임희선(林希宣)
일본에서 중고등학교를 다녔으며 연세대학교 신문방송학과를 졸업했다. 한
국외국어대학교 통역대학원 한일과를 졸업하고 시사영어사 및 국내 대기업에
서 일본어 강의를 했으며, 동시 통역사로 활동하기도 했다. 현재 번역 에이전시
엔터스코리아에서 출판기획 및 일본어 전문 번역가로 활동하고 있다. 주요 역
서로는 『바람이 강하게 불고 있다』, 『구름의 저편, 약속의 장소』, 『죄의 목소리』,
『걸(girl)』, 『잃어버린 것들의 나라』, 『나는 고양이로소이다』, 『살아 있는 것만으
로도, 사랑』, 『공중정원』, 『어른이 된 토토짱』 등 다수가 있다.

가무사리 숲의 느긋한 나날

저자 / 미우라 시온
역자 / 임희선
발행처 / 도서출판 청미래
발행인 / 김실
주소 / 서울시 용산구 서빙고로 67, 파크타워 103동 1003호
전화 / 02 · 739 · 1661
팩시밀리 / 02 · 723 · 4591
홈페이지 / www.cheongmirae.co.kr
전자우편 / cheongmirae@hotmail.com
등록번호 / 1-2623
등록일 / 2000. 1. 18
초판 1쇄 발행일 / 2024. 6. 5
        2쇄 발행일 / 2024. 10. 15
값 / 뒤표지에 쓰여 있음
ISBN 978-89-86836-96-7 03830

차례

1

요키라는 이름의 남자

가무사리 마을 사람들은 대개가 느긋하고 성격이 둥글둥글하다. 가장 안쪽 지역인 가무사리 지구 사람들은 더 말할 것도 없다.

사람들이 입버릇처럼 쓰는 말이 "야아야"인데, 누구를 부른다든지 시비를 걸자고 하는 말이 아니다. '천천히 하자', 혹은 '일단 진정해'라는 느낌이다. 여기에서 뜻이 더 확대되어 "한가롭게 지내기 좋은 날씨네요"라는 뜻까지 이 한마디로 다 통한다.

길에서 만난 마을 사람들이 서로 "오늘 참 야아야네."(오늘은 참 날씨가 좋네요.)

"그라게야."(정말 그러네요.)

"그짝 양반은 발써 산에 나갔어야?"(그 댁 남편분은 산에 일하러 나가셨나요?)

"오늘은 가차운데라 야아야라믄서 안즉 집이네야. 청소기도 몬 돌리고 나왔어야."(오늘은 가까운 산에서 일하는 날이라 오후에 천천히 나가도 된다면서 아직 집에서 빈둥거리고 있어요. 청소기도 돌리지 못해 난처하네요.)

하면서 수다를 떨곤 하는데 처음에는 무슨 소리를 하는지 도통 알아들을 수가 없었다.

가무사리 마을은 미에 현 중서부인데, 나라 현과 미에 현 경계 근처에 있어서 마을 사람들은 기본적으로 관서 지방의 억양으로 말한다. 말끝에 "야"를 붙이는 경우가 많은데, 이 말투 때문에 사람들의 말이나 행동이 더 느긋해 보이는지도 모른다.

"일전에 배 아픈 건 나았어야?"

"응."

"너무 먹었지야?"

"그란 모양이네야."

이런 식의 말이 오가는 걸 듣고 있으면 너무 한가로워서 맥이 풀려버린다.

물론 아무리 느긋한 성격이라 해도 가끔은 화를 내거나 격앙되는 일도 있는데, 그럴 때는 말끝의 "야" 앞에 "어이"가 더 붙는다.

"1학년은 어른들이 있을 때만 물놀이를 하는 거라 했지, 어이야! 알아 들었어이야?! 한 번만 더 하믄 아주 혼날 거이야! 갓파가 엉덩이 뒤꽁무니 뺏으러 온다 했어이야!"

나오키 씨가 냇가에서 물놀이하려는 초등학생을 이렇게 야단치는 모습을 본 적이 있다. 모든 말이 "야"로 끝나는 발음이어서 화를 내는데도 여전히 어딘가 한가로운 말투로 들렸다. 나오키 씨가 누군지에 대해서는 차츰 설명하겠다.

그러나저러나 어린애한테 겁을 주려고 '갓파'(河童, 물속에 산다는 어린애 모습의 상상 속 괴물/역주) 이야기를 꺼낸다고? 그리고 뒤꽁무니를 뺏는다는 말은 또 뭐야? 내 엉덩이에는 그런 건 안 달렸는데? 어린애는 어린애대로 "갓파 너무 무서워서 싫어. 이제 안 할 거야요" 하며 진짜로 겁에 질려서 징징대고 말이다. 도대체 얼마나 순박해빠진 건지. 거의 옛날이야기에 나오는 세계 같다.

내가 태어나고 자란 요코하마를 떠나 가무사리 마을 가무사리 지구에 살게 된 지 슬슬 1년이 다 되어간다. 그 1년 사이에 있었던 일들을 글로 적어놔야겠다는 생각이 들었다. 가무사리에서의 생활은 내 눈에 신기해 보이는 점이 많았다. 무엇보다도 사람들이 이상하다. 느긋하고 원만해 보이는 사람들이 소리소문없이 파괴적인 말이나 행동을 하는 경우가 있다.

앞으로도 계속해서 글을 써나갈 수 있을지 아직은 모르지만 일단 시작해보겠다. 이건 컴퓨터로 작성하는 글이다. 요키네 집에서 먼지투성이로 뒹굴던 컴퓨터를 찾았는데 전원을 꽂아보니 멀쩡하게 돌아갔다. 그런데 인터넷 접속은 안 된단 말이지. 요키는 집에서 까만 다이얼식 전화기를 쓰고(이 마을에 와서 난생처음 실물을 봤다), 집 안 어디를 찾아봐도 인터넷 케이블 꽂는 데 자체가 없다. 이런 상황인데 컴퓨터 본체는 왜 샀지? 호기심인가? 아마 일단 사 보기는 했는데 설명서 읽기가 귀찮아서 구석에 처박아놓은 게 틀림없다.

요키가 어떤 사람인지에 대해서는 나중에 설명하겠다.

긴 문장 같은 건 써본 적이 없는데, 기록을 하다 보면 내 마음도 야아야(진정하게)가 될 테고 생각도 어느 정도 정리가 될 것 같으니까 해본다. 겨울에는 일도 그다지 바쁘지 않으니까 쓸 시간은 많다.

가무사리 사람들이 "야아야"를 중시하는 이유는 첫 번째로 100년 단위로 돌아가는 임업에 종사하는 사람이 많아서고, 두 번째로 밤에 놀러 다닐 데가 없어서 어두워지면 잠이나 자야 해서인 것 같다. 급하다고 기를 쓰고 발을 동동 굴러봐야 나무가 그만큼 빨리 자라는 것도 아니니까 잘 먹고, 잘 자고, 내일도 야아야로 지내자. 그렇게 생각하는 사람이 많아서 그런 모양이다.

나도 요즘 들어서 말끝에 "야"가 자연스럽게 붙게 되었다. 그래도 여기 사람들이 하는 말을 정확하게 글로 옮길 정도로 사투리를 잘 쓰지는 못한다. 여기 사람들은 그냥 처음부터 끝까지 가무사리 사투리로 이야기한다고 생각하면서 이 글을 읽어줬으면 좋겠다.

하긴 이 글을 누군가한테 보여줄 생각은 전혀 없다. 그래도 좀 멋있어 보이잖아? '가무사리 사투리로 이야기한다고 생각하면서 이 글을 읽어줬으면 좋겠다'라고 하면. ……별로 안 멋있나?

아무튼 생각나는 대로 1년 동안 있었던 일들을 써보기로 한다. 다들 편하게 읽어줬으면 좋겠다. 그러니까 '다들'이 누구냐고, ㅋㅋㅋ.

고등학교를 졸업한 다음에는 그냥 적당히 알바나 몇 개 하면서 살 작정이었다.

학교 성적도 바닥이었고, 공부에는 전혀 흥미가 없었다. 그래서 부모님도 선생님도 "그래도 일단 대학은 나와야지"라는 말조차 꺼내지 않았다. 그렇다고 제대로 취직할 마음도 들지 않았다. 이 나이에 벌써 인생이 결정되는 건가 싶어 뭐랄까 되게 우울해지는 기분이 들어서다.

그래서 고등학교 졸업식 당일까지 편의점 알바나 하면서 어영부영 지냈다. 물론 '이런 식으로 살면 안 되는데'라든지 '제대로 된 일자리가 없으면 나중에 어떻게 살려고 그러나'라는 걱정은 나도 했고 주변 사람들한테도 들었다. 하지만 몇십 년 후가 될지도 모르는 '나중'이 어떻고 해봐야 사실 전혀 와닿지 않았다. 그래서 그냥 머릿속에서 치워두기로 했다. 그 당시 나는 하고 싶은 일도 없었고, 그런 게 생길 거라는 생각조차 들지 않았다. 확실한 점은 그뿐이었다. 그래서 졸업한 다음에도 지금까지처럼 변함없이 대충대충 살아가겠지 하고 생각했다.

그런데 졸업식을 마치고 교실로 돌아오자마자 담임인 구마얀(구마가이 선생님)이 말했다.

"어이, 히라노. 선생님이 네 취직자리 알아놨다."

누가 그런 걸 부탁이라도 했냐고.

"엥?" 했다. "무슨 말씀이세요. 지금 장난하세요?"라고 하면서.

그런데 장난이 아니었다.

구마얀에게 끌려가다시피 해서 집으로 돌아와보니 엄마는 벌써 내 방에 자신의 물건들을 다 넣어둔 상태였다. 홈쇼핑에서 사기만 하고 쓰지도 않던 건강기구랑 뭐 그런 것들 말이다.

"네 옷들이랑 자질구레하게 필요할 것 같은 물건들은 가무사리 마을에 미리 보내놨어. 거기 가면 어른들 말씀 잘 듣고 열심히 일해. 아, 이건 아빠가 너 주라더라.”

가무사리 마을은 또 뭐야? 어디 붙어 있는 거야? 회사에 출근한 아빠가 나한테 주라고 하더라는 하얀 봉투 하나만 달랑 받고서는 그대로 집에서 쫓겨났다. ‘전별금’이라고 적힌 봉투 안에는 3만 엔이 들어 있었다. 3만 엔 가지고 뭘 어떡하라고?!

“이게 뭐야?!”

화가 나서 냅다 소리를 질렀다.

“나한테 말도 안 하고 뭐 하자는 거야? 갑자기 이러는 게 어딨어?!”

“‘저 달만 잠 못 이루고.’”

엄마는 손에 든 노트를 펼쳐서 소리 내어 읽기 시작했다.

“‘창문으로 내 마음을 들여다보네.’”

앗, ‘나의 시집’이잖아! 소리 없는 비명을 지르며 엄마에게 달려들었다. 에이씨, 책상 서랍 속에 숨겨뒀는데 언제 꺼낸 거야?!

“내 거잖아, 빨리 줘!”

“싫어. 너 얌전히 가무사리 마을로 안 가면 엄마가 이거 복사해서 친구들한테 다 뿌려버린다?!”

이게 감수성 예민한 10대 아들한테 엄마라는 사람이 할 짓인가? 피도 눈물도 없는 인간 같으니라고. 지금 와서 다시 생각해봐도 속이 부글부글 끓을 정도로 화딱지가 난다.

“그렇구나……저 달만……잠을 못 이루는구나…….”

구마얀이 킥킥 웃으며 읊었다.

“걱정 마라. 선생님은 아무한테도 얘기 안 할테니.”

인류 같은 건 싸그리 망해버려야 하는데. 엄마의 음모 앞에 무력해진 나는 할 수 없이 얌전히 집에서 나올 수밖에 없었다.

아빠 월급이 줄었다나 뭐라나, 아무튼 엄마는 내가 빨리 독립하기를 바랐다. 딱 그 타이밍에 근처에 사는 형네 집에 아기가 태어난 것도 문제였다. 엄마는 첫 손주한테 홀딱 빠져서 아들내미 같은 건 눈에 들어오지도 않는 상태였으니까. 아빠는 원래부터 엄마 하자는 대로 하는 사람이었고. 집안 돌아가는 꼴을 보면 아빠도 조만간 엄마한테 쫓겨나지 않을까 싶다.

구마얀이 신요코하마 역까지 따라와서 나를 신칸센에 밀어넣었다. 가무사리 마을로 가는 방법을 적은 메모를 내 손에 쥐여주면서 "1년 동안은 무조건 그쪽에 있는 조건이다. 몸조심하고. 열심히 일해라" 하고 말했다.

한참 뒤에 알게 된 일인데 나는 임업에 취업하는 조건으로 나라가 보조금을 지급하는 '그린 채용' 제도에 나도 모르게 신청된 상태였다. 기본적으로 산속에 있는 고향으로 귀향하는 사람들의 재취업을 지원하는 제도여서 나같이 생판 낯선 곳에서 신청하는 고졸 신입은 정말 보기 드문 예외 사례였다. 그런데도 공공기관에서 예외를 인정할 정도로 임업에 인력 부족이 심각한 모양이다.

연수생을 받아준 삼림조합이나 임업 회사는 첫 1년 동안 연수생 한 사람당 300만 엔의 지원금을 받는다. 물론 일을 전혀 모르는 연수생 본인과 그 사람의 교육을 담당하는 사람의 인건비 및 기재비 등이 들기 때문에 300만 엔으로는 턱도 없이 모자라다.

그런데도 젊은이가 적은 산촌에서는 이제야 임업을 이어받을 후계자 지망생이 나타났다면서 연수생을 받아들이고 열심히 지도해준다. 그러니 도망칠 수가 없다. 300만 엔의 지원금을 공으로 날리게 하고, 거기다 나를 반기고 성의껏 열심히 가르쳐주는 사람들한테 "안 할래요"라는 말을 꺼내는 건 정말 어려운 일이다.

신칸센을 타고 나고야에서 내린 나는 긴테츠 선으로 갈아타고 마츠자카까지 갔다. 거기서 생전 이름도 들어본 적이 없는 시골 철도에 올라타 점점 깊숙한 산속으로 들어갔다. 여전히 뭐가 뭔지 모르는 상태였고, 그냥 종이에 적힌 장소까지 가보기나 하자는 가벼운 마음이었다. 여행하는 기분이었다.

중간까지는 휴대전화로 친구들과 SNS로 연락하면서 시간을 죽였다.

"무슨 가무사리 마을인가 뭔가 하는 데에 가라고 구마얀이 갑자기 그래서 일단 지금 가는 중."

"와, 쩐다! 실화냐!"

그러다 신호가 끊어졌다. 인터넷이 안 터진다고?! 여기 일본 맞아? 할 수 없이 SNS도 포기하고 창문으로 바깥을 내다보았다.

시골 기차는 차량도 달랑 하나뿐 인데다 집전기도 없었다. 당연히 송전선도 없다. 전철이라고 생각했는데 버스였나? 하지만 선로 위를 달린다. 갈수록 뭐가 뭔지 모르겠다. 승무원도 없어서 내리는 승객은 운전기사에게 표를 낸다. 처음 탈 때부터 승객이라고는 나를 포함해서 네 명밖에 없었고 나중에는 귤을 열심히 까먹는 할머니만 남았다. 그 할머니도 내가 내릴 역 하나 전에 비틀거리며 내려버렸다.

버스인지 전철인지 구분이 안 가는 시골 기차는 골짜기를 따라 나란히 나 있는 산 중턱의 선로 위를 달렸다. 골짜기를 흐르는 시냇물은 상류로 갈수록 점점 깨끗해졌다. 이렇게 맑고 예쁜 냇물은 처음 본다는 생각이 들었다. 산이 점점 가까이 다가오더니 나중에는 산속이라는 걸 알아볼 수 없을 정도가 되었다.

산속 한가운데를 전철로 달리다 보면 숲속을 달리는 것과 흡사한 광경을 보게 된다.

눈이 살포시 내려앉은 산은 어디를 둘러봐도 삼나무가 가득했다. 사실은 노송나무(편백)도 섞였는데 그때는 아직 삼나무와 편백나무를 구분하지 못했다.

봄이 되어 날이 풀리면 이 근방 사람들은 꽃가루 때문에 난리도 아니겠다.

그런 한가한 생각을 하는 사이에 종점에 도착했다. 작은 무인역이었고 플랫폼에 내려서자 공기가 눅눅하니 으슬으슬 추웠다. 벌써 해가 완전히 저물어 캄캄했고, 근처에 인가도 보이지 않았다. 빈틈없이 이어진 산등성이의 실루엣도 금방 어둠 속으로 가라앉아버렸다.

어떡해야 하나? 낡은 역 건물 바깥에서 우두커니 서 있는데 하얀 소형 트럭이 헤드라이트로 깜박깜박 신호를 보내면서 산길을 내려오더니 내 앞에 멈췄다. 운전석에서 덩치 좋은 남자가 내렸다. 순간 흠칫했다. 짧게 자른 머리를 선명한 금색으로 염색한 모습이 완전 양아치 같아 보였기 때문이다.

"히라노 유키 맞아?"

"네."

"휴대전화 있어?"

"있긴 있는데요."

청바지 주머니에서 휴대전화를 꺼내자 남자가 확 낚아챘다.

"어, 잠깐!?"

도로 뺏으려고 달려들었는데 남자의 동작이 훨씬 날랬다. 휴대전화에서 빼낸 배터리를 수풀 쪽으로 휙 던져버렸다. 냇물에 떨어졌는지 '퐁당' 하는 귀여운 물소리가 들렸다.

"뭐 하는 거야?!"

"야아야. 어차피 여기서는 안 터지니까 필요 없어."

이건 범죄 아냐? 화가 나기도 하고, 능글능글 웃는 남자가 좀 섬뜩하기도 해서 나는 역 건물 쪽으로 되돌아갔다. 이런 데서는 일분일초도 더 못 있겠다. 집에 갈 거다.

그러나 마츠자카 행 전철은 이미 가고 없었다. 막차가 오후 7시 25분? 장난해?

너무 황당해서 영혼이 탈탈 털린 얼굴로 다시 나갔더니 남자는 아직도 아까 그 자리에 있었다.

"타."

가벼워진 휴대전화를 도로 주면서 남자가 말했다.

"빨리 해야. 짐은?"

당장 갈아입을 옷만 넣은 스포츠가방 하나뿐이다. 남자는 스포츠가방을 자기 마음대로 트럭 짐칸에 던져넣더니 나보고 타라고 턱짓을 했다. 나이는 서른 남짓 되었으려나? 탄탄한 근육질 몸매에다 민첩성도 있어 보였다. 남의 휴대전화 배터리를 느닷없이 던지는 폭력성까지 겸비했으니 공연히 대들지 않는 게 상책이다.

어차피 아침까지는 여기서 꼼짝도 못 하는 신세다. 산속의 역건물에서 노숙하다가 들개한테 물리기는 싫다. 일단 포기하고 트럭 조수석에 앉았다.

"이다 요키다."

남자가 말했다. 남자 입에서 나온 말은 그게 다였다.

더욱 깊은 산속을 향해 트럭은 구불구불하고 좁은 길을 한 시간가량 달렸다. 고도가 높아지면서 귀가 먹먹해졌다. 남자의 운전이 난폭해서 커브를 돌 때마다 몸이 이리저리 휘청거리며 쏠렸다. 멀미가 좀 났다.

나는 스포츠가방과 함께 마을회관처럼 생긴 건물 앞에 내던져졌다. 남자는 트럭을 몰고 가버렸고, 거기서 기다리던 아저씨가 나에게 따뜻한 전골을 대접해주었다.

"산돼지다야" 하며 아저씨가 싱글싱글 웃었다. 멧돼지고기가 든 전골이었다.

아저씨는 숙직실처럼 생긴 작은 방 안에 이부자리를 깔아주고는 가버렸다. 그 건물에 나 혼자 남았다. 냇물이 흐르는 소리와 바람에 나뭇잎 스치는 소리만 들렸다. 무서울 정도로 조용했다. 창문에 이마를 대고 바깥을 내다봤는데 온통 시커먼 색으로 칠해놓은 것처럼 아무것도 보이지 않았다. 4월이 코앞인데도 살 떨리는 추위가 몰려왔다.

복도에 핑크색 공중전화가 보여서 집으로 전화를 걸어봤다.

"어, 유키구나. 잘 도착했니?"

엄마 뒤로 아기 웃음소리가 들렸다. 형네 식구가 놀러 온 모양이다.

"응. 멧돼지고기 먹었어."

"좋겠다. 엄마는 한 번도 먹어본 적이 없는데. 맛있었어?"

"응. 그보다 도대체 여기 뭐야? 나 여기 뭐하러 온 거야?"

그냥 집에 가면 안 돼? 하고 말하고 싶었는데 자존심 때문에 꾹 참았다.

"뭐하러 가긴, 일하러 간 거지."

"그러니까 무슨 일?"

"무슨 일이고 뭐고 지금 그게 문제니? 네 주제에 일 시켜준다는 데가 있는 것만으로도 기적이나 다름없으니까 쓸데없는 소리 말고 열심히 해. 무슨 일이건 일단 해봐야 자기한테 맞는지 아닌지 알 수 있지."

"아니, 그러니까 무슨 일을 하라는 거냐고?"

"어머, 목욕물이 다 됐네."

핑계로 들리는 어색한 한마디와 함께 전화가 끊겼다. 에이씨! 무슨 일을 하게 되는지도 모르고 아들을 그냥 집에서 내쫓아버린 거였어!

기름 난로를 켠 채 이불 속으로 들어갔다. 불안하고 혼란스러워서 눈물이 날 것만 같았다. 한 방울 정도는 진짜로 났을지도 모른다.

아침이 되어서야 거기가 삼림조합 사무소라는 사실을 알았다.

삼림조합이 뭐지? 그럼 나는 여기 사무원으로 취직된 건가? 의문점은 많았지만 어쨌든 그날부터 20일가량의 연수가 시작되었다.

'산에서 일어날 수 있는 사고'나 '산에서 쓰는 용어'에 대해 멧돼지 전골을 해준 아저씨가 강의했다. 전기톱 다루는 법도 배웠다. "허리에 힘을 더 줘야지, 어이야!" "팔이 내려왔네, 어이야!" 하고 시도 때도 없이 야단을 맞았다. 그즈음이 되어서야 아무래도 임업 현장에서 일하게 되는 모양이라고 사태를 파악할 수 있었다.

임업이라니, 말이 돼? 이런 촌스러운 일을 하라고? 그런 생각을 하며 어떻게든 거기서 벗어나려 했는데, 시골 기차가 역에 오가는 시간대에는 아저씨가 옆에 딱 붙어서 떨어지지 않았다. 그래도 세 번 정도 틈을 타서 탈출을 시도했는데 그때마다 아저씨한테 들켜서 저지당했고 뒷덜미를 잡혀 삼림조합 사무소로 도로 끌려왔다. 아저씨는 팔이 무지막지하게 굵다. 산에서 멧돼지 수놈을 잡아 메어친 적도 있다는 모양이다.

얌전히 연수를 받을 수밖에 없었다. 언젠가 탈출할 수 있으려니 하면서 몰래 기회를 엿봤다.

"이런저런 자격은 나카무라 씨한테서 따면 되니까야."

아저씨가 말했다.

"잘해봐야."

나카무라 씨는 또 누구야? 아무런 설명이 없다.

삼림조합에서 하는 20일간의 초기 연수를 마친 날 또다시 이다요키가 소형 트럭으로 나를 데리러 왔다. 그 트럭을 타고 골짜기를 따라 더 위쪽으로 올라갔다. 아저씨는 삼림조합 건물 문 앞에

서서 끝없이 손을 흔들었다. 도살장으로 끌려가는 소가 된 기분이었다.

전기톱 다루는 법을 연습하느라 허리는 끊어질 것 같았고 손바닥에 물집이 생긴 상태였다. 온몸이 근육통으로 쑤셔서 어기적거리며 걸을 수밖에 없었다. 연수만으로도 알 수 있었다. 나는 임업 체질이 아니다. 그러나 "돌아가게 해주세요"라고 할 수가 없었다. 도망칠 수 있는 분위기도 아니었다. 요키는 운전석에서 뚱한 얼굴로 말없이 앞만 보며 운전했다.

삼림조합 사무소가 있는 곳은 가무사리 마을의 '중간'이라는 지구였다. 내가 요키의 차로 끌려간 곳은 거기에서도 차로 30분 정도 더 들어가야 하는 가장 깊숙한 안쪽의 '가무사리' 지구였다.

가무사리 지구는 산으로 둘러싸인 작은 동네인데, 평평한 땅이 거의 없다. 가무사리 냇가를 따라 집들 수십 채가 띄엄띄엄 있고, 거기에서 100명가량의 주민이 산다. 집 뒤뜰에 만든 작은 텃밭에서 자기 식구들이 먹을 만큼만 채소를 키운다. 물가 옆의 코딱지만 한 평지를 이용해서 논농사도 하는 모양이다.

마을 사람들 태반이 60세 이상이다. 생활용품을 파는 가게는 하나밖에 없다. 우체국도 학교도 없다. 우표를 사거나 소포를 부치고 싶으면 편지를 배달해주는 우체국 직원에게 부탁한다. 택배는 중간 지구까지 가서 보내야 한다. 장을 제대로 보고 싶을 경우에는 산을 여럿 넘어서 히사이라는 곳까지 차로 나가야 한다.

불편함을 그림으로 그려놓은 듯한 곳이다.

요키는 좁은 다리를 건너 어느 집 마당 앞에 트럭을 세웠다.

"감독한테 인사해야지."

감독? 영화 촬영 판도 아닌데 뭐지? 요키는 뒤도 돌아보지 않고 마당을 나가더니 완만한 오르막길을 걸어갔다. 허둥지둥 요키를 따라갔다. 겨울처럼 차가운 바람이 산에서 불어 내려왔다. 길가에는 눈 녹은 자국이 있었다. 우리 말고는 걷는 사람이 아무도 없었다. 안 그래도 사람이 없는 곳인 데다가 대낮이어서 그런 모양이었다.

감독의 집은 강에서 조금 떨어진 축대 위에 산을 등지고 위로 솟아나 있었다. 그야말로 '솟아났다'는 표현이 딱 들어맞을 정도로 중후한 분위기의 오래된 일본 전통 가옥이었다. 황당하게 넓은 앞뜰에는 크기가 고른 하얀 자갈이 빼곡하게 깔렸고 한쪽 귀퉁이에 원목을 통으로 잘라 만든 테이블과 벤치가 있었다. 많은 사람들이 한꺼번에 바비큐 파티를 해도 될 만큼 커다란 테이블이었다. 한참을 가서 겨우 당도한 현관에는 바로 눈에 띌 정도로 큼지막한 명패 두 장이 걸려 있었는데, 한쪽에는 '나카무라', 다른 한쪽에는 '나카무라 임업 주식회사'라는 글씨가 보였다.

그래서 감독이라는 사람이 나카무라 씨였구나 하고 알 수 있었다. 보아하니 이제부터 여기서 일하게 될 모양이다. 나카무라 씨가 어떤 사람인지 좀 겁이 나는 한편으로 호기심도 발동했다. 어쨌든 얌전히 요키를 따라갔다.

요키는 초인종도 누르지 않고 현관 미닫이문을 열었다. 소리를 듣고 나왔는지 어두컴컴한 집 안에서 다섯 살 정도로 보이는 남자아이가 뛰어나왔다. 동그란 눈매, 하얀 피부에 볼만 빨갛다. 아이가 활짝 웃으면서 "요키!" 하며 두 팔을 벌렸다.

요키는 "어어, 산타야" 하고 부르며 아이를 안아올렸다.

"세이치 안에 있어?"

"있어!"

요키는 산타라는 아이를 안고 신발을 신은 채 문턱을 넘어 집 안으로 들어갔다. 어두운 통로를 지나자 넓은 봉당과 부엌이 나왔다. 흙바닥이 있는 봉당에 부엌이 있는 집은 처음 봤다. 신기해서 두리번거렸다. 지붕까지 뻥 뚫린 천장에 그대로 드러난 두꺼운 대들보는 불에 그을려서 시커멓다. 나무판자로 천장을 만들어놓은 부분은 저장고로 쓰는지 나무 사다리를 걸쳐놓았다.

오래된 가옥을 관찰하는 내 모습을 산타가 요키의 어깨너머로 유심히 쳐다보았다. 눈이 마주치자 쑥스러운지 이마를 요키의 어깨에 부볐다. 그러다 금방 다시 얼굴을 조금씩 드러내고 나를 본다. 다시 눈이 마주치자 이번에는 생긋 웃었다. 귀엽네, 하고 생각했다.

냉기를 막으려고 그랬는지 봉당을 바라보는 방은 나무 문을 닫아놓은 상태였다. 그 나무 문도 검게 반들거렸다. 요키는 한 손으로 나무 문을 열고 봉당에서 방 안으로 얼굴을 들이밀었다.

"어이, 세이치. 신참 왔다."

"아아, 방으로 들어오라고 해."

예상보다 훨씬 젊은 목소리가 대답했다. 요키가 재촉해서 신발을 벗고 방으로 올라갔다. 여전히 요키 품에 안긴 산타의 신발은 내가 벗겨줬다. 산타는 간지럽다는 듯이 키득거리더니 요키가 방바닥에 내려놓자마자 후다닥 뛰어갔다.

"산타야. 야아야."

산타가 달려든 사람은 30대 중반쯤으로 보이는 남자였다. 짙은 녹색 전통 옷에다 솜을 누빈 줄무늬 겉옷을 걸친 모습으로 정좌하고 있었다. 산타와는 달리 갸름한 얼굴에 날카로운 눈매였다.

"어서 와, 히라노 유키 군. 앞으로 잘 부탁해."

남자가 말했다.

"나는 나카무라 세이치라고 하고 이 녀석은 내 아들, 산타야."

나카무라 임업 주식회사에서 일하는 건 기정사실인 모양이었다. 이렇게 깊숙한 산속에 있으면 기차가 오는 역까지 나가기도 힘들다. 어떡하지? 일단은 앉으라고 하는 방석에 정좌했다. 요키는 내 옆에 책상다리를 하고 앉았다.

다른 쪽 방문이 열리는 소리에 이어 "어머 손님이네?" 하는 목소리가 들렸다. 돌아보았더니 예쁜 여성이 나무 문을 열고 이쪽을 보고 있었다. 커다란 눈매가 산타하고 똑같았다.

"우리 집사람, 유코다."

세이치 씨가 소개했다.

"유코, 새로 들어온 히라노 유키 군이야."

"안녕하세요."

유코 씨가 미소를 지으며 고개를 숙였다. 가슴이 두근거렸다. 요코하마에서도, 아니, TV에 나오는 연예인 중에서도 보기 드문 미인이었다. 뜬금없이, 나는 앞으로 어디서 지내게 되지, 하는 게 궁금해졌다. 나카무라 씨네 집이 되게 넓어 보이니까 어쩌면 여기 있게 되려나? 그 순간만큼은 내 뜻과 상관없이 일자리가 정해지려 한다는 사실조차 아무래도 좋다는 생각이 들 정도였다.

유코 씨가 내준 녹차를 함께 마셨다. 산타와 요키는 녹차에 곁들여 나온 양갱을 눈 깜짝할 사이에 먹어치웠다.

"방금 뒤쪽 차밭을 보고 왔는데……" 하고 유코 씨가 말했다.

"눈 때문에 가지 끝이 꺾였더라고요."

"올해는 눈이 자주 오네. 산 쪽은 어때, 요키?"

"서쪽 중턱 부근이 좀 문제야. 그 근처엔 어린 나무가 많아서."

"그럼 내일은 눈 일으키기를 해야겠네."

세이치 씨가 말하자 나를 제외한 모두가 고개를 끄덕였다. 산타까지 끄덕인다. 눈 일으키기가 뭐지? 눈 치우는 작업을 말하나? 그렇게 할 정도로 눈이 쌓이지는 않은 것 같은데.

그 뒤로 내 급여가 월급제라는 점, 각종 사회보장보험이 완비되어 있다는 점, 근무시간은 원칙적으로 아침 8시부터 저녁 5시까지인데 현장이 어디냐에 따라 거기까지 가는 시간을 감안해서 집합시간이 빨라지는 경우가 있다는 점 등의 처우에 대해 세이치 씨가 설명해주었다. "전 임업에 흥미가 없는데요"라는 말을 하기가 더욱 힘들어졌다.

한동안 요키네 집에 얹혀살게 될 모양이었다. 뭐야, 세이치 씨네 집이 아니네. 실망했다. 현관에서 유코 씨와 산타의 배웅을 받고 요키와 나는 왔던 길로 되돌아왔다.

"너, 생판 초짜지?" 요키가 물었다.

그 말에 순간 욱해서 "삼림조합에서 전기톱 쓰는 방법은 배웠는데요” 하고 말했다.

요키는 깔보듯이 콧김을 내뿜었다.

“흥, 전기톱~.”

뭐 어쩌라고? 그 뒤로는 둘 다 입도 뻥긋 안 하고 걸었다.

요키네 집은 아까 트럭을 세워둔 그 집이었다. 냇가 근처에 나란히 있는 세 채 중 가운데 집이다. 이 집도 낡은 농가인데 세이치 씨네 집 정도는 아니어도 도시였으면 ‘저택’이라고 할 수 있을 만큼 큼직했다.

마당에는 빨간 지붕의 개집이 있는데 털이 하얀 개가 집 앞에 앉아 있다가 우리가 걸어오는 걸 보더니 신나게 꼬리를 흔들었다. 개집에 ‘노코’라고 적힌 판자를 못으로 박아놓은 게 보였다. 그런데 노코의 가랑이 사이를 보니 아무리 봐도 수놈이다. 수놈인데 노코? 나는 고개를 갸웃거렸다. 웃는 상인 노코는 요키가 머리를 한 번 쓰다듬어주자 기분 좋다는 듯이 눈을 가늘게 떴다.

현관 미닫이문을 활짝 열려다 말고 요키가 “피해!” 하고 말했다. 그 순간, 열린 미닫이문 틈새로 밥그릇이 날아와서 내 뺨을 스치더니 마당에 떨어져 쨍그랑하고 큰소리를 내며 깨졌다.

“어디 갔다 오는 거이야!”

아담한 체구의 갸름한 여자가 현관 안쪽에 우뚝 서서 소리쳤다. 유코 씨와는 다른 타입이지만 이쪽도 이국적이고 눈에 띄는 외모다. 이 엄청난 촌구석에 미인들이 왜 이렇게 많냐, 하는 생각이 들었다. 깨진 밥그릇이 신경 쓰여서 마당을 돌아보았다. 마침 집 앞을 지나가던 할아버지가 우리와 그릇 파편을 번갈아 쳐다보더니 '씨익' 웃었다. 그러고는 말리려는 기색도 없이 그대로 맞은편 집에 들어가버렸다.

이 정도 싸움은 늘상 있는 일인가? 요키도 아무렇지 않은 기색이었다.

"집사람이야. 미키라고 해."

나한테 그렇게 소개하더니 미키 씨를 향해서는 "중간에서 모임이 있다고 했잖아야" 하고 해명했다.

"그거 끝나고는 산 둘러보느라 그랬어야."

"모임 같은 소리 하고 자빠졌네, 어이야. 사흘 전에 있던 그 모임? 그 뒤로 산을 둘러봤다고, 어이야? 한밤중에도 계속?"

"그렇다니까. 밤에는 조합 사무소에서 잤어야."

거짓말이다. 요키는 사무소에서 잔 적이 없다. 하지만 물론 나는 아무 말도 하지 않았다.

"이 썩을 놈의 도끼야! 이번에는 그냥 못 넘어간다, 어이야!"

미키 씨가 소리를 질렀다.

"야아야."

요키가 화를 좀 가라앉히라는 듯이 양손으로 다독이는 시늉을 했다.

"오늘부터 잘 좀 챙겨야. 히라노 유키야."

이야기 주제가 나한테로 와서 하는 수 없이 한 걸음 앞으로 나갔다.

"안녕하세요."

미키 씨는 아무 대꾸도 없이 휑하니 안쪽 방으로 들어가버렸다.

요키는 부인인 미키 씨와 할머니인 시게 할머니랑 셋이서 산다
고 했다. 시게 할머니는 쭈그렁바가지처럼 마루에 덜렁 혼자 앉아
손주 내외가 죽자고 싸우는데도 전혀 개의치 않는 것처럼 보였다.
처음에는 사람이 아니라 미라 장식품이 놓여 있는 줄 알았다.

"항상 저런다니까야."

시게 할머니가 말했다. 시게 할머니는 허리와 다리가 불편해서
부엌일을 할 수가 없다. 요키가 흙바닥으로 된 부엌에서 저녁 준비
를 했다. 나는 마루에서 시게 할머니랑 마주 앉았다.

"아까 '썩을 놈의 도끼'라고 하던데 왜 하필이면 도끼예요?"

"흐어, 흐어!"

이빨이 없어 바람이 새는 소리로 시게 할머니가 웃었다.

"요키라는 이름을 내가 지었는데 '도끼'라는 뜻이야."

그럼 수놈인 개한테 '노코'라는 이름을 붙인 건 '노코기리(톱)'에
서 따온 건가 보다.

요키와 시게 할머니와 나는 마루에서 저녁을 먹었다. 밥이랑 단
무지랑 미역 된장국밖에 없었다. 미키 씨는 안쪽 방에서 나오지 않
았다.

"저렇게 화내시는데 괜찮아요?"

"아직 괜찮아야. 진짜로 화가 났으면 일찌감치 짐 싸서 친정에
갔을 테니까야."

요키는 태연하게 말하며 밥을 세 공기나 먹었다. 시게 할머니도
한 그릇 더 드셨다. 단무지랑 된장국밖에 없는데 어떻게 저렇게
잘 먹지? 신기했다.

나는 앞날이 너무 불안해졌다. 폭력적인 부부와 오늘내일하는 할머니가 있는 집에 얹혀살면서 임업을 한다? 아무리 생각해도 무모한 짓이다. 당장이라도 도망치고 싶은데 역이 너무 멀다. 휴대전화는 요키 때문에 못 쓰게 되었다. 돈도 3만 엔 정도밖에 없다. 어떡하지 하고 걱정을 하다 보니 밥 한 공기도 간신히 먹었다.

시게 할머니는 일주일에 두 번 마을을 순회하는 승합차를 타고 히사이에 있는 데이케어 센터에 간다고 한다. 거기서 목욕하고 왔으니까 오늘 밤에는 그냥 잔다고 했다.

"이제는 문질러봐야 때도 안 나와야."

요키의 손을 잡고 일어선 시게 할머니는 화장실에서 가장 가까운 방으로 들어갔다.

"잘 자야~!"

부뚜막 목욕탕(五右衛門風呂, 부뚜막 위에 직접 거는 철제 목욕통. 나무 뚜껑을 가라앉혀 밟고 들어간다/역주)에 들어가는 법을 알려줘서 뚜껑을 밟고 물에 몸을 담갔다. 가장자리의 쇠 부분에 닿으면 뜨거울 것 같아서 몸에 쓸데없이 자꾸 힘이 들어갔다. 손발을 뻗을 만한 공간도 없다. 한동안 뜨거운 물에 가만히 쭈그리고 앉아 있었다. 요키가 장작으로 데워준 목욕물은 가스나 전기로 데우는 목욕물보다 뭔가 더 부드러운 느낌이었다.

내가 나온 다음에 요키도 목욕탕에 들어갔다. 나는 마루 옆에 있는 다다미 6개 크기의 방을 쓰게 되었다. 이부자리를 깔고 누웠는데 발치 쪽의 다른 방에서 이야기 소리가 들렸다. 요키가 미키 씨에게 목욕하라고 권하는 모양이었다.

"내가 장작을 더 때줄 테니까 뜨뜻하게 몸 좀 담그지야, 응?"

어떻게든 기분을 풀어주려고 애를 쓰는 것 같았다. 나는 미키 씨가 뭐라고 대답하는지 듣지도 못한 채 곯아떨어지고 말았다.

산에서 하는 일은 대개 너덧 명이 한 조가 되어서 진행한다.

나카무라 임업 주식회사의 사원은 모두 스무 명인데, 가무사리 마을의 여러 지구에서 일하러 온다. 주로 근처에 있는 사유림의 간벌(솎아베기. 나무의 밀도를 줄여 나머지가 더 잘 자라게 하는 과정/역주)과 같은 의뢰를 받아서 한다. 그와 동시에 감독인 나카무라 가문 소유지인 산을 일 년 내내 관리한다.

나는 요키와 같은 조인데, 나카무라 가문의 산을 전문으로 맡는 조다. 내가 이 조에 배치된 것은 나무 심기부터 벌채한 목재의 반출까지 일련의 과정을 모두 경험할 수 있다는 이유 때문이었다.

우리 조의 조원은 요키, 세이치 씨, 쉰 살 정도로 보이는 다나베 이와오 씨, 일흔넷이라는 나이에도 정정하신 고야마 사부로 씨다. 이와오 아저씨와 사부로 할아버지는 가무사리 지구에 사는, 어릴 때부터 산에서 일에 단련이 된 분들이다.

처음 일하러 가는 날, 아직 컴컴한 새벽부터 요키가 두들겨 깨우는 바람에 나는 마지못해 따뜻한 이불에서 기어나왔다.

마루에 있는 밥상에 은색으로 빛나는 삼각형 물체가 두 개 놓여 있었다. 각각 밥 세 공기 분량쯤으로 보이는 초특대형 주먹밥이었다. 알루미늄 포일로 말아서 싸놓은 도시락이었다.

"미키가 좀 누그러졌나 보네."

요키는 기분이 좋은 모양이었다. 정성이고 뭐고 하나도 느껴지지 않는, 도시락 같지 않은 도시락인데 말이다. 그래도 일단은 감사하는 마음으로 특대형 주먹밥을 안고 녹차가 든 물통을 들고서 요키의 트럭에 탔다. 요키가 노코도 데리고 와서 짐칸에 태웠다.

트럭은 10분가량 마을 뒤쪽을 향해 달렸다. 길은 금방 비포장 흙길로 바뀌었고 집들도 보이지 않았다. 한쪽은 골짜기가 내려다보이는 급경사였다. 길 폭이 점점 좁아지더니 이윽고 막다른 곳에 다다랐다. 약간 넓은 광장 같은 공간에 먼저 온 소형 트럭 세 대가 벌써 주차되어 있었다.

거기서부터는 걸어서 산을 오르는 수밖에 없었다. 노코는 신이 나서 수풀 위로 날아가듯이 비탈을 뛰어올랐다. 요키도 평지를 걸을 때나 다름없는 속도로 올라갔다. 숨찬 기색은 전혀 보이지 않았다. 주먹밥을 넣은 보자기를 등에 메고, 물통을 어깨에 걸고, 한 손에는 도끼를 들고서. 도끼! 요즘 시대에 도끼라고!

나는 전기톱을 들고 필사적으로 요키의 뒤를 따라갔다. 요키는 허리춤에 미용사가 두를 것 같은 도구용 얇은 앞치마를 둘렀다. 보기에 따라서는 멋있다고 할 수도 있겠지만, 요키는 당연히 실용성 때문에 사용하는 모양이었다. 줄처럼 보이는 쇠붙이, 이유는 모르겠지만 짧게 자른 고무호스 끄트머리 등 정체 모를 물건들이 앞치마 주머니에서 비쭉 튀어나온 게 보였다.

숲속은 울창하게 자란 삼나무 때문에 어두컴컴했다.

"이 근방은 손질이 제대로 안 된 상태야."

요키가 말했다. 말씨는 무뚝뚝해도 나름대로 신입을 교육하려는 마음이 있는 모양이었다.

"제대로 조림이 된 산은 주변이 훨씬 밝고, 굵직굵직한 나무들이 일정하게 탁탁 서 있거든."

나는 숨이 차서 대답도 하지 못했다. 멀리서 바라보는 산과 실제로 올라가서 보는 산은 전혀 달랐다. 경사가 엄청나서 발치가 아닌 다른 데로 눈을 돌릴 여유가 없었다. 거의 벼랑이나 다름없는 급경사도 있는데, 그런 곳에 나무를 심은 인간은 정말 목숨을 내걸고 한 것 아닌가 싶었다. 심는 걸로 끝나지 않고, 때마다 손질해주고, 다 자라면 벌채해서 밑으로 운반까지 해야 하는데 말이다. 사람이 똑바로 서 있기도 힘든 비탈인데. 어쩌자는 심산인지.

고소공포증이 없는 나도 발 디딜 곳이 마땅치 않은 데다 아득하게 내려다보이는 높이 때문에 바들바들 떨렸다. 하지만 무서워하는 티를 내고 싶지는 않았다. 오기가 나서 요키 뒤로 바짝 붙어 따라갔다. 산등성이 몇 개를 넘었다. 계곡 아래에 눈이 무더기로 쌓여 있었다. 비탈을 걷다 보면 가끔 나뭇가지에 쌓여 있던 눈덩이가 후두둑 떨어지곤 했다. 그때마다 깜짝 놀라 목을 움츠렸다.

간신히 그날 작업 현장에 도착했다.

세이치 씨, 이와오 아저씨, 사부로 할아버지는 일찌감치 도착해서 우리가 오기를 기다리고 있었다. 이와오 아저씨가 밝은 목소리로 "잘해보자야, 유키" 하고 말했다. 느닷없이 이름으로 불러서 순간 멈칫했다.

사부로 할아버지는 "어제 요키하고 미키가 또 한바탕 붙었던데. 화해는 한 거이야?" 하며 능글능글 웃었다. 그 말을 듣고서야

"앗" 하고 알아차렸다. 건너편 집으로 들어간 할아버지다. 같은 조원이면서 남이 싸우는 걸 먼발치에서 보기만 했단 말인가? 좀 말려주지. 그러면 저녁때 좀더 나은 반찬이 나왔을지도 모르는데. 그런데 미키 씨의 험상궂었던 분위기를 생각해보면 사부로 할아버지의 상황 판단이 정확했다고도 할 수 있다. 이건 같이 일하면서 차차 알게 된 점인데 사부로 할아버지는 산에서도 위험을 감지하는 능력이 뛰어난 사람이다. 아무래도 오랜 경험에서 오는 직감이 남다른지 모른다.

"밤에 잠시 대화를 나눴더니 이해해주던데야."

요키가 표정 하나 안 바꾸고 대답했다. 밤의 대화라니, 그게 뭐야? 어젯밤에 정신없이 곯아떨어지는 게 아니었는데. 아까워라.

세이치 씨가 "자 그럼" 하면서 헬멧을 썼다.

"눈 일으키기를 실시한다. 이 라인에서 계곡 방향으로 옆으로 한 줄씩. 시작!"

호령과 함께 산 중턱으로 흩어졌다. 이와오 아저씨와 사부로 할아버지, 요키와 세이치 씨가 2인 1조로 작업하는 모양이다. 나는 요키와 세이치 씨 팀에 들어가게 되었다. 노코는 응원한답시고 두 팀 사이를 뛰어다녔다.

주위에 있는 삼나무는 눈의 무게를 견디지 못해 계곡 쪽으로 한껏 휘어진 상태였다. 어떤 나무는 경사면에 닿을 정도로 기울어지기도 했다.

"이대로 두면 모양이 뒤틀려서 상품 가치가 떨어지게 된다."

세이치 씨가 설명했다.

"그래서 눈을 치우고 나무가 똑바로 자라도록 기둥을 고정하는 거다. 산 위쪽부터 옆으로 한 줄씩 작업하고, 그 줄이 끝나면 그 밑에 있는 줄로 이동하는 식으로 진행한다. 그래야 작업이 효율적이니까."

어린 나무라고는 해도 벌써 높이가 3미터에 이른다. 도대체 어떻게 눈을 치우고 똑바로 세워서 고정하나 싶었는데 세이치 씨가 짚을 엮은 밧줄을 보여주었다.

"이걸 우선 휘어진 나무의 가지 밑동에 묶는다."

요키가 세이치 씨한테서 밧줄 끝을 받아 아직 가느다란 나무 기둥 중간 정도에 있는 가지에다 묶었다. 그러자 세이치 씨가 손에 든 밧줄의 다른 쪽 끝을 몸을 낮추면서 확 잡아당겼다. 삼나무가 고개를 들었다.

"여기서 조심해야 하는 점은……."

세이치 씨가 밧줄을 잡아당긴 자세를 유지하며 말했다.

"기둥을 수직보다 산 쪽으로 더 기울어지게 잡아당기면 안 된다는 거다. 그 각도로 나무 기둥이 고정되면 내년에 눈이 쌓였을 때 기둥이 부러지거나 제대로 눈 일으키기를 못 하게 될 수도 있어서 피해가 커진다."

세이치 씨는 잡아당긴 밧줄 끝을 관목 뿌리에 단단히 묶었다. 삼나무는 순식간에 경사면을 따라 똑바로 선 형태로 돌아왔다.

"밧줄은 얼마 지나면 자연스럽게 썩어 없어지니까 이대로 내버려두면 된다. 단, 화학섬유가 섞인 로프를 쓰면 다음 겨울이 오기 전에 모조리 풀어놔야 한다. 눈이 쌓여도 휘지 못하면 나무가 그대로 부러지게 되니까.”

그럼 배운 대로 한번 해보라는 소리에 당황했다. 요키는 하나씩 하나씩 재빠르게 경사면에 선 삼나무에 밧줄을 걸고 다녔다. 우물쭈물하고 있을 새가 없었다. 세이치 씨의 감독을 받으면서 있는 힘껏 밧줄을 잡아당겼다.

무겁다. 기둥이 아직 가느다란 나무인데. 요키에 비해 별로 힘도 없어 보이는 세이치 씨도 아까 가볍게 일으켰는데 나는 아무리 힘을 줘도 꼼짝하지 않았다.

“더 허리를 낮추고 비탈에 등을 댄다고 상상하면서 온몸으로 당겨봐.”

“흐읏!” 하는 묘한 신음을 뱉으면서 힘을 줬더니 그제야 나무가 고개를 쳐들었다.

“그대로 더 당겨. 조금만 더.”

세이치 씨는 아까 눈 일으키기를 한 나무 주변의 흙을 가볍게 밟아 땅바닥을 굳히면서 지시를 계속했다.

“이제 됐다”라는 목소리가 들림과 동시에 나는 힘껏 당긴 채로 슬금슬금 자세를 바꿔서 관목 뿌리 쪽에 밧줄을 묶으려고 했다. 그런데 묶는 데에 정신이 팔려서 힘을 살짝 뺀 모양이었다.

그 순간 나무는 원래대로 다시 휘어졌고, 나는 그 반동으로 비탈 아래로 데굴데굴 굴러 내려갔다.

무슨 일이 일어났는지도 모르는 채 이대로 죽을 수도 있다는 생각이 들었다. 멀리서 노코가 짖는 소리가 들렸다. 비탈 아래에 있는 나무에 허리가 부딪치면서 그제야 간신히 멈췄다. 내가 부딪친

나무에 쌓였던 눈이 충격 때문에 머리 위로 우르르 쏟아져 내렸다. 눈에 젖은 진흙 위를 구르면서 흙범벅이 되는 바람에 작업복이 한순간에 시꺼멓게 변해버렸다.

"어이, 괜찮아?!"

세이치 씨가 허겁지겁 달려오는 게 보였다. 거지꼴이 된 내가 허리를 문지르면서 겨우 일어났더니 요키가 "우와하하하!" 하며 시끄럽게 웃어댔다.

무슨 일인가 싶어 조금 떨어진 곳에서 작업하던 이와오 아저씨와 사부로 할아버지까지 달려올 정도였다.

"여긴 아주 재밌어 보이네야."

상황을 알아차린 사부로 할아버지가 부럽다는 듯이 말했다.

너무 창피하고 너무 아파서 눈물이 날 지경이었다. '진짜 집에 가고 싶다'는 생각이 들었다.

봄이 다가오는 시기에 내리는 눈은 축축하고 무겁다.

밤에 자려고 이불 속에 누웠는데 산에서 나무 부러지는 소리가 들려온다. 딱! 딱! 하고 신기할 정도로 가볍고 예리하고 맑은 소리가 메아리친다.

그 소리가 들리면 애끓는 기분이 된다. 지금 당장 산으로 달려가서 어린 나무를 눈 일으키기 해줘야 하는데. 그런 생각이 들어 초조해지면서 안절부절못한다.

동시에 슬퍼지기도 한다. 산에는 헤아릴 수 없이 많은 나무들이 자라는데, 눈의 무게를 감당하지 못해 휘어진 그 어린 나무들을 모두 일으키려면 굼뜨고 느려터진 내 작업 속도로는 몇 년이 걸릴지 모르기 때문이다.

그런 조바심과 상심으로 잠들지 못한 채 이리저리 뒤척이고 있으면 화장실에 가려고 방을 가로지르던 요키는 어김없이 "야아아" 하고 말한다.

"여기서 속 태워봤자 아무 소용 없어. 그냥 빨리 자라."

맞는 말이다.

임업 일을 하려면 눈의 무게로 부러지는 나무가 생긴다는 사실도 받아들여야 한다. 모든 나무가 계획대로 자랄 리가 없다. 눈 때문에 부러지는 나무도 생명이고, 그런 일을 막기 위해 할 수 있는 한 정확하고 빠르게 눈 일으키기를 하는 인간도 생명이다. 울지도 움직이지도 않는 나무 또한 틀림없이 살아 있는 생명이고, 그 생명을 오랜 세월 동안 마주 대하는 것이 이 일이다. 나는 이 진리를 가무사리에 온 지 1년이 지난 요즘에야 조금씩 알아가는 중이다.

하지만 처음에는 그런 데에 신경을 쓸 겨를이 없었다.

산에서 울리는 나무 부러지는 소리를 들으면 구슬퍼졌다. 하지만 그건 '나무가 부러지네. 어떡하냐?' 하는 애달픔이 아니라 '어휴, 이제 또 눈 일으키기가 기다리겠구나!' 하는 한숨이 섞여 있는 애달픔이었다.

아무튼 첫날의 첫 번째 나무에서부터 눈 일으키기에 실패한 것 때문에 그날 내내 힘들었다.

비탈에서 데굴데굴 신나게 구르는 바람에 요키가 배를 잡고 웃은 뒤부터 나는 완전히 기가 죽어서 움츠러들었다. 구르다가 바에

머리라도 부딪치면 진짜로 죽을 수도 있다. 그런 생각 때문에 발디딜 곳이 제대로 되어 있지 않은 비탈에서 작업하는 게 너무 무서웠다. 그래서 밧줄을 당길 때도 항상 엉거주춤한 자세가 되었다.

나는 아무것도 할 줄 모르는구나. 그런 생각이 들어 화가 났다. 억지로 이런 데에 끌려와서 왜 이런 수모를 당해야 하나 싶어 억울했다. '다들 너무 한 거 아냐?' 하고 생각하며 혼자 씩씩대곤 했는데 실상은 내가 아무것도 할 줄 모른다는 점이 한심하고 속상했다. 억울함도 분노도 그런 한심한 내 모습을 똑바로 보고 싶지 않아서 생긴 감정이었다.

산에서 일할 때 집중력이 떨어지면 곧바로 목숨과 직결되는 사고가 날 수 있다. 그래서 보통은 2시간마다 잠깐씩 쉬고 점심도 느긋하게 먹는다.

우리는 비탈에 앉아서 도시락을 펼쳤다. 눈이 녹은 뒤에 삼나무 묘목을 심으려고 미리 일궈둔 장소였다. 눈구름으로 뒤덮인 하늘은 여전히 시커멓기만 하다.

"눈이 오는 계절도 얼마 안 남았구나야."

이와오 아저씨가 말했다.

"산지 고르기도 해야 하고 나무도 심어야 하고 이제 정신없이 바빠지겠네."

"암, 그렇지."

사부로 할아버지도 끄덕였다.

"우리 일이 눈 일으키기만 있는 건 아니니까. 그러니까 유키 너도 그렇게 눈치 보지 않아도 돼."

나는 말없이 고개를 푹 숙이고 있었다. 내 기술이 도무지 늘지 않아서 우리 조의 작업 효율은 바닥을 기고 있었다. 아무도 뭐라고 하지 않아서 오히려 마음이 더 힘들었다. 어떻게 해서든 이 마을에서 도망칠 방법이 없나 그런 궁리만 했다. 그러나 마을을 벗어날 수단이 없었다. 집에서는 소형 트럭의 키를 요키가 빈틈없이 어딘가에 숨겨두었다. 애시당초 나는 운전면허 자체가 없다. 가무사리 지구에서 걸어서 탈출하기는 불가능에 가깝다. 차를 얻어타고 싶어도 마을 사람들이 내 얼굴을 다 알고 있으니 가능할 리가 없다.

그야말로 사면초가였다. 거대한 주먹밥을 우물거리는 동안에도 딱 하고 어딘가에서 나무 부러지는 소리가 났다. 한숨이 흘러나왔다.

"어쩔 거이야?"

사부로 할아버지가 요키를 팔꿈치로 찌르며 다그쳤다.

"네가 신입을 못살게 구니까 완전히 삐졌잖어이야?"

"누가 못살게 굴었다고 그래야?"

요키는 노코를 안고 목덜미를 살살 긁어주면서 태연하게 대답했다. 노코는 복슬복슬한 하얀 꼬리를 흔들어 내 팔을 쓸어댔다.

세이치 씨는 아무 말도 하지 않았지만 이대로 두면 안 되겠다고 여긴 모양이었다. 눈이 멎고 바람에 온기가 느껴지는 맑은 날에 "유키는 오늘 산에 안 올라가도 된다"라고 말했다.

"대신에 우리 집 방풍림을 손질하도록."

가까운 산에서 작업할 예정이 잡힌 날에는 일단 아침에 세이치 씨네 집에 모이게 되어 있다. 작업 내용을 서로 확인하기 위해서다. 마당에 있는 커다란 테이블에 앉아 조원들이 함께 녹차를 마신다. 겨울에는 드럼통에 낙엽을 태워 몸을 녹인다.

하루 일을 시작하기 전에 휴식부터 취하는 이상한 관습인데, 이 또한 가무사리의 '야아야' 정신에 바탕을 두었으리라 짐작할 수 있다. 산에서 일하면서 빨리빨리 하려고 조바심을 내봐야 좋을 게 하나도 없다.

"다 같이요?"

요키가 귤을 먹으면서 귀찮다는 듯이 물었다. 걸리적거리기만 하는 나를 성가신 존재로 여기는 게 빤히 보이는 표정이었다.

"아니. 요키만 같이 붙어서 유키를 가르쳐주면 돼. 사부로 씨하고 이와오 씨, 그리고 나는 오늘 구스야마 남쪽 비탈에 가서 땅을 고를 거다."

사부로 할아버지와 이와오 아저씨가 "알았어야" 하며 자리에서 일어났다. 노코까지 "맡겨만 주세요!" 하듯이 코를 벌름거렸다.

요키는 불만스러운 눈치였지만 감독인 세이치 씨의 명령에는 절대복종해야 한다.

"삼나무가 빡빡이가 되어버려도 나는 몰라요" 하고 말하며 나카무라의 저택 본채 옆에 있는 창고 쪽으로 걸어갔다.

세이치 씨를 비롯한 나머지 사람들은 트럭을 타고 산으로 향했다. 노코는 깡충깡충 뛰면서 요키 뒤를 따라가다가 요키가 뭐라고 하니까 '그래요? 그럼 그러지요' 하는 표정으로 돌아와 시동을 걸어놓은 세이치 씨의 트럭을 올려다보며 꼬리를 흔들었다.

나는 노코를 안아서 트럭 짐칸에 태워주었다. 세이치 씨가 운전석에서 얼굴을 내밀더니 "나무에 익숙해지면 두려움이 많이 없어진다" 하고 말했다. "오늘은 구명줄도 있고 발 디딜 곳도 단단하니까 괜찮을 거다."

물론 전혀 괜찮지 않았다.

커다란 삼나무 여러 그루가 나카무라 저택의 부지를 둘러싸고 서 있다. 산에서 불어오는 바람 때문에 집이 상하는 것을 막기 위해 방풍림으로 심어놓은 나무들이다. 세이치 씨가 몇 대째 감독인지는 모르지만 집을 지키기 위해 심어놓은 나무들이 신사처럼 빽빽한 것만 봐도 오랜 세월 동안 이어진 가문인 것만은 틀림없다.

요키는 창고에서 방풍림을 손질하는 데 필요한 도구들을 끄집어냈다. 두꺼운 벨트. 끄트머리에 쇠붙이가 달린 단단한 로프. 그리고 승주기라고 하는 칼날이 달린 도구도 있었다. 칼날이 다리 안쪽으로 오도록 바지와 작업화 위에 착용하여 밴드 두 개로 고정한다. 칼날 끝을 나무 기둥에 박으며 가지가 없는 나무에 오를 수 있게 만든 도구다.

그런데 이 승주기를 다루기가 여간 힘든 게 아니다. 나는 안 하겠다고 계속 저항했다.

"이런 걸로 찌르면 나무가 상하잖아요?"

"방풍림은 잘라서 상품으로 내놓을 게 아니니까 생채기가 있어도 상관없어."

"나무에 오를 때 다리를 고정하는 게 이 칼날밖에 없는 거잖아요? 그건 너무 불안정한 게……."

"허리에 구명줄 달 거니까 괜찮다고야. 쓸데없는 소리 그만하고 빨리 가."

요키가 툭툭 밀어서 결국 부지 동쪽에 늘어선 삼나무 아래에 섰다. 높이가 2층 지붕보다 훨씬 높다.

알려주는 대로 허리에 벨트를 찼다. 요키는 쇠붙이가 달린 로프를 내 벨트에 연결했다. 그 로프를 삼나무 기둥에다 한 바퀴 빙 둘러 고리 형태로 만들어 걸었다. 그러자 나는 삼나무를 껴안는 자세로 고정되어버렸다.

벨트에 로프가 하나 더 달려 있었는데 그쪽에는 전기톱을 매달았다. 나무를 탈 때는 양손 다 자유롭게 쓰다가 목표 지점에 다다르면 전기톱을 잡고 가지를 자르라는 뜻인 듯했다.

그때 몸을 지탱해주는 것은 나무 기둥과 연결된 허리벨트의 로프 하나뿐이고 다리 힘으로 몸을 버텨주는 건 나무 기둥에 살짝 박아놓은 승주기 칼날뿐이다.

그 상태로 지상 6미터 높이에서 곡예사 같은 자세로 전기톱을 휘둘러야 한다.

안 돼, 안 돼, 절대 못 해!

그런데 요키는 내 옆에 있는 삼나무로 가더니 승주기도 없이 허리에 찬 로프 하나만으로 거뜬하게 나무를 타고 올랐다. 원숭이야 뭐야? 벨트에는 늘상 들고 다니는 도끼 한 자루만 꽂혀 있었다.

"뭐 하고 있어? 빨리 올라가야!"

요키는 기둥 중간에 매미처럼 달라붙은 채 아직 땅바닥에 서서 우물쭈물하는 나를 내려다보았다.

빨리하라고 재촉은 하는데 어떻게 해야 잡을 곳 하나 없는 두꺼운 나무 기둥을 탈 수 있을지 엄두가 안 났다. 그래서 일단 기둥에 두 팔을 두른 다음 왼쪽 다리에서 튀어나온 칼날을 나무껍질에 걸어보려고 했다. 전기톱과 다리에 단 승주기가 무거워서 마음대로 되지 않았다. 간신히 몸을 살짝 들어올렸다. 씨름 선수한테 안긴 일반인처럼 엉거주춤하니 볼품없는 자세다.

그런데 바로 다음 순간 승주기 칼날이 미끄러지면서 턱을 기둥에 부딪치고는 땅바닥으로 도로 내려섰다.

"너 뭐 하는 거이야?!"

요키가 한숨을 쉬었다. 그러고는 나무에서 미끄러지듯이 내려와 로프를 빼더니 내 뒤에 섰다.

"엉덩이 받쳐줄 테니까 다시 해봐."

싫다고 하지 못하는 소심한 성격이 원망스러웠다. 할 수 없이 다시 기둥에 달라붙었다.

"허리에 중심을 두고 몸을 옆으로 좀 비끼듯이 하는 거이야."

"다리, 다리! 칼을 제대로 안 박으면 어쩌자는 거이야?!"

우박처럼 쏟아지는 야단을 맞으면서 필사적으로 몸을 움직였다. 요키가 엉덩이를 받쳐준 덕도 있어서 간신히 내 키보다 높은 위치까지 오를 수 있었다. 그러나 가지가 있는 곳까지 가려면 아직도 한참 멀었다.

"잘했어."

요키가 말했다.

"몸이 가볍네. 그대로 올라가봐. 야아야로 가야 돼야."

천천히, 침착하게. 나는 신중하게 손발을 움직였다. 약간은 요령이 생긴 것도 같았다. 요키 말대로 중심을 허리에 두면 팔 힘을 많이 쓰지 않아도 된다. 나무 기둥에 날을 박을 때 어느 정도 각도로 해야 하는지도 발치를 보지 않고 어림잡을 수 있게 되었다.

"좋아, 좋아."

목소리가 바로 옆에서 났다. 고개를 돌렸더니 요키가 어느새 바로 옆에 있는 삼나무의 나랑 비슷한 높이까지 올라온 상태였다. 안전모 아래로 눈웃음 짓는 얼굴이 보였다. 처음 칭찬을 받으니 기분이 좋았다. 기둥에서 한 손을 떼고 볼을 긁적거릴 여유까지 생겼다.

"그렇게 하면 돼야. 어느 가지를 자를지는 옆에서 내가 말해줄 테니까. 더 올라가. 아래 보지 말고."

그런 말을 들으면 더 보고 싶어진다. 고개를 아래로 숙이려고 했다. 요키는 재빨리 삼나무 잎을 왕창 떼서 힘껏 팔을 휘둘러 이쪽으로 던졌다.

"보지 말라 했지, 어이야!"

삼나무 잎이 내 볼에 부딪혔다가 아래로 떨어졌다. 눈으로 그 이파리를 따라가다가 땅바닥까지의 거리를 직시하고야 말았다.

땅바닥은 아득히 아래쪽에 있었다.

불알이 오그라들었다. 내려줘~! 살려줘~! 기둥에 매달려 소리치며 울고 싶었다. 옆 나무에 있는 요키의 웃음거리가 되기 싫다는 마음 하나로 간신히 버텼다. 이를 앙다물고 위쪽만 바라보면서 나무를 탔다.

경치를 바라볼 여유라고는 전혀 없었다.

어느 가지를 자르면 되나? 너무 자르면 바람막이 역할을 제대로 못 하고, 그렇다고 마냥 내버려두면 집에 해가 들지 않는다.

전기톱 스위치는 안 쓸 때는 바로 꺼놓아야 한다. 만에 하나 전기톱이 돌아가고 있는 상태에서 미끄러지면 큰 부상을 당할 수도 있다.

나는 요키가 옆에서 가르쳐주는 대로 가지를 치기 시작했다. 오전 내내 일해서 삼나무 한 그루를 알맞은 모양으로 만들 수 있었다. 요키는 나에게서 눈을 떼지 않으면서도 순식간에 여기저기 나무에 오르내리며 나보다 다섯 배는 더 많은 작업을 해냈다.

점심시간이 되어 땅으로 내려왔더니 다리가 후들거렸다. 어떻게든 요키가 알아차리지 못하게 바짝 힘을 주고 걸어 마당 테이블까지 가서 거대한 주먹밥을 먹었다. 매실장아찌와 연어살과 함께 느닷없이 고로케까지 밥 사이로 모습을 드러냈다.

"엇, 미키 기분이 괜찮은 모양이네."

밥알 사이로 얼굴을 내민 고로케를 보더니 요키가 신나는 표정으로 말했다. 도시락으로 싼 주먹밥으로 아내의 마음을 알아볼 수 있는 모양이네? 하는 생각이 들어 신기했다.

햇살이 더욱 따뜻해졌다. 기온이 오르면 공기에 여러 가지 냄새가 섞이기 시작한다. 시냇물에서 나는 맑은 물의 달콤한 냄새. 바로 이 순간에 흙을 뚫고 나오려는 풀의 풋내. 어딘가에서 시든 가지를 태우는 탄내. 겨우내 깊은 산속에서 죽은 짐승의 부패한 몸에서 나는 썩은내. 모두가 한꺼번에 움직이기 시작하며 새로운 계절을 맞으려 하고 있다.

먼 산에서 울리던 전기톱 소리가 갑자기 뚝 끊어졌다. 세이치 씨네가 일하던 소리인가? 그쪽도 점심시간이 시작된 모양이다.

유코 씨가 건더기가 잔뜩 든 돼지고기 된장국을 가져다주었다.

"넉넉히 있으니까 많이 들어요."

"산타는?"

요키가 물었다.

"안에서 노느라 정신없네."

"그렇군."

산타가 나오지 않아서 요키는 좀 아쉬운 모양이었다.

된장국 덕분에 몸이 안쪽부터 뜨끈하게 데워졌다. 오후 작업이 시작되었다.

처음에는 쓸데없이 자꾸 힘을 주는 바람에 다리도 떨리고, 허리는 뻣뻣해지고, 전기톱을 든 팔이 자꾸 아래로 처지곤 했는데 점점 제대로 할 수 있게 되었다.

최소한의 힘만 주면서 지렛대 원리로 몸을 지탱했다. 올라간 나무에 몸을 기대는 느낌으로 자르기 쉬운 각도에서 전기톱을 움직였다.

"좀 익숙해졌다고 긴장 풀면 안 돼야."

요키는 가끔 한마디씩만 던지고 나머지는 내가 알아서 하게 되었다. 의외로 괜찮은 인간이네. 어느덧 부지 뒷부분에 있는 방풍림 작업을 마치고 서쪽 방풍림에 다다를 정도로 작업 속도가 빨라졌다. 물론 대부분의 나무는 요키가 손질했지만.

윙윙하고 전기톱 돌아가는 소리를 내며 온 사방으로 뻗은 가지를 잘라냈다. 요키는 나무 아래서 가지와 잎을 갈퀴로 쓸어모았다. 나는 일부러 요키의 정수리를 노려 잔가지를 떨어뜨렸다. 툭, 툭, 하고 요키의 헬멧 위로 잔가지들이 떨어졌다.

세 번째가 되자 요키가 "놀고 있나, 임마야!" 하고 주먹을 허공에 휘두르며 소리를 질렀다.

문득 시선을 돌려보니 세이치 씨네 집 본채 창문을 통해 실내가 보였다. 다다미 6개가 들어가는 작은 방 창가에 화장대가 있었다. 누리끼리한 색깔에 고양이 다리의 낡은 화장대다. 거울 앞에 앉은 한 젊은 여자가 보였다.

여자는 입술을 살짝 벌리고 옅은 색 립글로스를 발랐다. 거울 너머로 눈이 마주쳤다.

투명할 정도로 새하얀 볼이다. 정말 예쁜 여자다. 장난스럽게 반짝이는 새까만 눈동자가 나를 바라보았다. 윤기 나는 입술의 끄트머리가 살짝 올라가 웃음 짓는 모양이 되자 새침데기 고양이 같은 얼굴이 되었다.

그런 여자에게 정신이 팔려서 자르지 않아도 되는 가지 밑동에 전기톱을 가져다대고 말았다. 커다란 가지에 난 무수한 잎사귀들이 요란하게 흔들리며 요키의 머리 위로 우수수 떨어졌다.

"유키~!"

요키가 괴성을 지르더니 갈퀴를 내던지고 삼나무에 달려들었다. 그대로 구명줄도 없이 타고 오르기 시작했다.

"우아아아, 일부러 그런 게 아니라니까요. 잠깐만, 잠깐만!" 하고 말하는데 귓등으로도 듣지 않았다.

요키는 엄청난 속도로 내 발치까지 올라오더니 헬멧으로 내 엉덩이를 푹푹 들이받기 시작했다.

"아야야! 아프다고요!"

요키의 어깨를 걷어차서 떼어내고 싶지만 내 다리에는 칼날이 붙어 있다. 나는 비명을 지르다가 슬금슬금 삼나무를 타고 올라 도망치는 수밖에 없었다.

"저쪽 방에 누가 있었단 말이에요."

"누가?"

요키는 머리로 들이받는 걸 멈추더니 내가 가리키는 쪽을 바라봤다.

"아무도 없잖아."

방 안은 어느새 텅 비어 있었고, 화장대에는 하얀 천이 덮여 있었다.

"어? 방금 전까지 있었는데?"

"여자야? 젊은 여자? 예쁘고?"

"응, 뭐⋯⋯."

"아항~!"

요키가 능글능글 웃었다.

"보나 마나 귀신이네."

"이런 대낮에요? 그리고 귀신은 여름에 나오는 거 아닌가요?"

"가무사리에서는 시도 때도 없이 나오거든."

그럴듯한 표정으로 말한다.

"감독네는 알게 모르게 악랄한 짓도 하니까 말이야. 아마 세이치가 차버린 여자가 한을 품고 죽어서 저 집에 붙었겠지."

"에이, 설마" 하고 말하면서도 내 얼굴이 겁에 질리는 게 느껴졌다. 귀신이니 요괴니 하는 따위에는 영 젬병이다. 고등학교 때 사귀던 여친이 공포영화 보러 가자고 했는데도 어떻게든 이유를 대서 끝까지 피했을 정도다.

어찌저찌 하루 만에 방풍림 손질을 끝낼 수 있었다. 저녁때가 되자 산으로 갔던 세이치 씨 일행도 돌아왔다.

우리는 아침나절처럼 불을 피운 드럼통을 둘러싸고 앉았다. 말끔해진 실루엣으로 하늘 높이 치솟은 방풍림이 보였다.

"아주 잘했네, 유키."

세이치 씨가 칭찬의 말을 건넸다. 나무에 대한 자신감을 길러주려고 나에게 방풍림 일을 맡겼다는 걸 알 수 있었다.

사부로 할아버지랑 이와오 아저씨도 앞다투어 칭찬했다.

"처음 치고는 제법이야."

"아무리 요키라도 하루 만에 혼자 다 하기는 힘들었을 텐데 말이야."

나는 '여기서 조금만 더 버텨볼까?' 하는 마음이 들었다. 잘라낸 가지를 다발로 묶는 작업을 말없이 하는 요키에 대해서도 약간은 다시 보게 된 부분이 있었다.

본채의 미닫이문이 열리면서 "나오키 이모, 벌써 가?" 하는 산타의 목소리가 들렸다.

"또 올게. 엄마 말씀 잘 듣고 있어야."

그러면서 현관에서 나오는 사람을 보니 아까 화장대 앞에 있던 여자였다.

"누가 귀신이라고요?"

낮은 소리로 요키에게 따졌더니 요키는 나 몰라라 하는 얼굴로 시치미를 뗐다. 아무튼 쓸데없는 농담만 해대는 남자다.

"나오키, 바래다줄까?"

불을 쬐던 세이치 씨가 여자에게 말을 걸었다. 나오키라는 남자 같은 이름의 여자는 "아니, 오토바이 있으니까 됐어요" 하며 쌀쌀맞게 대답하더니 창고에서 커다란 오토바이를 끌고 나왔다.

자갈을 밟으며 오토바이를 길 쪽으로 밀었다. 감독네 집이랑 어떤 관계가 있는 사람일까? 누구든 잡고 물어보고 싶었는데 아무도 설명해줄 기색이 보이지 않았다. 작은 마을에서는 모두가 서로를 잘 알기 때문에 '새삼 누군가를 소개한다'는 생각 자체가 가무사리 사람들 머리에는 잘 떠오르지 않는 모양이다.

"나오키는 좀더 야아야해야 하겠네" 하고 사부로 할아버지가 말하자, 모두가 "그러게야", "암, 그래야" 하며 고개를 끄덕일 뿐이었다.

"어머, 벌써 갔네?"

본채에서 나온 유코 씨가 랩을 씌운 접시를 손에 들고서 한숨을 쉬며 말했다.

"반찬 좀 챙겨주려고 했는데."

그 접시를 들고 오토바이를 어떻게 운전하라는 말일까? 아니, 잠깐만. 혹시 지금이 바로 가무사리 마을에서 도망칠 수 있는 절호의 기회 아닌가?

물론 나는 하루 일과를 무사히 마칠 수 있었다. 조원들에게 인정을 받은 것 같아서 기분도 좋았다. 하지만 잘 생각해보자고. 난 원래 임업 같은 걸 하고 싶은 생각이 없었어. 엄마랑 구마얀의 농간 때문에 이런 두메산골에 처박히게 된 것뿐이잖아.

'여기서 조금만 더 버텨볼까?' 같은 소리 하고 있네. 야, 정신 차려! 여기 사람들이 너를 꾀려고 으쌰으쌰해준 거잖아. 하마터면 홀딱 넘어갈 뻔했네.

"제가 나오키 씨한테 주고 올게요."

유코 씨가 들고 있던 접시를 휙 낚아채서 길 쪽을 향해 뛰어갔다. "어이!" 하고 요키가 불렀지만 돌아보지 않았다.

나오키 씨는 도로에서 사뿐하게 오토바이에 올라탄 후 엔진을 데우던 참이었다. 중후한 엔진 소리가 산속에 울려퍼졌다.

"이거 유코 씨가 갖다주라는데요."

내가 내민 접시를 보더니, "됐어" 하고 나오키 씨가 말했다.

옆구리에 끼고 있던 풀페이스 헬멧을 썼다. 당장이라도 떠나버릴 참이어서 마음이 급해졌다.

"저, 그럼 이 접시는 제가 들고 있을게요. 그 대신에 역까지 데려다주실래요?"

"응?"

"마츠자카에 볼일이 있어서요. 첫 월급도 받고 해서 부모님께 뭔가 좀 보내드리고 싶거든요. 세이치 씨한테도 말하고 왔어요."

이런 기회가 오지 않을까 하는 마음에 아빠가 준 3만 엔을 항상 들고 다녔다. 우선은 이걸 탈출자금으로 쓰면 되지 싶었다.

"여기, 월급봉투도 있어요" 하며 주머니에서 봉투를 꺼냈다.

"전별금이라고 적혔는데?"

아차, 그 글씨가 있었지.

"어? 이상하다?"

모른 척 딴청을 부렸다. 나오키 씨는 미심쩍은 듯한 눈길로 쳐다보다가 "알았어, 타" 하고 말했다.

"헬멧은?"

"있어요."

나는 작업용 헬멧을 쓰고 나오키 씨 뒤에 탔다. 허리에 팔을 둘러도 괜찮은가?

"그럼 간다."

부릉부릉하고 엔진 소리가 울렸다.

"울지 말고 잘 잡아, 어이야."

부앙―하고 오토바이가 총알같이 앞으로 튕겨나가서 하마터면 뒤로 떨어질 뻔했다. 접시가 날아가는 것도 붙잡지 못하고 허겁지겁 나오키 씨에게 매달렸다. '우와, 가늘고 부드럽다' 하고 속으로 좋아한 것도 한순간뿐이었다. 나오키 씨는 무시무시한 스피드광이었다.

"으아아아~!"

너무너무 무서워서 눈물 콧물이 동시에 나왔다. 하지만 그런 체액도 금세 바람에 날아가버렸다. 이 좁은 산길에서 마주 오는 차라도 있으면 어쩌려고 그러나? 하지만 나오키 씨는 그런 위험 따위 아랑곳없이 경적을 빵빵 울려대며 커브 길에서도 거침없이 돌진했다. 땅바닥에 무릎이 닿을 정도로 차체가 기울어졌다.

"내려줘~!"

비명처럼 외쳤다. 게다가 더욱 심각한 상황이 벌어졌다. 요키가 트럭을 몰고 뒤쫓아온 것이다. 한 손으로 핸들을 잡은 요키가 운전석 창문으로 얼굴을 내밀고 소리를 질렀다.

"유키, 어딜 도망가려고! 가만 안 둔다, 어이야!"

악귀의 형상이다. 큰일 났다.

나오키 씨가 속도를 더 냈지만 요키도 우리 뒤를 바짝 따라붙었다. 저 쬐끄만 트럭에 도대체 어떤 엔진을 단 거야? 산길 추격전이 계속되었다. 여기서 정신을 잃으면 죽는다. 나는 필사적으로 그렇게 되뇌면서 근성을 최대한 쥐어짜서 의식을 다잡으려고 했다. 그래도 15초에 한 번씩은 머릿속이 하얗게 아득해졌지만.

오토바이와 트럭은 거의 동시에 역에 도착했다. 역 건물에서 전철을 기다리던 할머니가 깜짝 놀란 얼굴로 우리를 쳐다봤다. 나는 오토바이에서 내려 역 건물로 뛰어가려고 했지만 무릎이 부들부들 떨려서 제대로 일어서지도 못했다. 기어서라도 가려고 하는데 요키가 내 등을 밟아버렸다.

"솜씨 여전하네야, 나오키."

"쓸데없는 걸 태웠더니 오늘은 좀 아슬아슬했지야" 하며 나오키 씨가 웃었다. "또 놀자고야."

그 말은 요키한테 하는 것 같기도 하고, 나한테 하는 것 같기도 했다. 나오키 씨의 오토바이는 눈 깜짝할 사이에 산길을 돌아 사라져버렸다.

"아무튼 손이 많이 가는구나야."

요키는 나를 일으켜 세우더니 트럭에 쑤셔넣었다. 전철이 역을 떠났다. 눈물이 앞을 가렸다. 탈출하지 못한 아쉬움 때문인지 목숨을 부지했다는 안도감 때문인지 분간이 안 갔다.

"넌 어디 출신이야?"

가무사리 지구로 돌아가는 도중에 요키가 물었다.

"요코하마요."

"가본 적이 없네. 좋은 데냐?"

그야 당연하지. 상점도 많고, 놀러 갈 데도 많고. 이 마을에는 없는 게 수두룩하니까. 그렇게 대답하려다가 말았다.

하지만 나 하나 없어져도 아무도 신경 쓰지 않는 곳이다.

고등학교 때 친구들한테 엽서를 보냈다. 휴대전화를 못 쓰게 되었다는 내용도 적었고 요키네 집 전화번호도 덧붙였다. 그러나 아무도 답장을 보내지 않았고 시꺼먼 구식 전화기로 전화가 오는 일도 없었다. 다들 새로운 생활에 적응하느라 정신이 없겠지. 부모님도 손주한테 정신이 팔려서 쓸모없는 아들내미 따위는 신경도 안 쓰고 있을 테니까.

어? 그럼 혹시 나 지금 되게 불쌍하고 외로운 처지인 건가?

"요코하마 정도는 아닐지 모르지만 가무사리도 좋은 데다."

요키가 말했다.

"넌 아직 우리 마을도 산도 하나도 모르잖아야."

"당연하잖아요. 여기 온 지 아직 한 달도 안 됐는데."

"그럼 좀더 있어봐야. 지금 도망치면 내가 두고두고 씹을 거니까. '요코하마에서 온 히라노 유키라는 놈은 팽이버섯보다 비리비리한 데다 아무짝에도 쓸모없는 식충이었다'고야. 아마 백 년쯤 지나면 넌 이 마을의 최약체 전설로 남을 거다."

"그게 뭐 어때서요? 이런 코딱지만 한 촌구석에서 전설이 되든 말든 아무 상관 없거든요."

너무 하찮은 협박에 헛웃음이 나왔다. 피식 하고 웃었더니 마음이 좀 진정되었다.

"야아야, 해야."

요키가 낮고 조용한 목소리로 말했다.

"처음부터 산일 잘하는 놈은 없어야. 나 같은 천재나 그게 되는 거지."

저녁노을이 지는 하늘에 산 그림자가 검은색으로 떠올랐다.

요키네 집으로 돌아갔더니 온 집 안이 캄캄했다.

"미키, 어디 있어야? 어~이!"

요키는 아내를 부르면서 신발을 벗고 마루로 올라갔다. 나도 그 뒤를 따랐다.

"요키, 거기 좀 앉아봐라."

어둠 속에서 시게 할머니의 목소리가 들렸다. 자세히 봤더니 신단 아래쪽에 시게 할머니가 덩그러니 앉아 있는 모습이 어둠 속에서 희미하게 떠올랐다. 찐빵 귀신 같았다.

"우왓! 뭐야, 어디 있었어?"

요키가 형광등 줄을 잡아당겼다.

"왜 불도 안 켜고 난리야?"

"내 손이 거기까지 어떻게 올라가야?"

갑자기 밝아지자 시게 할머니가 눈을 깜박깜박하면서 말했다.

"며늘아기는 집을 나가버렸어야."

"또요?!"

요키가 목을 뒤로 젖히면서 한탄했다.

시게 할머니가 방바닥을 탁! 치자 요키가 밥상 옆에 무릎 꿇고 앉았다. 영문을 모르는 나도 얼떨결에 요키랑 나란히 앉았다.

"도대체 무슨 일이 있었던 거이야? 오늘 아침까지는 기분 좋아 보이던데."

요키가 구시렁거렸다. 하긴 주먹밥에 고로케까지 들어 있었는데, 하고 나도 속으로 생각했다.

"너, 지난번에 외박했을 때 산을 둘러봤다고 한 건 거짓부렁이지야?"

시게 할머니가 엄한 말투로 추궁했다.

"나바리에서 놀았지야?"

"그랬나?" 하며 모르는 척하는 요키의 미간에 시게 할머니의 딱밤이 작렬했다. 순식간이었다. 어? 하고 알아차린 순간에 이미 요키는 "아흑" 하며 이마를 잡고 웅크리고 있었다. 코브라처럼 날렵하게 덮치는 시게 할머니의 잔상만 뇌리에 남았다.

이 할머니, 아닌 척하면서 사실은 기가 막히게 빨리 움직일 수 있는 거 아닌가……? 의혹에 찬 눈길로 쳐다봤는데 시게 할머니는 찐빵처럼 앉아 있던 원래 자세로 돌아온 상태였다.

"'요키~, 오늘은 안 올 거야~?' 하고 술집 아가씨가 전화했더라야. 받은 사람이 부인인 줄 빤히 알면서 일부러 약을 올리는 고약한 계집이야. 그런 데서 놀아나는 네 놈이 제일 문제인 거이야."

시게 할머니의 지당하신 꾸중을 요키는 고개를 푹 숙이고 경청했다.

"며늘아기 데리고 올 때까지는 이 집에 발 들여놓을 생각 마라, 어이야."

"네…….."

요키는 풀이 팍 죽은 채 일어섰다. 꼴 좋다. 나는 탈주극 때문에 배가 고팠다. 시게 할머니랑 같이 먼저 저녁 먹고 있어야지.

그렇게 작정했는데, "뭐 하고 있어야? 너도 따라와야지" 하고 요키가 말했다.

"내가 왜요?"

"나 혼자 가봐야 미키가 순순히 돌아올 리가 없잖아야? 둘이서 같이 매달려야지야."

"싫은데요. 요키 씨 부인이잖아요?"

"너는 내가 데리러 갔잖아야?"

"누가 그래달라고 했나요? 자기 마음대로 잡으러 왔으면서."

"매정하게 너무 그러지 마라, 어이야."

요키가 내 뒤통수를 쳤다.

"나무하러 같이 나가는 조원들은 언제나 일심동체 아니냐야."

말 같지도 않은 논리에 억지로 끌려나가 요키와 나란히 밤길을 걸었다. 누렇게 말라비틀어진 쓸쓸한 논을 지나쳐서 냇가 쪽으로 내려갔다.

미키 씨네 친정은 다리 건너에 있었다. 요키네 집에서 걸어서 5분도 안 걸린다. 가무사리에 딱 하나 있는 구멍가게다. 유리문을 열자 가게 안에 진열된 잡다한 물건들이 보였다. 농기구에 세제에 식료품에 술과 담배까지, 아무튼 뭐든지 파는 가게다.

"계십니까~!"

요키가 큰 소리로 부르자 집으로 이어지는 장지문이 빼꼼히 열렸다. 미키 씨네 아버지로 보이는 중년 남자의 눈이 슬쩍 보였다.

"우리 미키, 여기 안 왔어야?"

요키가 밝은 목소리로 물었다. 친정이 이렇게 가까이 있다는 건 요키와 미키 씨가 어릴 때부터 같이 자랐다는 뜻이고, 그럼 당연히 미키 씨네 아버지와 요키도 예전부터 친한 사이였을 것이라고 생각했다.

그러나 바로 다음 순간에 그런 내 짐작이 틀렸다는 사실이 드러났다.

"여기에 '우리 미키'가 어딨다고 찾아온 거이야?"

미키 씨네 아버지가 위협하듯이 이빨을 드러내더니 장지문을 탁 닫아버렸다. 전혀 친한 느낌이 아니었다.

"그러지 말고 좀 만나게 해주시지야."

"안 된다. 너같이 여자 밝히는 놈을 우리 딸 옆에 둘 생각 없다. 갈라서야."

"자꾸 그러지 마시고야."

요키가 애처로운 목소리로 애걸복걸했다.

"이번 한 번만 야아야로 좀 부탁드려야."

"안 된다면 안 되는 줄 알아. 어이야. 네놈 집에는 이제 편지 배달도 없어야."

미키 씨네 아버지는 우체국에서 일하는 모양이다. 장지문을 사이에 두고 요키와의 힘겨루기가 계속되었다. 한쪽은 장지문을 열려고 하고, 다른 쪽은 그걸 막으려고 서로 힘을 쓰다 보니 삐걱삐걱 문틀 뒤틀리는 소리가 났다.

그러다 결국 요키가 주머니에서 뭔가를 꺼내 손에 쥐더니 "이얏!" 하고 주먹으로 창호지를 뚫어버렸다.

"자, 이걸로 합의를 보시지야!"

갑작스러운 깽판에 나도 깜짝 놀랐지만 장지문 안쪽에서도 동요하는 기색이 역력했다. 그런데 조금 있다가 장지문이 드르륵 열렸다.

"오늘은 이만큼 하고 일단은 야아야로 하지."

마루에 올라오라고 미키 씨 아버지가 턱짓을 했다. 신발을 벗으면서 요키가 내 귀에 대고 속삭였다.

"전에 갔던 단골 술집 할인권을 내밀었거든."

정말 썩어빠진 어른들이다.

마루에서는 미키 씨와 미키 씨 어머니가 저녁을 먹고 있었다.

"어머, 요키네. 이번에는 일찍 데리러 왔네야."

미키 씨 어머니가 반갑게 말했다. 미키 씨는 요키 쪽으로 눈길도 주지 않았다.

"할매가 빨리 미안하다고 하라면서 하도 야단이라서야."

요키는 그렇게 말하더니 미키 씨를 보며 바닥에 털썩 무릎을 꿇었다.

"미안했다! 돌아와주라!"

무릎을 꿇는 게 너무 익숙해 보였다. 미키 씨는 말없이 밥알을 씹을 뿐이었다.

"유키, 너도 빨리 꿇어야." 요키가 작은 소리로 채근해서 "내가 왜요?" 하고 다시 따졌다.

그런데 "이 아이가 신입인가?" "젊고 씩씩해 보이네야" 하고 미키 씨 부모님의 주목을 받는 바람에 하는 수 없이 무릎을 꿇고 앉은 요키 옆에 앉았다.

"저기, 미키 씨……."

머뭇거리며 말을 걸었다.

"요키 씨도 반성 많이 했다고 그러는데……."

대꾸가 없다. 잘 구운 민물고기와 감자샐러드의 먹음직한 냄새가 온 집 안에 풍겼다. 배에서 꼬르륵 소리가 났다.

"이렇게 하면 어떨까요? 앞으로는 제가 항상 요키 씨를 감시할게요. 일이 끝난 다음에는 곧장 집으로 가게 할게요. 그러니까 제발 돌아와주세요!"

자존심 따위 챙길 겨를이 없었다. 정신을 차려보니 나도 무릎을 꿇고 고개를 푹 숙인 상태였다. 태어나서 처음으로 무릎 꿇고 사죄하는 대상이 다른 사람의 아내라니. 배고픔이 이렇게 무섭다.

미키 씨는 우물거리던 음식을 꿀꺽 삼키더니 젓가락을 내려놓았다. 크고 맑은 눈동자가 나와 요키의 정수리에 머무르는 게 느껴졌다.

"진짜지야?" 하고 미키 씨가 갈라진 목소리로 물었다.

"진짜로 앞으로는 여자랑 안 놀 거지야? 한 번만 더 그랬다간 이혼으로 안 끝나야. 그땐 내가 죽어버릴 거이야!"

깜짝 놀라 고개를 들었다. 미키 씨는 무릎 위에 올려놓은 두 주먹을 꽉 쥐고 쥐어짜듯이 진심을 말했다.

"그럼, 진짜지."

요키가 말하며 미키 씨 손에 자기 손을 살포시 포갰다.

"거짓말하면 안 된다, 어이야!"

"알았어, 알았어야. 여태까지 뭔 짓을 했어도 다른 여자들이랑은 아무것도 아니고 그냥 노는 거였어야. 내가 진짜로 사랑하는 건 항상 미키, 너 하나라야."

"요키~!"

미키 씨는 요키의 목덜미를 와락 껴안더니 엉엉 울기 시작했다.

뭐냐, 이 부부는?

한두 번 있었던 일이 아닌지 미키 씨네 부모님은 딸 부부에게 눈길도 주지 않고 마냥 저녁밥 먹기에 여념이 없었다.

잡화점 '나카무라야'(미키 씨와 세이치 씨는 먼 친척인 모양이다)를 나와 온 길을 되돌아왔다. 밤하늘에 별이 반짝였다. 별자리를 일일이 찾아보기 힘들 정도로 수도 없이 많았다.

익숙하지 않은 화려한 밤하늘을 올려다보니 현기증이 날 지경이었다. 그 앞에서는 나의 탈주극도, 무릎을 꿇은 일도 아주 사소하게 느껴졌다.

요키가 앞장서서 경쾌한 발걸음으로 자기 집으로 들어갔다. 내 옆에서 걷던 미키 씨가 불쑥 물었다.

"바보같이 보여야?"

그렇다고 대답할 수는 없어 아무 소리도 하지 않았다.

"난 어렸을 때부터 요키가 너무 좋아서 내가 먼저 좋다고, 사랑한다고 해서 결혼까지 한 거라야. 그래서 저 사람 일이 되면 앞뒤 안 가리고 제정신이 아니게 되는 거이야."

도대체 요키의 어떤 구석이 그렇게 좋을까? 물론 일솜씨는 기가 막히지만 어영부영하고 엉망진창인 인간 아닌가? 그래도 어릴 때부터 아는 상대와 어릴 때부터 살던 동네에서 평생 함께 사는 것도 나쁘지 않을 수 있겠다는 생각이 들었다.

"야아야 해요, 미키 씨."

내가 말하자 "그렇지야" 하며 미키 씨가 웃었다.

처음 써본 가무사리 사투리는 이른 봄 공기 속으로 부드럽게 녹아들었다.

2

가무사리의 신령님

깊은 산속에 쌓였던 눈까지 녹아내리면서 가무사리 마을에 본격적인 봄이 찾아왔다.

논들은 연꽃으로 뒤덮였다. 훈훈한 바람에 연꽃들이 나부끼면 연분홍색 구름 속을 걷는 기분이 들었다. 이 연꽃들은 나중에 가래질해서 비료로 삼을 모양이다.

논두렁에는 작은 제비꽃들이 가득 피었다. 여기저기 있는 집 마당들 앞에, 산등성이의 푸른색 사이에도 마치 타오르는 하얀 불꽃처럼 무수한 꽃을 피운 목련이 보였다.

아무튼 봄의 기세가 대단하다. 지금까지 흑백의 무채색으로 침침하던 화면에 한꺼번에 색깔을 확 입힌 느낌이다. 어떤 특수촬영 기법으로도 이렇듯 한순간에 변해버리는 경치를 담아내기는 힘들 것이다.

변화는 경치뿐만 아니라 냄새와 소리에도 나타난다. 겨울 동안 딱딱하고 차갑게 들리던 시냇물 소리가 초목에 싹이 나기 시작하면 그때부터 갑자기 부드러운 졸졸졸 소리로 바뀐다. 물은 속이 들여다보일 정도로 맑아지고 달큼한 냄새를 풍긴다. 황금색으로 반짝이는 강바닥 모래에 투명한 송사리 떼 그림자가 비치는 것을 발견하고는 나도 모르게 환호성을 질렀다.

뭐랄까, 봄은 모든 것에 탄력을 주는 느낌이다. 시게 할머니 떼거리에 둘러싸인 상태가 겨울이라면 나오키 씨 100명이 오토바이를 타고 산속을 마구 달리는 게 봄이다. 힘차면서 시끄럽다.

내가 나고 자란 요코하마에서는 이런 변화를 느낄 수 없다. 가무사리는 그냥 시골 촌구석이어서 볼 게 없다고 생각했는데 시골에도 나름 좋은 점이 있는 것 같다. 냇가 작은 다리 난간에 기대서 나날이 녹음이 짙어지는 산과 냇물 위로 쏟아질 듯이 화사하게 핀 조팝나무 하얀 꽃을 시간 가는 줄 모르고 바라보았다.

1년 동안 가무사리 마을에서 살아보니, 누군가 "가장 좋아하는 계절은?"이라고 묻는다면 "봄"이라고 대답할 것이다. 겨울에는 눈일으키기가 있고, 여름도 나름 좋지만 일이 너무 힘들고, 가을은 음식도 맛있고 단풍도 예쁘지만, 그 황당무계한 마츠리가……. 아니, 이 부분에 대해서는 나중에 다시 쓰겠다.

어쨌든 봄이 가장 좋다. 봄기운이 풍기면 왠지 모르게 느껴지는 설레는 기분, 꽃과 흙과 물의 향기가 뒤섞인 공기의 달큼함을 이길 수 있는 건 아무것도 없다.

단 한 가지 문제라면 바로 노란 입자, 꽃가루다. 가무사리 마을에는 산밖에 없고, 그 산에 있는 나무들은 거의 다 삼나무와 편백나무다. 무시무시한 꽃가루 포위망인 셈이다.

산에 있는 삼나무 가지 끝에 갈색 열매 비슷한 게 맺히기 시작했다. 처음에 나는 '저게 뭐지?' 싶었다. 그러다가 그 열매의 색깔이 점점 짙어지더니 멀리서 보면 삼나무가 시든 것처럼 누렇게 변해버렸다.

그즈음부터 이와오 아저씨가 재채기를 수도 없이 해댔다. 세이치 씨는 산에서 일할 때 엄청난 고글을 착용하고 나왔고, 쿨한 표정을 그대로 유지한 채 조용히 콧물을 계속 흘렸다. 마을을 돌아다닐 때도 마스크를 한 아줌마들의 모습이 눈에 띄었다.

꽃가루의 공격이 시작되었다.

탈출하려고 했던 나를 조원들은 아무 소리 없이 다시 받아줬는데, 어쩌면 그 무렵부터 시작된 꽃가루 알레르기 증상 때문에 야단치는 것조차 잊어버려서 그랬는지도 모른다.

이와오 아저씨가 재채기와 재채기 사이에 말했다.

"저 누리끼리한 건 열매가 아니야. 삼나무 수꽃이지야."

"네? 저게 전부 다요?"

산 전체가 시들어버린 것처럼 온통 갈색으로 물든 채 마을을 둘러싼 모습을 망연자실 바라보며 물었다. 요키가 신이 난 얼굴로 옆에서 말을 덧붙였다.

"지금은 그나마 괜찮은 편이지야. 조금만 더 있어봐. 저게 완전히 샛노랗게 변하거든. 그러면 바람이 불 때마다 가지가 흔들려서 꽃가루가 노란 안개처럼 화라락~, 화라락~ 하고……."

"요키, 그만해."

세이치 씨가 코맹맹이 소리로 제지했다.

"아, 왜야? 사실이잖아야. 눈에 보일 정도로 엄청난 양의 꽃가루가 비처럼 우수수, 우수수, 우수수수~ 하고."

"꽃가루, 꽃가루, 그만 좀 해라, 어이야."

이와오 아저씨는 그 말을 듣기만 해도 힘겨운지 숨이 끊어질 듯 허덕거렸다. 사부로 할아버지는 꽃가루를 전혀 느끼지 않는지 크게 심호흡을 하며 준비체조에 여념이 없었다.

"유키는 꽃가루 알레르기 괜찮아야?"

"네. 저는 아무렇지도 않아요."

그렇다, 그때까지는 괜찮았다. 그 뒤에 얼마나 무시무시한 운명이 기다리고 있는 줄도 모른 채 해맑게 웃으며 대답했다.

사부로 할아버지는 "그것 참 다행이구나야. 요즘에는 이 마을에도 꽃가루를 힘들어하는 사람들이 많아야. 딱한 일이지야" 하며 안타까운 표정을 지었다.

요키는 나한테 꽃가루 알레르기가 없다는 점을 알더니 "에이, 재미없어" 하며 아쉬워했다.

물론 야생 들짐승 같은 요키는 알레르기처럼 섬세한 인간의 병과는 무관하다. 아마 삼나무 수꽃을 통째로 씹어먹어도 아무렇지 않을 것이다. 이런 젠장, 꽃가루 알레르기는 문명인이라는 증거란 말이다. 그런 걸로 해두자, 일단은.

그해는 철 지난 눈 때문에 묘목 심기가 한참 늦어졌다. 나카무라 임업 사원들은 중단했던 산지 준비 작업을 긴급으로 진행했다. 산지 준비 작업이란 묘목을 심을 산의 비탈면을 깔끔하게 고르는 작업이다.

"워낙에 일손이 모자라서" 하고 서쪽 산 중턱에 선 세이치 씨가 말했다.

"여기는 개벌 작업을 한 다음에 한동안 손도 못 댔지."

"개벌 작업이 뭐예요?"

"일정 구획에 있는 나무를 모조리 베는 벌채 방법이지야."

이와오 아저씨가 설명해주었다.

"개벌 작업을 하면 한꺼번에 밀어버리니까 일일이 벌채할 때처럼 손이 많이 가지는 않지만, 그 비탈은 완전히 민둥산이 돼야. 워낙 '환경, 환경' 하면서 까다롭게 따지게 되기도 했고 산사태가 일어날 위험도 있어서 요즘에는 나무를 골라서 솎아내는 간벌 쪽이 주류야."

말을 듣고 보니 비탈면 한쪽 구획만 삼나무가 한 그루도 없이 들판처럼 뻥 뚫린 상태다. 새가 씨를 떨어뜨려서인지 군데군데 낮은 잡목이 자라기는 했다. 인공적으로 질서정연하게 늘어선 삼나무와 달리 반들반들한 녹색 잎이 돋아난 나무는 오히려 자연스러워 보였다.

배꼽 정도 높이에 불과한데 연한 노란색 작은 꽃이 작은 공처럼 가지 끝에 핀 나무가 있었다. 여러 개의 꽃을 지탱하는 부분이 검붉은색이라 더욱 눈에 띄게 대조되었다.

"예쁘네요."

"말오줌나무야."

요키가 말했다. 그 말을 하면서 아직 가느다란 나무의 뿌리 부근을 도끼로 찍어냈다.

"아, 아니, 지금 뭐 하는 거예요?"

"뭐는 뭐야, 고르기 작업이지."

"불쌍하잖아요? 기껏 열심히 자랐는데!"

"너 바보냐?"

요키는 도끼를 늘어뜨린 채 어이가 없다는 표정으로 나를 쳐다봤다.

"불쌍하고 뭐고 지금 그걸 따질 때야? 여기 비탈에 난 잡다한 나무나 풀을 다 없애야 고르기 작업이 되지. 고르기 작업이 안 되면 나무를 심지 못한다고. 그럼 우린 뭐 먹고 살아야?"

악귀처럼 도끼를 휘둘러 어린 나무들을 찍어내면서 요키가 비탈을 올라갔다. 아연실색했다. '임업' 하면 어딘지 자연과 일체가 된 듯한 이미지가 있었는데 전혀 아니었다. 오히려 요키는 지금 마구잡이로 자연을 파괴하는 중이다.

"개벌 작업 후에 잡풀이 무성해지면 나무가 자라지 않는다. 조림을 제대로 해나가야 산의 환경을 지킬 수 있게 된다."

세이치 씨가 말했다.

"오늘 유키는 이와오 씨한테 일을 배우도록. 고르기 작업의 명인이니까."

그러더니 세이치 씨도 자루가 긴 장대낫을 맹렬하게 휘두르기 시작했다. 가차 없이 베어나갔다. 사부로 할아버지는 떨어진 가지를 주워 모았다.

이와오 아저씨가 툭 하고 내 어깨에 손을 얹었다.

"일본의 산림 중에 사람 손이 닿지 않은 곳은 없어야. 나무를 자르고, 나무를 사용하고, 나무를 계속 심으면서 산을 손질하는 것. 그게 중요한 것이고, 그게 우리 일이지야."

완전히 납득한 것은 아니지만 나도 비탈면 고르기 작업을 시작했다. 삼나무를 벌채한 다음이기 때문에 당연히 뿌리는 그대로 땅에 묻혀 있다. 관목을 자른 다음에는 그 삼나무 뿌리들까지 모조리 캐내야 하냐고 물어보자 "설마" 하고 이와오 아저씨가 웃었다.

"땅이라는 게 얼마나 어마어마한 위력을 가졌는지 아직 모르는 구나야. 뿌리 같은 건 그대로 둬도 아무 상관이 없어야. 금방 썩어서 흙이 될 테니까."

그럼 쓰러뜨린 관목은 어떻게 하느냐고 묻자, 이것도 가지만 제거한 형태로 기둥은 그대로 방치해도 상관없다고 했다.

"여기는 아직 잡풀이 그렇게 무성하지 않으니까. 지면을 너무 말끔하게 정리하면 지표가 말라버리는데, 그게 삼나무 묘목에 치명적인 거라야."

잘라서 쓰러뜨린 관목 가지를 낫으로 팍팍 쳐내면서 이와오 아저씨가 설명해주었다. 나도 곁눈질로 보면서 낫을 썼다. 두꺼운 천으로 된 작업화를 신은 발까지 벨 것 같아서 무서웠다.

"활엽수, 그러니까 밤나무나 느티나무를 심는 경우는 굴려 내리기라는 걸 하지야."

"굴려 내리기요?"

"내가 한번 해볼 테니까 잘봐야."

이와오 아저씨는 옆에 있던 2미터 길이 정도의 막대기를 잡았다. 단단한 떡갈나무로 만든 막대기라는데 얼마나 썼는지 잘 마른

나무껍질이 반들반들해진 상태였다.

비탈면에 겹겹이 쌓인 관목에 막대기를 푹 찔러넣었다. 지렛대 원리로 확 들어올리자 쓰러진 나무들과 그 아래에 있던 다른 나무들까지 한데 뭉쳐서 데굴데굴 비탈을 굴러 내려갔다. 이와오 아저씨는 막대기 하나로 비탈에 쓰러져 있던 나무들을 요령껏 이리 굴리고 저리 굴려서 두껍게 만 김밥처럼 한데 뭉쳐버렸다.

"우와~!"

감탄의 환호성을 지른 나에게 이와오 아저씨가 "너도 해봐야" 하며 막대기를 내밀었다.

당연히 제대로 되지 않았다. 나무들은 전혀 한데 모이지 않았고 굴러가는 방향도 제멋대로였다.

"익숙해지면 금세 할 수 있게 될 거이야."

이와오 아저씨가 그렇게 위로해주었다. 그런데 본인은 그 익숙한 사람들 중에서도 남다른 기술이 있다고 자부하지, 약간 자랑스러운 표정으로 콧구멍을 벌름거렸다.

"어쨌든 이런 식으로 굴려 내리기를 해서 비탈에 잡목으로 여러 단의 줄을 만드는 거이야. 흙이 무너져서 산사태가 나는 걸 막기 위한 방둑인 셈이지."

베어낸 잡목까지도 버리지 않고 활용한다. 비탈의 영양분이 되기도 하고, 산사태를 막아주기도 한다. 삶의 지혜구나 하고 감탄을 하면서 굴려 내리기 시범을 마치고 비탈을 올라가는 이와오 아저씨의 뒤를 따라 올라갔다.

위쪽에 있던 요키가 "유키, 이놈아야~! 흙을 무너뜨리면서 걸으면 어떡하자는 거이야?!" 하고 소리쳤다.

"겉흙은 영양이 담뿍 든 산의 생명줄이다! 그런 생명을 걷어차면서 걷는 놈이 어디 있는 거이야?"

요키가 외치는 고함 때문에 오히려 산사태가 날 지경이었다. 그럼 나보고 어쩌라는 거냐고 따지고 싶었다. 다들 부드러운 작업화를 신고 발 디딜 곳도 마땅치 않은 급경사를 가볍게 돌아다니지만 나는 그러지 못한다. 어떻게든 이와오 아저씨가 밟은 곳을 따라서 걸으려고 해도 밟을 때마다 흙이 허물어진다.

"흙이 부드럽다는 건 손질이 잘되어서 토질이 기름진 산이라는 증거야."

이와오 아저씨가 또다시 자랑스러운 표정으로 웃었다.

산에는 식물만 있는 게 아니다. 곤충도 있고 동물도 많다. 봄이 되어 활발히 움직이기 시작한 각종 생물들 때문에 나는 끊임없이 위협을 느껴야만 했다.

비탈면의 고르기 작업을 마치고 드디어 묘목 심기에 돌입했다.

"저기~ 이걸 손으로 다 심어요? 하나씩 하나씩?"

"당연하지. 트랙터로 논에 모심기하는 게 아니잖아야."

요키가 콧방귀를 뀌면서 대답했다.

"이런 산골에 사람 손 말고 어떤 방법이 있다는 거이야?"

절망의 종이 울려퍼졌다. 도대체 며칠이나 걸리는 거야?

"이렇게 넓은 데를요?"

"넓기는. 기껏해야 두 필지 정도구먼."

"네? 두 필지?"

고개를 갸우뚱거리는 내게 이와오 아저씨가 도움의 손길을 건넸다.

"한 필지가 300평이니까 600평이네야."

600평! 그런 면적을 가진 집은 본 적도 없다. 어쨌든 무지 넓은 땅이라는 것만 알았다.

"한 필지에 450에서 500그루 정도의 묘목을 심을 수 있지야."

이와오 아저씨가 말했다.

"그러니까 여기는 대충 1,000그루 정도겠네. 다섯 명에서 나누면 한 명당 200그루. 금방이네."

전혀 금방일 것 같지 않았다. 아침부터 바윗덩이를 짊어진 기분이 들었지만, 어찌어찌 기력을 모아 묘목 심기를 시작했다.

보아하니 세이치 씨는 요키에게 남을 가르치는 재능이 전혀 없다는 사실을 이제야 알아차린 모양이었다. 묘목 심기를 하는 방법도 이와오 아저씨가 가르쳐주기로 했다.

"묘목을 정사각형으로 심으려고 하면 산 위로 갈수록 위아래 간격이 좁아지겠지?"

나는 삼각형으로 된 산을 머릿속에 떠올렸다. 거기에 정사각형으로 묘목을 심어보고는 "아아, 네" 하고 끄덕였다.

"그러면 일조량이 부족해지니까 안 되는 거이야. 그러니까 이 비탈에는 위아래로 간격이 넓은 직사각형이 되도록 심어야 한다는 거지야. 이게 구형 심기라는 거이야."

우선은 땅바닥에 있는 나뭇잎이나 잔가지를 곡괭이로 치우고 땅 표면이 드러나게 한다. 그런 다음 구덩이를 파는데, 그렇게 파낸 흙은 곡괭이를 써서 구덩이 옆 비탈 아래쪽에다 그대로 쌓아둔다. 평지에서 60센티미터 크기로 미리 키워둔 삼나무 묘목을 구덩이 속에 똑바로 세워서 넣는다. 손으로 고운 흙을 뿌리 사이사이까지 잘 채운 다음에 옆에 쌓아둔 흙을 곡괭이로 단번에 구덩이 속으로 도로 밀어넣는다. 파묻은 구덩이 위의 흙을 밟아준 다음 묘목을 살짝 잡아당겨서 제대로 심어졌는지 확인한다.

물 흐르듯이 매끄럽게 작업하는 모습을 그저 넋 놓고 바라보았다. 요키도, 세이치 씨도, 사부로 할아버지도 각자 담당한 구획에서 나무 심기 기계가 되어버린 것마냥 쉬지 않고 작업에 집중했다.

"자, 너도 해봐야."

이와오 아저씨가 자리를 양보하며 묘목이 든 커다란 천 가방을 건네주었다. 나는 엉거주춤한 자세로 땅바닥을 곡괭이로 내리쳤다. 아무런 막힘없이 곡괭이 끝이 푹 들어가며 축축하고 짙은 흙냄새가 풀썩 솟아올랐다. 그와 더불어 큼지막한 지렁이도 기어나왔다.

"으아아아."

"이상한 소리 내지 마라야."

이와오 아저씨가 흐느적거리는 지렁이를 집어서 옆으로 휙 던져버렸다. 진짜 못 살겠다. 이 마을 사람들은 어떻게 하나같이 다 자연인들이냐?

나는 꼼꼼하게 목장갑을 낀 다음 부지런히 구덩이를 파고 묘목 심기를 되풀이했다.

화창한 봄날, 산에서는 곡괭이가 흙을 파고드는 소리와 세이치 씨가 콧물을 훌쩍이는 소리, 그리고 이따금 이와오 아저씨의 재채기 소리가 울렸다. 가끔가다가 개벌 작업한 곳 바로 옆에 있는 삼나무 숲에서 수풀 흔들리는 기척이 났다. 그럴 때마다 나는 흠칫흠칫했다.

"보나 마나 산토끼야."

이와오 아저씨가 말했다.

"이 근방에는 곰이 없으니까."

"그렇지도 않을걸."

요키가 옆에서 겁을 준다.

"겨울잠에서 깨어나 잔뜩 날이 선 놈이 여기까지 왔을지도 모르지야. 멧돼지가 돌진해올 때도 있고, 성질 나쁜 원숭이가 돌팔매질을 할 때도 있고. 유키 같은 놈은 사슴한테 물릴 수도 있겠네야, 노상 멍하니 정신 놓고 있으니까."

그러는 참에 그날도 함께 온 노코가 신이 나서 달려왔다. 입에 문 비닐 노끈 같은 걸 요키의 발치에 떨어뜨렸다. 뭐지 싶어서 자세히 보다가 기겁을 했다.

"으악, 뱀! 뱀이다!"

"시끄럽다, 어이야. 독도 없는 놈인데 호들갑은."

나중에 알게 되었지만 가무사리 마을 사람들은 살무사를 보면 흥분한다. 독이 있는 위험한 뱀인데도 너도나도 앞다퉈서 잡으려고 달려든다.

여름에 수풀 사이를 걸을 때는 살무사에게 물리지 않게 특별히 조심해야 한다. 그런데 가무사리에서는 살무사 쪽이 오히려 조심해야 할 판이다. 요키가 코를 벌름거리면서 어디 없나 눈에 불을 켜고 찾아다니기 때문이다. 살무사한테서는 산초 비슷한 냄새가 난다고 한다. 그런 냄새를 맡으면 당장에 수풀을 헤집는다. 살무사를 산 채로 소주에 담그거나 반으로 갈라 장어처럼 양념구이를 해 먹기 위해서다. 사부로 할아버지 말에 따르면 살무사 양념구이는 장어보다 더 맛있다는데, 그래도 나는 절대 먹을 생각이 없다.

노코가 물어온 뱀을 요키가 쭈그리고 앉아 살폈다. 살무사가 아니라서 아쉬운 모양이었다.

"노코. 너 백사를 물어서 죽였어야? 신령님 사자인데, 어이야?"

노코는 그래도 여전히 꼬리를 흔들었다. 칭찬받고 싶은 모양이다. 요키가 머리를 쓰다듬어주자 자랑스러운 표정으로 눈을 가늘게 뜨더니 다시 뱀을 입에 물려고 했다.

"안 된다니까."

요키가 노코의 얼굴을 밀어냈다.

"신령님 사자는 먹는 거 아니라야."

요키는 겁내지도 않고 죽은 뱀을 잡아 죽 늘어뜨린 채 걷기 시작했다. 어떻게 하나 보았더니 굵은 삼나무 밑동 뿌리 옆에 파묻었다. 노코는 요키가 가로챈 먹잇감을 아쉬운 표정으로 바라보다가 곧바로 잊어버렸는지 또다시 비탈을 신나게 뛰어다녔다.

오전 작업을 마치고 비탈면 한곳에 모여서 도시락을 펼쳤다.

세이치 씨가 계곡에서 주전자에 맑은 물을 길어왔다. 작은 모닥불을 피워서 차를 끓였다. 산에서 먹는 도시락은 정말 꿀맛이다.

오늘도 변함없이 거대한 주먹밥이어도 말이다.

요키는 주먹밥을 조금 덜어 나뭇잎에 올리더니 뱀을 묻은 밑동 앞에 공물로 바쳤다. 사부로 할아버지가 죽통에 녹차를 따라서 마찬가지로 옆에 바쳤다. 모두가 뱀에게 손을 모아 기도했다. 요키까지도 진지한 표정으로 눈을 감았다. 의외로 믿음이 강한 모양이었다.

"이상하게 보이나, 유키?"

도시락을 먹으면서 세이치 씨가 나에게 물었다. 내가 대답하지 않았더니 세이치 씨가 미소를 지었다.

"산에서는 무슨 일이 벌어질지 모른다. 막판에 가면 신령님께 기도할 수밖에 없게 되지. 그래서 산에서 일하는 사람들은 쓸데없는 살생을 삼간다."

노코는 미키 씨가 특별히 싸준 노코용 도시락(천 주머니에 넣은 개밥)을 정신없이 먹고 있었다.

오전에 심은 삼나무 묘목이 푸르른 잎사귀를 팔랑거렸다. 파란 하늘에 안개와도 같은 봄 구름이 흘러간다.

나무 심기 기계나 다름없는 사람들의 활약 덕분에 내가 생각했던 것보다 작업 진도가 훨씬 빨랐다.

"우리 조원들 같은 사람들이 심으면 1,000그루 정도는 정말 금방이겠네."

"우물쭈물하다가는 다 못하니까."

사부로 할아버지가 땅에서 잔가지를 주워 치아 사이를 쑤시면서 말했다.

"감독네 산은 1,200헥타르나 되는 큰 산이라야."

"암~, 암~" 하고 요키와 이와오 아저씨도 자랑스러운 표정으로 끄덕였다. 그러나 나는 전혀 감이 안 잡혔다.

"1,200헥타르면 얼마나 넓은 거예요?"

"거 성가신 놈이네. 1,200헥타르면 1,200헥타르인 거지."

요키가 짜증스럽다는 듯이 금발의 머리를 벅벅 긁었다. 나는 그래도 물고 늘어졌다.

"아니, 구체적인 이미지가 전혀 떠오르지 않으니까 그러잖아요. 아, 그럼, 도쿄 돔구장으로 치면 몇 개나 들어가요?"

"어째서 면적이나 용적을 따질 때 도쿄 돔구장이 단위가 되는 거지?"

세이치 씨가 지당한 의문을 제기했다.

"도쿄 돔구장 자체를 실제로 본 적이 없는데 몇 개가 들어가는지 알 턱이 없지야."

사부로 할아버지는 팔짱을 꼈다.

"그럼 도대체 도쿄 돔구장은 면적이 얼마나 되는 거이야?"

이와오 아저씨가 묻자 요키가 작업복 주머니에서 휴대전화를 꺼냈다.

"검색해보면 되지야."

"어? 이 마을은 휴대전화가 안 터진다면서요?"

"산 위에서는 터져."

요키가 꿍한 사람처럼 입을 비쭉 내민 표정으로 휴대전화를 만지기 시작했다. 내 배터리는 보자마자 바로 버렸으면서 자기는 휴대전화를 들고 다니다니, 너무한 거 아닌가? 정말 어이가 없네.

"술집 아가씨랑 일하는 틈틈이 저걸로 연락하는 거이야."

사부로 할아버지가 살짝 고자질했다. 하는 짓을 보면 한시도 방심할 수가 없다. 휴대전화부터 압수하라고 미키 씨한테 말해야겠다.

"나왔어야."

요키가 고개를 들었다.

"도쿄 돔구장의 면적은 4만6,755제곱미터라고 하네야."

"그렇다면……."

이와오 아저씨가 허공을 올려다보면서 암산했다.

"1헥타르가 1만 제곱미터니까 1,200헥타르면……도쿄 돔구장이 약 256개 하고 좀더 들어간다고 보면 되겠네야."

256개?!

"헐!"

"참고로 설명하자면 1,200헥타르는 1,200정. 1정은 10필이고 3,000평. 그러니까 감독네 가문이 소유한 산은 363만 평이 되겠구나야."

"우와아~!"

도저히 안 되겠다. 어떤 단위로 환산해도 도저히 상상력이 따라가지 않는다. 정말 깜짝 놀랐다. 세이치 씨가 가진 광대한 산림도 대단하지만 이와오 아저씨의 암산 능력도 보통이 아니다.

"어렸을 때 주산을 좀 했거든."

존경심을 가득 담은 나의 눈길을 받은 이와오 아저씨가 쑥스러운 표정으로 말했다.

"물론 그 모든 산을 우리 다섯이서 다 관리하는 건 아니다."

세이치 씨가 이야기를 다시 돌려놓았다.

"나카무라 임업 사원들이 나눠서 여기저기 산에서 작업하는 거지. 그래도 힘든 부분은 그 산 근처에 있는 삼림조합에 외주를 줘서 손질을 맡기기도 하고."

"감독처럼 광대한 산림을 가진 소유주가 직접 현장에 들어와서 작업하는 건 정말 보기 드문 일이야."

이와오 아저씨가 설명을 덧붙였다.

"일본에서 산을 가진 사람들 8할 이상이 20헥타르 이하의 산림만 소유하고 있어. 산비탈을 촘촘히 나눠서 조금씩 가진 셈이야."

"그래서 산을 살 때는 내 땅 아래쪽이 누구 땅인지 잘 알아봐야 한다고 하지."

사부로 할아버지가 옆에서 거들었다.

"성질 나쁜 놈한테 걸리면 자기 땅으로 다니지 못하게 할 수도 있거든. 그럼 나무를 벌채해도 가지고 나올 수가 없잖아."

"네에."

내가 산을 살 생각이 있는 건 아니니까 딱히 유익한 조언 같지는 않았으나 이권이 얽히면 인간관계가 여러 가지로 복잡해진다는 점만은 잘 알 수 있었다.

"100헥타르가 넘는 산림을 가진 사람은 소유주 중에서도 겨우 3퍼센트밖에 없다더라고야."

이와오 아저씨가 자랑스러운 표정으로 말했다.

"우리 감독네 1,200헥타르라는 크기가 얼마나 엄청난지 잘 알겠지야?"

"네."

"그렇게 어마어마한 산부자는 원래 지시만 내리고 사람들을 움직이는 일을 하는 거이야."

요키가 킥킥거리며 웃었다.

"땀 흘리면서 일하는 걸 좋아하는 세이치는 세상 보기 힘든 별종이라는 소리지야. 일종의 변태라고나 할까야."

"요키, 그만해."

세이치 씨가 말하면서 도시락 뚜껑을 닫았다.

"일본의 임업은 벌써 한참 전부터 사양산업이 되어버렸지. 산을 많이 가지고 있다고 해서 한가롭게 앉아서 손가락만 까딱거리던 시대는 지나갔다는 뜻이다."

나중에 점차 알게 된 일인데 세이치 씨는 작업 현장에서 하는 일뿐만 아니라 산림 경영 면에서도 엄청난 실력자였다.

세이치 씨는 나무를 잘라내기가 비교적 쉬운, 사람 사는 동네와 가까운 쪽 산림을 철저하게 관리했다. 계획적이고 효율적으로 산림을 만들어서 벌채 사이클을 막힘없이 돌리면 수령 30년짜리 삼나무라도 돈이 된다. 국산 목재는 가격이 바닥이지만 일정한 규격을 가진 목재를 일정한 분량으로 안정적으로 공급할 수 있으면 구매가에 운송비를 덧붙여야 하는 외국 목재에 충분히 대항할 수 있는 상황이다. 광대한 산림을 소유한 세이치 씨는 그렇게 하는 게 가능하다.

수령 30년의 나무는 임업 세계에서는 아직 어린 축이다. 요키 말에 따르면 "시시한 놈"이다. 장사 수완이 좋은 세이치 씨는 당연하게도 이윤이 훨씬 많이 남는 나무도 눈여겨보고 있었다.

세이치 씨네 집안은 일본에서도 손꼽히는 산림 소유주다. 예전에는 나카무라 가문이 가진 산만 밟으면서 가무사리에서 오사카까지 걸어갈 수 있었다고 한다. 미에 현 중서부에서 오사카에 이르기까지 산간부가 거의 다 자기 집안 소유였다는 말이다. 스케일이 다르다.

그동안 산을 팔기도 해서 그 당시보다는 소유지가 줄었다고 하지만 나카무라 가문은 대대로 정성스럽게 조림을 계속해왔다. 거대한 삼나무와 편백나무가 우뚝우뚝 솟아 있는 산들이 아직 수없이 많다.

수령 70-80년에서 100년이 넘는 삼나무나 편백나무는 벌채 자체도 보통 힘든 게 아니다. 기술도 있어야 하고 신경도 많이 써야한다. 인력 부족이 심각한 업계여서 하는 수 없이 산속에 그냥 내버려두는 경우도 적지 않은 모양이다.

그런 와중에 세이치 씨는 '나만의 집을 짓기'를 원하는 사람들에게 초점을 맞췄다. 건축회사나 토목건축 사무소와 손을 잡고 '고객이 원하는 양질의 목재를 공급합니다'를 내세웠다. 그러니까 '나카무라 임업 브랜드'를 만든 셈이다. 그래봤자 목재인데 무슨 브랜드냐고 하는 사람도 있을 수 있다. 그러나 새집증후군 때문에 걱정하거나 '친환경적인 집'을 짓고 싶어하는 사람들은 가격이 약간 비싸도 나카무라 임업 브랜드를 선택했다. 그 덕분에 지금은 단가가 높은 주문이 끊임없이 들어오는 모양이다. 세이치 씨가 노리던 바대로 되었다. 경영전략의 승리다.

게다가 세이치 씨에게는 가무사리 산이라는 결정적인 패가 있었다. 마을 어디에 있어도 산꼭대기가 보이는 가무사리 마을의 최고봉. 신성한 깊은 산. 그곳에는······. 아니, 이것도 다음 기회에 설명하겠다.

그렇게 나카무라 가문이 소유하는 산림이 도쿄 돔구장의 256배에 달하는 크기라는 사실을 안 시점에서 우리는 점심시간을 마치기로 했다. 간단하게 허리를 접었다 폈다 하면서 몸을 풀었다. 오후에도 나무를 계속 심어야 한다. 묘목이 든 가방을 각자 어깨에 걸머멨다.

바로 그때 요키의 휴대전화에서 벨 소리가 울렸다. 산에서 휴대전화 벨 소리를 들으니 어딘지 얼빠진 느낌이었다. 술집 아가씨가 전화했나? 미키 씨한테 요키를 감시하겠다는 약속을 한 처지라 귀를 쫑긋 세우고 들었다.

"요키, 큰일났어이야!"

바로 그 미키 씨의 목소리가 휴대전화에서 흘러나왔다.

"산타가 안 보이는 모양이야. 빨리 마을로 내려와야!"

예정보다 일찍 마치고 모두가 산에서 내려와 마을로 돌아온 것은 오후 3시 조금 넘어서였다.

유코 씨가 나카무라 본채에서 구르듯이 뛰어나와 세이치 씨 가슴에 얼굴을 파묻었다.

"어떡해, 어떡해!"

남편 얼굴을 보자마자 긴장이 풀렸는지 유코 씨가 울음을 터뜨렸다.

"바로 전까지 마당에서 잘 놀고 있었는데! 잠깐 눈을 돌린 사이에 어디로 갔는지 없어져버렸어."

"괜찮아. 금방 찾을 거야."

세이치 씨가 아내의 등을 토닥이면서 차분한 목소리로 달랬다.

세이치 씨네 집에 마을 사람들이 모여 있었다. 산타가 없어진 시간은 오전 10시경이었다. 아들을 찾아 돌아다니는 유코 씨를 본 사람들이 서로 힘을 모아 지금껏 점심도 먹지 않고 온 마을을 찾아다녔다고 한다.

모여든 사람들 중에는 시게 할머니도 있었다. '감독님네 도련님한테 큰일'이 났다면서 미키 씨한테 업어달라고 해서 부랴부랴 온 모양이었다. 그렇다고 거동이 불편한 어르신이 뭘 할 수 있는 것은 아니었다. 그냥 사람들이 모여든 마루 한구석에 덩그러니 앉아 있을 뿐이었다.

모두 침울한 표정이었다. 어린애 발걸음이다. 멀리 나갈 수 있을 리 만무하다. 온 마을을 찾았는데도 없다는 건 강물에 빠졌거나 외부에서 온 누군가가 데려갔거나다.

천진난만하게 웃는 산타의 얼굴이 떠올라 심장이 아려왔다. 옆에 앉은 요키도 입을 꾹 다문 채 쉴 새 없이 담배 연기만 뻑뻑 뿜어냈다. 산에서 일하는 사람들은 산불이 무서워서인지 담배를 피우는 경우가 거의 없다. 그래서 나는 요키가 담배를 피운다는 사실을 그때 처음 알았다.

몇 명씩 나눠서 마을을 돌아보고는 낙담한 표정으로 돌아왔다.

"경찰에 신고하는 편이 낫지 않겠어야?"

한 사람이 기어이 그 말을 꺼냈다. 냇가 맞은편에 사는 야마네 아저씨다. 그 말을 시작으로 그곳에 있던 모든 사람이 제각기 떠들어대기 시작했다.

"효로쿠 늪은 봤어야?"

"산타가 어떻게 그리 먼 데까지 걸어가겠나?"

"그야 모르지. 만에 하나라는 것도 있잖아야."

"그만해라. 재수 없게 무슨…….'

"강가에 발자국은 없었나야?"

"그만하라니까, 어이야. 그보다 수상한 차나 사람이 돌아댕기지는 않았어야?"

"그런 외지인이 돌아댕겼으믄 벌써 연락이 돌았지야."

가무사리 마을에는 재난 시에 비상 연락을 하기 위한 유선방송이 있어서 평소에는 주로 "처음 보는 차량이 들어왔습니다. 문단속에 주의합시다" 등과 같은 연락을 위해 사용된다. 그 정도로 외지인이 찾아오는 일이 드문 깡시골이다.

사람들이 끊임없이 떠들어댔다. 물론 행방불명인 산타에 대한 걱정을 늘어놓았는데, 한편으로는 뭔가 사건이 일어났다는 사실에 흥분한 듯한 느낌도 들었다. 더군다나 하필이면 엄청난 임야를 가진 감독네 집안인 세이치 씨네 외동아들이 실종되었다. 한가롭고 평온하지만 따분한 생활을 계속하던 마을 사람들의 마음속에

깃들어 있던 약간의 잔인함과 호기심이 느껴졌다.

요키도 그런 흥분 섞인 떠들썩함에 부아가 났던 모양이다.

"에이씨, 작작들 떠들고 그럴 시간에 한 번이라도 더 둘러봐라, 어이야!" 하며 벌떡 일어서서 소리를 질렀다.

"여러분들에게 폐를 끼쳐서 죄송합니다."

세이치 씨가 바닥에 두 손을 얹고 머리를 깊이 조아렸다.

"하지만 제발 다들 힘을 모아주십시오."

자리가 갑자기 조용해졌다. 제각기 떠들어대던 마을 사람들이 멋쩍은 표정으로 서로를 쳐다보았다. 그러고는 "맞아야, 한 번이라도 더 둘러봐야지." "감독님, 고개 드소. 우리가 남도 아니고야" 하면서 자리에서 일어났다.

"좋았어, 그래야지" 하고 요키가 씩씩하게 나섰다.

"그럼 마을을 빈틈없이 샅샅이 찾기 위해서 조를 짜보자고야."

"잠깐!"

갈라진 목소리가 들렸다. 시게 할머니였다.

"마을을 찾아봐도 소용없다, 어이야. 다들 앉아라."

시게 할머니는 가무사리 마을의 장로다. 그래서 마을 사람들은 아무도 그 말을 거역할 수 없다. 뭐야, 왜 그래, 하면서 다들 자리에 도로 앉아서 시게 할머니에게 시선을 모았다.

시게 할머니는 잠시 입을 우물거리더니 이윽고 엄숙하게 선포했다.

"산타는……신령님께서 감추신 모양이다야."

네? 신령님이 감춰서 행방불명이라고? 이건 또 무슨 비과학적인 소리야? 나는 푹 하고 웃음을 뿜을 뻔했다. 그런데 주변에 있는 사람들은 모두가 진지한 표정이었다.

"그렇구나, 신령님께서 감추셨구나야…….”

"올해는 큰 마츠리인데…….”

"오야마즈미 님이…….”

등과 같은 속삭임이 여기저기서 들렸고 모두들 심각한 얼굴로 서로를 바라보며 고개를 끄덕였다.

아니, 이보세요! 다들 제정신이세요?

"저기요~.”

내가 머뭇거리며 손을 들고 말을 꺼냈다.

"무슨 마츠리 같은 게 있어요? 오야마즈미 님이 누구예요?”

여기저기서 웅성거리던 소리가 일시에 조용해졌다. 모두가 일제히 나에게 시선을 던졌다.

"그짝하고는 상관이 없어이야” 하고 야마네 아저씨가 말했다.

그러자 다른 사람들도 "그래야, 맞아야” 하며 덩달아 끄덕였다.

그 말을 들은 나는 가무사리 마을에서 내가 이방인이라는 사실, 세이치 씨네랑 함께 산에서 아무리 열심히 땀 흘려 일해도 이 마을에서 나고 자란 사람들과 똑같아질 수는 없다는 사실을 처음으로 깨달았다.

세이치 씨와 요키, 유코 씨와 미키 씨, 시게 할머니, 사부로 할아버지, 이와오 아저씨는 고개를 끄덕이지 않았다. 그 사람들까지 함께 끄덕였다면 나는 그 자리에서 바로 일어나 몇 시간이 걸리건 산길을 걸어서라도 이 마을을 떠나버렸을 것이다.

"상관이 없다"니, 그게 뭐야?! 내심 화가 나서 미쳐버릴 것 같았는데 꾹 참았다. 지금은 그런 걸로 상처를 받았네, 화가 났네, 하고 따질 때가 아니다. 길을 잃은 산타가 어딘가에서 울고 있을지도 모르는데 말이다. 그렇게 자신을 타일렀다.

어색하고 거북해진 분위기를 뒤집으려는 듯이 시게 할머니가 아까보다 더 힘 있고 근엄한 목소리로 말했다.

"큰 마츠리가 열리는 해에는 신령님께서 아주 가끔 어린아이를 초대하실 때가 있지야. 그럴 때는 몸을 정결히 하고 맞이하러 가야 한다."

어딘지 모르게 예언자 같은 품격이 느껴졌다. 시게 할머니, 되게 멋있네.

"시게 씨, 그 말씀은 가무사리 산으로 맞이하러 가야 한다는 뜻입니까?"

세이치 씨가 자세를 바로 하고서 정중하게 물었다.

"그렇지야."

시게 할머니는 짧게 대답한 다음 자기 역할을 다했다는 듯이 눈을 지그시 감더니 전혀 움직이지 않았다. 설마 일생에 단 한 번, 중대한 예언을 한 다음에 수명을 다하는 전통이 있는 건 아니겠지? 시게 할머니에게 무슨 일이 일어났나 싶어서 깜짝 놀랐는데 자세히 보니 입가가 우물우물 움직였다. 그냥 잠들어버린 모양이다.

세이치 씨의 결단은 빨랐다.

"가무사리 산으로 들어간다. 나카무라 조, 나랑 동행해주기 바란다. 유코, 목욕재계할 물과 우리가 갈아입을 옷을 준비해."

"좋았어!"

요키가 벌떡 일어서면서 외쳤다. 뭐가 어떻게 돌아가는지 상황 판단을 못 한 채, 나도 덩달아 일어났다.

자리에 있던 사람들이 웅성거렸다.

"감독, 아무리 그래도 유키를 가무사리 산에 들이는 건 좀 그렇지 않겠냐야?"

"아직 너무 이른 감이 있는데야."

세이치 씨는 그런 사람들의 목소리를 단호하게 일축했다.

"히라노 유키는 가무사리 마을의 한 사람입니다. 가무사리의 신이 거부할 이유가 어디 있겠습니까?"

감독의 결정에 토를 달 수 있는 사람은 아무도 없었다. 야마네 아저씨를 비롯해서 몇몇은 여전히 납득이 가지 않는 표정이었지만 그래도 반론을 제기하던 목소리들이 일단 잠잠해졌다.

"이와오 씨가 선도를 맡아주시기 바랍니다."

세이치 씨가 말하자 그때까지 한마디도 하지 않던 이와오 아저씨가 여전히 입을 떼지 않은 채 고개를 끄덕였다. 긴장한 듯한 모습이었다.

"그러고 보니 이와오 씨가 있었지야."

"이와오 씨가 맞이하러 가면 신령님께서도……."

또다시 여기저기서 속삭이는 소리가 들렸다. 이와오 씨를 흘깃 흘깃 보면서 뭔가 서로 눈짓을 주고받는다. 도대체 왜들 저러는 건지, 정말. 하고 싶은 말이 있으면 뒤에서 쑥덕거리지 말고 분명하게 말하면 되잖아.

아까 마음 상했던 게 아직도 남아 있어서 그런지 마을 사람들의 태도에 짜증이 났다. 좁은 마을에서는 명분과 소문이 생활의 윤활유라는 사실을 그때까지만 해도 알지 못했기 때문이다.

아이에 대한 근심 걱정으로 창백해진 유코 씨가 장지문을 열고 얼굴을 내밀었다.

"목욕재계할 준비가 다 되었어요."

"고마워."

세이치 씨는 다시 한번 자리에 모인 사람들에게 머리를 숙였다.

"여러분, 그럼 다녀오겠습니다. 저녁밥과 술을 차리게 할 테니 시간이 되시는 분들은 여기서 기다려주세요."

"조심해서 다녀와야."

"무사 귀환을 기도하고 있을게야."

마을 사람들이 만세 삼창을 불렀다. 눈물짓는 아줌마도 있었다. 우리, 어디 전쟁터로 나가나?

너무 거창한 반응에 고개를 갸웃거리면서 평소의 조원들과 함께 세이치 씨네 목욕탕으로 갔다. 넓은 저택 가장 안쪽에 있는 욕실에는 편백나무로 만든 욕조가 있는데, 어지간한 료칸의 큰 목욕탕만 한 넓이였다.

"항상 이런 욕실에서 목욕해요?"

마찬가지로 대중목욕탕에나 있을 법한 크기의 탈의실에서 욕실을 들여다본 내가 놀라서 물었다.

"평소에는 일반 가정용 크기의 욕실에서 씻지. 물값도 무시 못 하니까."

세이치 씨가 날랜 동작으로 작업복을 벗으면서 대답했다.

"이 목욕탕은 마을 모임 때나 마츠리 때 손님들을 대접하기 위한 곳이다."

목욕탕을 손님 대접에 쓴다는 사실도 대단하지만 한 집에 욕실이 두 개나 있다는 것도 대단하다. 감독네 집안의 호사스러운 생활을 보면 거의 옛날 성주에 버금가는 느낌이다.

3개 있는 커다란 수도꼭지로 편백나무 욕조에 물이 점점 차올랐다. ……잠깐만. 물이라고? 뭔가 되게 안 좋은 예감이 드는데.

"유키, 뭐 하고 있어야? 빨리빨리 해야지."

벌써 알몸이 된 사부로 할아버지가 채근해서 나도 허겁지겁 작업복을 벗었다. 벌거벗은 남자 다섯 명이 탈의실에서 욕실로 우르르 들어갔다.

욕조에 담긴 물에서 김이 나지 않았다. 예상대로 찬물이었다. 봄이라지만 저녁때가 되니 욕실 안이 썰렁해서 온몸에 닭살이 돋았다. 욕실 구석에 놓인 그릇에 봉곳이 쌓인 소금이 보였다.

느닷없이 누가 내 머리 꼭대기에 찬물을 끼얹는 바람에 소리도 내지 못하고 펄쩍 뛰어올랐다. 편백나무로 된 물통을 손에 든 요키가 낄낄거리며 웃었다.

"뭐, 뭐, 뭐 하는 거예요?! 심장마비로 죽으면 어떡하라고!"

"뭘 또 그렇게 엄살이야? 사부로 할아버지 좀 봐라야."

우리 조에서 나이가 가장 많은 사부로 할아버지는 한쪽 무릎을 꿇은 자세로 욕조의 찬물을 물통으로 길어서 머리부터 쫙쫙 끼얹고 있었다. 보기만 해도 급소가 졸아들 듯한 광경이었다.

"우리 무슨 수행이라도 하는 거예요?"

"수행이 아니라 목욕재계다."

요키가 말하더니 소금을 한 움큼 쥐어서 자기 몸에 문질렀다.

"자, 너도 이런 식으로 해라야."

어째서 소금을? 나는 배추처럼 절여지는 기분으로 덜덜 떨면서 소금을 온몸에 문질렀다. 그러고는 다시 욕조의 물을 머리부터 끼얹었다. 감각이 마비되었는지 소금으로 문지른 살결이 안쪽에서부터 뜨거워지는 느낌이 들었다.

마지막으로 찬물이 가득 담긴 욕조에 들어가 목만 내놓고 온몸을 담글 즈음에는 웃음밖에 안 나왔다. 산타의 행방을 알 수 없는데 웃고 싶지는 않았다. 그래도 너무 추워서 덜덜 떨리는 바람에 저절로 "아흐아흐아흐" 같은 이상한 소리가 나왔다.

목욕재계라는 의식을 간신히 마친 다음 욕실 한쪽에 마련되어 있던 하얀 기모노를 입었다. 수도자 옷차림 같기도 하고 전통 기모노 바지처럼 보이기도 했는데, 아무튼 하반신에 착용하는 옷의 정강이 부분의 폭이 좁아 꽉 끼는 느낌이었다. 어떻게 입는지 몰라서 사부로 할아버지가 거들어주었다. 옛날이야기 속의 까마귀 괴물이 이마에 붙이는 것처럼 정체를 알 수 없는 검은 모자 같은 건 이 옷차림에 포함되지 않는 모양이었다. 그나마 다행이라는 생각이 들었다.

시대착오적인 옷을 입고 우리는 마당으로 나갔다. 벌써 해가 지기 시작했다. 서둘지 않으면 산타를 찾지 못한 채 밤이 되고 만다. 산에서는 해가 지자마자 기온이 급속도로 떨어지니까 그러면 산타가 정말 위험해진다.

이와오 아저씨가 트럭 운전석에 앉았고 다른 사람들은 짐칸에 올라탔다. 노코가 달려와서 자기도 데리고 가라고 짖었는데 요키가 "안 돼야" 하고 말했다.

"노코는 오늘 산에서 살생을 했잖아. 신령님이 노하시면 큰일이니까 따라오면 안 돼야."

이와오 아저씨가 운전하는 트럭은 마을 남쪽에 있는 가무사리 산을 향해 질주했다. 트럭이 달리기 시작하자마자 요키, 세이치 씨, 사부로 할아버지는 가슴에 걸고 있던 접시 같은 꽹과리를 젓가락 크기의 나무채로 마구 두드려댔다.

땅 땅 땡 땡 땅 땡 띵.

우아함하고는 거리가 먼 금속음이 해가 저무는 산에 울려퍼졌다. 깜짝 놀란 산새들이 푸드드득 날갯짓을 하고, 둥지로 돌아가는 까마귀가 까악 하고 울었다.

엔진 소리조차 들리지 않을 정도로 꽹과리 소리가 너무 요란해서 두 손으로 귀를 막았다.

"왜 그걸 그렇게 치는 거예요?"

트럭은 오래된 터널을 지나 좁은 비포장도로로 들어섰다. 짐칸이 심하게 흔들렸다. 잘못하다가는 혀를 깨물 지경이었다.

"갑자기 찾아가면 실례잖아야."

사부로 할아버지가 말했다.

"지금부터 저희가 가겠습니다, 하고 신령님께 알리는 거이야."

"잔말 말고 너도 빨리 쳐라야."

요키가 재촉해서 하는 수 없이 나도 가슴에 걸린 꽹과리를 두들겼다. 땅 땡 띵. 시끄러운 소리를 가득 싣고 트럭이 앞을 향해 나아갔다.

15분가량 차로 갔고 그 뒤로는 산길을 20분 정도 걸어서 올라갔다. 드디어 가무사리 산 입구에 당도했다.

다 쓰러져가는 작은 사당 옆에 금줄을 감은 삼나무 두 그루가 우뚝 서 있었다. 그 사이로 뻗은 길은 짐승이나 지나다닐 법한 좁은 길이었다. 그 좁은 산길은 산 안쪽으로 계속 이어진 것처럼 보였다.

산타 혼자서 이런 곳까지 왔을 리 만무하다는 생각이 들었지만, 차마 입 밖에 내지는 못했다. 세이치 씨를 비롯한 모두가 마지막 희망을 여기에 걸고 있다는 사실을 잘 알고 있었기 때문이다.

산신령이 어린애를 숨기는 일 따위가 현실에서 일어날 리 없다. 집에서 이렇게 멀리 떨어진 가무사리 산에 산타가 있을 리도 없다. 그러나 여기에 있지 않다면 산타는 강물에 빠졌거나, 외지에서 온 괴한한테 납치되었거나, 아니면 집 근처의 산에서 미아가 되었다는 소리다. 그중 어느 것이든 산타에게 심각한 일이 벌어졌다는 뜻이다. 그럴 가능성은 되도록 생각하고 싶지 않았다. 그래서 일부러 아무 말도 하지 않고 가무사리 산에 산타가 있다고 믿는 척하면서 걸었다.

그런데 요키를 비롯한 다른 사람들은 이 산에 진짜로 산타가 있다고 확신하는 것 같았다. 앞장서서 걸어가는 이와오 아저씨의 뒷모습에서도, 여전히 꽹과리를 요란하게 두들기는 요키의 옆얼굴에서도 희망과 자신감이 엿보였다. 내 뒤에서 걷는 세이치 씨와 사부로 할아버지도 마찬가지라는 사실은 돌아보지 않아도 알 수 있었다.

왜일까? 상식적으로 생각해보면 절대로 있을 수 없는 일인데.

처음에는 신기하게 여겼던 나도 울창한 숲속을 걷다 보니 산타가 진짜로 이 산에 있을 것만 같다는 생각이 들기 시작했다. 그래서 고개를 똑바로 들고 꽹과리를 치며 걸어가면서 "산타~! 산타~!" 하고 불렀다.

지금 돌이켜 생각해보면 차가운 물과 소금 마찰의 자극, 끊임없이 귓가를 울리는 쇳소리 때문에 가벼운 최면 상태에 빠졌던 것 같다. 일종의 환각 증세랄까? 게다가 가무사리 산의 험한 산길과 신성한 영역이 가진 장엄한 분위기, 활엽수로 가득 차서 어두컴컴한 깊은 숲속 경관이 환각에 더욱 박차를 가했다.

그렇다. 가무사리 산은 마을에 있는 다른 산과는 달리 삼나무나 편백나무가 전혀 없는 곳이었다. 인공적인 조림이 전혀 없어서 다양한 나무들이 있었고, 게다가 모두가 비정상적일 정도로 컸다.

석양이 드는 비탈에 황금빛 햇살이 일렁였다. 그 눈부신 햇살에 지지 않을 정도로 화려한 노란색 꽃이 잔뜩 달려 무겁게 가지를 드리운 황매화 나무가 곳곳에 보였다. 찔레나무가 수풀을 이루며 하얀 꽃잎 다섯 장을 다소곳하게 펼쳤다. 달콤한 향기가 코끝을 스쳤다. 병꽃나무가 가지 끝에 작은 꽃송이를 잔뜩 달고 있었다. 그런가 하면 15미터는 족히 되어 보이는 쇠물푸레나무에 핀 거품처럼 새하얀 꽃차례가 머리 위에서 한들한들 흔들렸다. 떡갈나무에 몸을 감은 으름덩굴 줄기에 피어난 꽃은 밝은 보라색이었다.

물론 그 당시에는 나무 이름 같은 건 전혀 모르고 지나쳤다. 그저 '아아, 예쁘다~' 하면서 점점 날이 어두워져 주변이 보이지 않게 되는 게 아쉬울 따름이었다.

꽃향기 때문에 숨이 막힐 지경이었다. 후각뿐만 아니라 청각도 극도로 예민해진 상태였다. 숲속은 좀더 조용하리라 생각했는데 전혀 아니었다. 항상 어디선가 나뭇잎이 떨어지고 수풀이 흔들리는 소리가 들렸다. 나뭇가지는 바람에 술렁이고 '조금 있으면 해가 진다'면서 산새들이 쉴 새 없이 서로에게 지저귀는 소리가 났다. 사슴인지 뭔지가 나무껍질을 씹어먹는 소리까지 들렸다. 저 멀리 어느 골짜기에서 작은 시냇물이 흐르고 있었다.

낙엽이 겹겹이 쌓인 땅바닥은 푹신푹신했다. 수분과 양분을 한껏 머금고 있다는 것을 작업화 너머로도 느낄 수 있었다.

꿈같은 장소였다. 이런 곳이 가무사리 마을에 있었다니. 가무사리 산에 무엇 때문에 들어왔는지조차 거의 잊어버리고 황홀경에 빠진 채 걸어갔다. 아아, 그냥 여기 계속 있고 싶다.

드디어 어스름한 어둠이 숲을 뒤덮었고, 이와오 아저씨가 손전등을 켰다.

나 무슨 생각을 하고 있던 거야? 정신 차려! 정말 오랫동안 숲속에 있었던 것 같았는데 실제로는 하루의 마지막 해가 산을 비추는 10분 남짓에 불과했다. 당연히 우리가 걷던 산길은 아직 가무사리 산 중턱에도 미치지 못했다. 시간 감각이 완전히 이상해진 것이다.

이게 산의 마력인가? 저 무식하고 난폭한 요키조차도 깊은 믿음을 가지고, 신성한 영역에 들어올 때 몸을 단정히 하는 목욕재계가 필요하다고 여기는 이유를 조금은 알 것 같았다. 평지에서 아는 상식, 혹은 인간의 이성으로는 가늠할 수 없는 산의 신비함에 겁이 나기도 했지만 동시에 즐거움도 느꼈다. 엉망진창인 부분과 누군가 엮어놓은 듯 질서정연한 부분이 복잡하게 얽혀서 존재한다. 가무사리 마을의 근간이라고 할 수 있는 그 부분을 처음으로 접한 순간이었다.

"산타야~! 산타야~!"

세이치 씨와 다른 사람들이 부르는 소리가 이어졌다. 경이로움을 떨쳐내려고 나도 소리를 질렀다.

"산타야~, 어디 있어~! 우리가 데리러 왔다, 어서 나와라~!"

그러자 산길 저 앞쪽, 이와오 아저씨가 비추는 손전등의 동그란 빛 속으로 작은 사람 그림자가 뛰어나왔다. 우리는 한목소리로 외쳤다.

"산타!"

산타도 우리를 알아보고는 정신없이 숲을 뛰어 내려왔다.

"아빠!"

나도 요키도 두 팔을 벌리고 기다렸는데 산타는 우리를 휙 하니 지나쳐서 맨 뒤쪽에 있던 세이치 씨에게 와락 안겼다. 세이치 씨는 무릎을 땅에 대고 산타의 몸을 꽉 안아주었다.

"다행이다, 산타. 어디 다친 데는 없고? 어디 아프거나 하지는 않아?"

"응, 아무 데도 안 아파."

산타가 그렇게 대답하는데도 세이치 씨는 아들의 몸을 여기저기 쓰다듬으면서 확인했다. 그리고서 눈을 질끈 감았는데, 아들을 되찾은 안도감과 기쁨에 온몸을 떨고 있는 듯했다.

사부로 할아버지가 허리춤에 달고 온 제주(신전에 올리는 술/역주)를 근처 땅바닥에 이리저리 뿌렸다.

"감사합니다. 산타를 돌려주셔서 정말 감사합니다."

사부로 할아버지는 신사에서 하듯이 두 손을 모아 손뼉을 두 번 딱딱 치는 신전 박수(신을 배례할 때 양손을 마주쳐서 소리 내는 일/역주)를 친 다음 고개를 숙여 기도했다. 우리도 뒤따라 했다. 모든 것을 압도할 것만 같은 밤의 산에는 고개를 숙이지 않고는 배기지 못할 정도의 위엄이 있었다.

그러나저러나 산타는 어떻게 가무사리 산까지 왔을까? 설마 나쁜 놈이 뭔가 이상한 짓을 하려고 여기까지 납치해온 건가? 도대체 산타에게 무슨 일이 일어났는지 걱정이 되었다.

다른 사람들도 나처럼 그 점이 궁금하고 걱정되었던 모양이다. 산에서 내려오면서 세이치 씨 등에 업힌 산타에게 요키가 물었다.

"산타, 여기까지는 어떻게 온 거이야? 지금까지 뭐 하고 있었고야? 다들 얼마나 걱정했는지 몰라야."

"그게~."

산타는 졸리는지 눈을 비비며 대답했다.

"빨간 옷 입은 예쁜 누나가 '우리 놀러 갈래?' 하고 나한테 말했는데~."

"예쁜 누나가 누구야?"

"몰라. 모르는 누나야."

"모르는 사람 따라가면 안 되잖아야."

"근데 진짜 좋은 누나였어. 내가 '응' 했더니 휙~ 했는데 꽃이 진짜 많았어. 과일도 많았어. 복숭아도 있고, 감도 있고, 포도도 있어서 아주 많이 먹었어."

그런 과일들이 지금 같은 계절에 흔하게 보일 리가 없다. 나는 요키와 얼굴을 마주 보았다. 세이치 씨는 아무 말 없이 묵묵히 걷기만 했다.

"음~."

요키가 미간을 손가락으로 문지르면서 물었다.

"휙~ 하는 게 뭐야? 휙~이?"

"날아갔지!"

세이치 씨의 등에서 산타가 신나는 표정으로 두 팔을 벌렸다.

"우리 집이 아주 작게 보였어."

"흠, 그랬구나. 그래서?"

요키는 산타의 이야기를 끌어내기 위해 일단 맞장구를 쳤다. 산타는 약간 불만스러운 표정이었는데, "그런데 하얀 옷 입은 누나가 '이제 돌아가거라' 했어" 하고 이야기를 계속했다.

이번에는 흰옷의 여자라. 나는 고개를 갸웃거렸다. 새빨간 옷도, 새하얀 옷도 눈에 띌 정도로 입는 사람은 생각보다 별로 없다. 소방대원이랑 병원 관계자인가?

"으음~."

요키도 어떻게 받아들여야 할지 곤혹스러운 모양이었다.

"하얀 옷 입은 누나도 미인이었냐야?"

"어~, 그건……."

산타가 머뭇거렸다.

"그래도 진짜 좋은 누나였어. 빨간 옷 입은 누나는 금방 어디로 가버렸는데 하얀 옷 입은 누나는 계속 같이 놀아줬어. 그런 다음에 손을 잡고 아빠랑 아저씨들이 있는 데까지 데려다줬어."

어린 남자아이를 좋아하는 변태 자매 같은 건 아니겠지? 영 걱정스러워서 내가 물었다.

"무섭지 않았어?"

"아니, 하나도 안 무서웠어. 진짜 재밌었어."

그러더니 금세 세이치 씨 등에 볼을 대고는 잠들어버렸다.

"산타가 신령님을 만난 모양이네야."

사부로 할아버지가 진지한 목소리로 말했다.

"그러게야."

이와오 아저씨가 맞장구를 쳤다.

"나 때랑 똑같네야."

"네?"

나는 깜짝 놀라서 뒤돌아봤다.

"이와오 아저씨도 이렇게……신령님이 감춘 적이 있어요?"

"앞을 보고 걸어야, 유키. 그러다 넘어질라."

이와오 아저씨가 손을 흔들며 야단치더니 기억을 되새기는 듯한 목소리로 말했다.

"벌써 몇십 년이 흘렀나 모르겠네. 나도 산타처럼 갑자기 없어져버렸어야. 어른들이 깜짝 놀라서 온 데를 찾아봤는데 가무사리 산에서 웃고 있더라는 거이야. 나는 사실 기억이 잘 나지 않지만."

"그랬지, 그랬지야."

사부로 할아버지가 말했다.

"그때도 오야마즈미 님의 큰 마쓰리가 있는 해였으니까 48년 전이겠네야."

"그렇게 됐어야?"

"그럼, 그렇게 됐지야."

속도 편하다. 무사히 발견되어서 다행이지만 행방불명이 된 경위를 전혀 알 수 없는 상황인데 말이다. 신령님이 감추다니, 그런 일이 정말 일어날 수 있나? 그게 아니라 사실 산타는 어린애에게 성적 욕망을 느끼는 변태 자매에게 납치된 게 아닐까?

그런 생각이 들었지만 아빠 등에서 평온한 얼굴로 잠든 산타를 보고 있자니 아무래도 상관없다는 생각이 들었다. 아무런 해를 입지 않았으니까. 그냥 신기한 여자들과 신성한 산에서 즐겁게 하루를 지냈다. 그렇게 생각하면 되는 것 아닌가?

산에서는 어떤 신기한 일이 벌어져도 전혀 신기한 것이 아니다.

동그랗고 커다란 달이 둥실 떠올라 한밤에 산길을 걷는 우리를 지켜주려는 듯 온 산을 밝게 비췄다. 손전등이 필요 없었다. 달빛을 반아 나뭇잎들이 은색으로 반짝였다.

현관 앞에서 기다리던 유코 씨는 우리 모습을 보더니, 소리 없이 비명을 지르며 잠든 산타를 끌어안았다. 눈물에 젖은 유코 씨의 볼을 세이치 씨가 손바닥으로 살며시 닦아주었다.

집 안 구석구석까지 환하게 불을 밝혀놓은 나카무라 씨네 저택에서 산타가 무사히 돌아온 것을 축하하며 마을 잔치가 밤새도록 벌어졌다. 사부로 할아버지가 쭈글쭈글한 뱃가죽에 사람 얼굴을 그려놓고 춤을 췄다. 야마네 아저씨는 목청을 자랑하며 한 곡조 뽑았고, 시게 할머니는 거기에 맞춰 박자가 안 맞게 손뼉을 쳤다. 미키 씨네 부모가 세이치 씨에게 고생했다고 위로의 말을 건넸고, 미키 씨에게 "그래도 가끔은 도움이 되네" 하고 칭찬을 받은 요키는 기분 째지는 얼굴로 술잔을 비웠다.

이와오 아저씨는 만족스러운 표정으로 마루 한 귀퉁이에서 음식을 먹고 있었다. 나는 그 옆에 앉아 이와오 아저씨의 술잔에 맥주를 따랐다.

"고맙네. 너도 마셔야."

"아니에요, 저는 미성년자니까 그냥 녹차 마실게요."

"딱딱하기는."

한동안 눈앞에서 벌어지는 난리법석을 말없이 바라보았다. 산타는 벌써 잠자리에 들었다. 유코 씨도 아이 옆에 있는지 보이지 않았다.

"이와오 아저씨는 산이 무섭지 않았어요?"

"어째서야?"

"신령님이 감춰서 행방불명이 됐었다면서요? 자칫 잘못하면 집으로 못 돌아왔을 수도 있잖아요."

"그런 생각은 해본 적이 없어야."

이와오 아저씨는 조용히 고개를 저었다.

"그런 일을 당했건 아니건 산은 항상 무서운 곳이야. 산에서 일하다가 갑자기 날씨가 변해서 조난당할 뻔한 적도 있고. 그래도 산에서 벗어나고 싶다고 생각한 적은 없어야. 신령님이 축복해주신 몸이니까 산에서 살다가 산에서 죽는 게 당연한 거라야."

대단하다. 산일은 직업이 아니라 삶 그 자체입니다라는 느낌이네. 이런 말을 하는 어른이 내 주위에는 아무도 없었다. 이와오 아저씨가 말하는 말투도 너무 담백해서, 그게 또 멋있게 느껴진단 말이야.

나도 언젠가 산에서 살다가 산에서 죽고 싶다고 바라는 날이 올까?

잔치는 새벽이 다 되어서야 끝났다. 시게 할머니는 미키 씨가 업고, 술에 잔뜩 취한 요키는 내가 질질 끌다시피 해서 집으로 돌아왔다.

"아무튼 남편이라고 있는 게 손만 많이 가지 아무짝에도 쓸모가 없다니까야."

미키 씨는 끙끙거리며 요키의 작업화를 벗기더니 마루에 뒹구는 요키의 엉덩이를 가볍게 발로 차며 구시렁거렸다. 그래도 요키는 눈을 뜰 생각을 하지 않았다.

나도 너무 피곤해서 눈도 제대로 못 뜬 채 간신히 이불 속으로 기어들어갔다. 수도자 같은 옷차림 그대로 기절하다시피 잠들어서 이튿날 점심때가 되어서야 일어났다.

산타는 그 뒤로 열이 나서 사흘 동안 앓아누웠다. 그러다가 금방 낫더니 예전보다 더 건강하게 온 마을을 뛰어다니며 놀았다.

행방불명 되었던 사이의 일은 하나도 기억이 안 난다고 하는 모양이었다.

머리가 이상하게 몽롱했다.

요키에게 그렇게 말했더니 "너는 원래부터 머리가 몽롱하잖아야" 하며 등짝 스매싱을 당했다.

그 뒤로 본격적으로 열이 나서 요키네 집에서 끙끙 앓아누웠다. 재채기랑 콧물이 쉴 새 없이 나왔다. 코랑 눈이랑 귀랑 목이 간질간질했다.

요괴처럼 머리맡에 앉은 시게 할머니가 내 땀과 콧물을 닦아주었다. 미키 씨는 매실장아찌가 든 죽을 끓여주었다. 배탈이 난 건 아니니까 굳이 죽을 먹을 필요는 없었지만 그래도 감사히 먹었다. 먹는 동안에도 재채기가 계속 나서 복근이 아플 정도였다.

꽃가루 알레르기가 생겨버린 것이다. 이 마을에 와서 딱 한 번의 봄을 지내며 빨아들인 꽃가루가 평생 내 몸이 받아들일 수 있는 꽃가루의 양을 단숨에 넘어버린 모양이다.

산에서 일하다 보면 꽃가루가 뭉텅뭉텅 쏟아진다. 그렇게 쉴 새 없이 쏟아지는 꽃가루 때문에 산비탈이 샛노랗다. 작업이 끝나는 저녁 무렵이 되면 튀김옷에 잔뜩 버무려져서 기름에 들어가기만 하면 되는 튀김처럼 보일 정도다.

세이치 씨와 이와오 아저씨는 고글을 낀 눈가 외에는 맨살이라고는 전혀 보이지 않는 완전무장 상태로 나온다. 수건으로 귀까지 막고 헬멧을 쓰고, 코 밑에도 수건을 두른다. 그 안에 꽃가루용 마스크까지 착용한다. 꽃가루가 들어가는 걸 막기 위해 소매 끝과 옷자락을 천으로 둘둘 감고 나올 정도로 철저하다.

"눈이나 코 같은 점막뿐 아니라 피부까지 가려운 느낌입니다."

"그러게 말이라야. 올해는 유독 양도 많고."

게릴라나 양봉가처럼 보이는 차림새로 두 사람은 휴식 시간에 구시렁거린다. 요키와 사부로 할아버지와 노코는 꽃가루가 떨어지건 창살이 떨어지건 전혀 아랑곳없이 팔팔하다. 나는 코 안쪽이 뜨겁고 머리가 멍하네, 하는 느낌이 들었다. 감기라도 걸렸나? 하고 생각했다.

감기가 아니었다는 건 지진 때문에 알게 되었다. 그때 우리는 서쪽 산 깊숙이 들어가 30년생 삼나무들을 간벌(솎아베기)하는 중이었다.

수령 20년이 넘은 숲은 대개 5년마다 한 번씩 간벌해서 양질의 목재가 될 만한 나무들만 남겨둔다. 그렇게 솎아내지 않으면 나무들이 너무 빽빽하게 자라 서로의 생육을 방해하고 일조량도 줄어든다. 그렇다고 너무 많이 솎아내도 안 된다. 특히 편백나무는 일조량이 지나치게 많으면 말라버리는 모양이다.

어느 나무를 베고 어느 나무를 남길지 판단하는 건 어려운 일이다. 나무가 선 자리와 가지가 뻗어나간 정노를 보고 '이 정도면 되겠다' 싶은 나무를 남긴다. 50년생, 70년생의 거목으로 자라게 하기 위해서다.

그렇다고 간벌 대상이 된 나무가 질이 좋지 않아서 그런 것은 아니다. 그 나무가 거기 있어준 덕분에 다른 나무들이 비나 바람의 직격탄을 맞지 않았고, 적당한 일조량을 확보할 수 있었고, 토양도 좋아질 수 있었다. 게다가 30년생 정도가 되면 간벌한 나무라도 목재로 사용할 수 있다.

나는 어느 나무를 간벌해야 하는지 전혀 모르기도 하고, 실제로 나무 베는 작업을 할 만한 기술도 없기 때문에 벌채한 나무를 운반하는 일을 담당했다.

"옛날에는 나무껍질도 허투루 버리지 않았어."

사부로 할아버지가 말했다.

"4월에서 9월 사이에는 껍질이 스르륵 매끈하게 벗겨지거든."

"그럼 10월에서 3월 사이에는 껍질이 안 벗겨져요?"

"안 벗겨지지. 날씨가 따뜻한 계절에는 나무가 자라잖아? 그러려면 공간에 여유를 두어야 해서 껍질이 살짝 떠 있거든. 하지만 겨울에는 그게 안 되는 거이야. 자라기를 멈춘 기둥에 껍질이 딱 달라붙어버린단 말이지."

그런 사실을 알아차린 옛날 사람들이 참 대단하다는 생각이 들었다. 관찰력이 정말 뛰어나다.

사부로 할아버지가 쓰러진 삼나무 기둥에서 작은 낫을 가지고 순식간에 껍질을 벗기는 걸 보여주었다. 짙은 갈색에 우둘투둘하던 껍질 밑에서 매끄러운 속살이 마법처럼 드러났다. 신선한 나무 냄새가 풍겼다.

"벗겨낸 껍질 양으로 얼마나 나무를 벌채했는지를 헤아린 거라야. 그 수를 세서 돈을 받았으니까."

"지금은 껍질을 안 벗기나요?"

"어지간해서는 안 벗기지. 집에서 나무를 때거나 하지 않으니까 수요가 없거든. 게다가 껍질을 벗기면 안쪽이 건조해져서 목재에 금이 갈 가능성도 높아지니까야."

현재 나카무라 임업의 급여는 성과제가 아니라 산에 얼마나 올라가서 일했느냐로 계산해서 지급된다. 물론 기술과 경험에 따라 계산되는 기본 액수가 다르다. 견습생인 내 급여는 아마 요키의 3분의 1도 안 될 것이다. 하지만 그 정도라도 주는 게 어딘가 싶다. 요키가 하는 작업의 4분의 1도 제대로 못 하니까 말이다.

사부로 할아버지와 함께 나무껍질이 붙은 상태의 통나무를 운반해서 비탈에 쌓아올린다. 생나무는 엄청나게 무겁다.

"힘을 줄 지점만 잘 잡아서 짊어지면 거뜬해야"라고 사부로 할아버지가 말했지만 나는 어떻게 해도 무거워서 휘청였다.

가장 아래에 있는 통나무가 땅바닥에 닿지 않도록 나뭇가지나 나뭇잎을 깔고, 서 있는 나무들을 버팀기둥 삼아 서로 엇갈리게 통나무를 차근차근 쌓는다. 그 상태로 100일가량 가만히 두고 건조시킨다. 바짝 말라서 가벼워진 다음에야 통나무들을 산밑으로 운반해간다고 한다.

약간 떨어진 비탈에서 세이치 씨가 간벌할 나무를 선택하는 게 보였다. 서 있는 나무의 껍질을 낫으로 살짝 벗겨서 표시한다. 요키와 이와오 아저씨가 그런 표시가 있는 나무에 로프를 걸었다. 나무를 쓰러뜨릴 때는 필요에 따라 로프를 잡아당겨서 어느 방향으로 쓰러뜨릴지를 조절한다.

비탈에 난 나무를 어떤 순서로 어느 방향을 향해 쓰러뜨릴지를 정하는 것은 작업원들의 안전을 확보하기 위해서도, 그리고 쓰러뜨린 나무를 효율적으로 운반하기 위해서도 매우 중요한 작업이라고 한다. 그래서 요키마저 보기 드물게 진지한 표정으로 일하는 중이다. 가끔 세이치 씨가 사부로 할아버지에게 의견을 물었다. 사부로 할아버지는 그때마다 정확한 판단을 하고 지시를 내렸다.

"우선은 저 나무야. '우상추'로 잘라야. 다음에 저쪽 놈은 '좌하추'야."

처음에는 그 말을 들으면서 "엥?" 했다. 무슨 암호로 이야기하나? 이와오 아저씨가 설명해줘서 그제야 이해할 수 있었다. '우상추'나 '좌하추'라는 건 쓰러뜨리는 방향을 나타내는 용어였다.

산등성이를 향했을 때 나무를 오른쪽으로 쓰러뜨리는 걸 '오른도끼', 왼쪽으로 쓰러뜨리는 걸 '왼도끼'라고 한다. 거기에 덧붙여 나무를 쓰러뜨리는 방향이 다시 여덟 가지로 세세하게 나뉜다. '우상추'는 오른쪽 대각선 위쪽 방향으로 쓰러뜨리는 것이다. '좌하추'는 대각선 아래 45도 각도로 쓰러뜨리는 것이다. 수평은 '횡목', 바로 위는 '촌뜨기', 바로 아래는 '오줌싸개'다.

놀랍게도 요키는 언제나 사부로 할아버지가 지시한 그대로의 각도로 삼나무를 쓰러뜨렸다. 도끼 한 자루만 가지고 말이다. 달인을 넘어서 신기에 가깝다. 나무 베기의 명장이라 해도 과언이 아니다. 분하지만 요키의 대단함을 인정할 수밖에 없었다.

"촌뜨기나 오줌싸개로 나무를 쓰러뜨리는 건 바보나 하는 짓이지야.”

이와오 아저씨가 설명해주었다.

“쓰러뜨린 나무가 비탈을 미끄러져 내려가는데 너무 위험하단 말이야. 특히 오줌싸개 같은 건 하수 중의 하수야. 나무가 비탈로 쓰러지는데 그 충격으로 퍽 하고 튕겨나가면서 부러지거든. 그런 나무에 부딪히기라도 해봐. 그 자리에서 바로 황천행이야.”

“행여 오줌싸개를 하는 데에 맞닥뜨리기라도 하면 그야말로 오줌이 찔끔 나올 지경이라야.”

사부로 할아버지가 고개를 절레절레 흔들었다.

“도저히 어쩔 수 없는 장해물이 있거나 하면 모르지만 어지간하면 산등성이 쪽으로 쓰러뜨리는 게 기본 중의 기본이야.”

이와오 아저씨가 설명을 계속했다.

“그렇게 해야 나무를 자르기도 편하고, 나중에 운반할 때도 효율적으로 움직일 수가 있으니까.”

쓰러뜨리는 나무보다 위쪽 비탈로 대피해서 도끼를 휘두르는 요키의 등짝을 쳐다보았다. 요키는 쓰러뜨리기 전에 반드시 자기가 쓰러뜨릴 방향을 큰소리로 세 번 확인했다.

“우상추~! 우상추~! 우상추~!”

“어이요~!” 하고 우리가 대답한다. 잘 알았다, 안전한 장소에 있으니까 언제든 쓰러뜨려도 된다라는 뜻이다.

요키는 백발백중이어서 안심해도 되지만 나무를 쓰러뜨리는 사람의 기술이 미숙한 경우는 선언한 각도로 나무가 쓰러지지 않을 수도 있다. 그러면 함께 일하는 사람은 목숨이 몇 개라도 부지하기 힘들다.

요키는 그런 다음 도낏자루로 나무 기둥을 두 번 두드렸다.

"저건 무슨 뜻이 있는 거예요?"

"그냥 요키의 버릇이지야."

사부로 할아버지가 웃으며 말했다.

"큰 나무를 자를 때는 저렇게 신령님께 인사하는 거이야. '지금부터 이 나무를 자르겠습니다' 하고 말이지야. 두드리다 보면 나무 속이 비었다는 걸 발견할 경우도 있고. 하긴 오늘처럼 가느다란 나무를 자를 때는 필요 없는 일이지만 그래도 습관적으로 하는 거지야."

드디어 요키가 호흡을 가다듬고 도끼를 들었다. 땅, 땅, 하고 도끼가 나무 기둥을 파고드는 맑은소리가 산에 울려퍼졌다. 나뭇 가지가 흔들리더니 나무가 천천히 산등성이 쪽으로 쓰러졌다. 주변 나무들에 생채기를 내거나 하는 일은 전혀 없다.

감탄하면서 요키의 벌채를 바라보고 있는데 "뭔가 이상하네야" 하고 사부로 할아버지가 말했다. 그 순간 땅바닥이 흔들렸다. 나무가 쓰러질 때 생기는 땅울림인가 싶었는데 아니었다.

"지진이다!"

내가 외쳤다. 진도 3 정도였던 모양인데, 산에서 경험하는 흔들림은 평지보다 훨씬 크게 느껴졌다.

"쭈그리고 있어야!"

사부로 할아버지가 내 헬멧을 위에서 눌렀다. 세이치 씨와 이와 오 아저씨는 나무 기둥에 표시를 하던 참이었다. 이와오 아저씨는 순간적으로 나뭇가지를 올려다보고는 흔들림을 확인했고, 세이치 씨는 요키를 향해 외쳤다.

"요키, 도망쳐!"

요키는 그때 새로운 나무에 막 도끼질을 한 참이었다. 도끼로 찍는 바람에 나무가 쓰러지기 직전의 불안정한 상태인데 지진 때문에 엉뚱한 방향으로 쓰러지기라도 하면 자칫 밑에 깔릴지도 모른다. 본격적으로 흔들림이 오기 전에 요키는 죽을힘을 다해서 비탈을 뛰어올랐다. 노코도 껑충거리면서 따라왔다.

요키가 나와 사부로 할아버지의 옆으로 도망쳐 올라온 시점에서 지진의 흔들림이 최고조에 달했다. 쿵, 하고 온 산이 무겁게 울리더니 모습은 전혀 보이지 않는 새들의 우는 소리가 사방에서 시끄럽게 들려왔다. 비탈에 선 나무의 나뭇가지가 심하게 흔들렸고, 삼나무 꽃가루가 마치 폭설이 내리듯이 한꺼번에 쏟아졌다.

부, 부해(腐海)다!

「바람계곡의 나우시카」에 나오는 부해(미야자키 하야오 감독의 애니메이션 「바람계곡의 나우시카」에 등장하는 식물과 곰팡이로 이루어진 숲/역주)가 연상되었다. "오후의 포자를 날리고 있어……"라는 대사가 나오는 부분이다. 그런 환상적인 광경을 설마 현실에서 실제로 보게 될 줄은 정말 몰랐다.

소리가 사라졌다. 황금색으로 반짝이는 작은 입자들이 수도 없이 눈앞에서 춤을 추다가 땅바닥에 쌓였다.

"엄청 흔들렸네."

"요키가 얼마나 빨리 뛰어오던지."

"웃을 일이 아니라고, 어이야. 불알이 확 졸아붙었는데야."

"그래도 다친 사람이 없어 정말 다행이네야."

조원들이 서로 마주 보며 웃었다. 꽃가루를 온몸에 뒤집어써서 다들 샛노랗다.

"왜 그래, 유키?"

아무 말이 없는 나를 세이치 씨가 들여다보며 물었다.

"에, 에……에에취!"

나는 성대한 재채기로 대답했다. 내 몸이 받아들일 수 있는 꽃가루의 한계치를 기어이 넘어서 꽃가루 알레르기가 발병한 순간이었다.

그날 일을 마칠 무렵부터 나는 열이 펄펄 끓기 시작했다. 마을의 유일한 의사한테 실려가서 알레르기 약을 받았다. 의사는 사부로 할아버지보다도 연세가 많았는데 진찰하는 내내 특별한 이유도 없이 덜덜덜 몸을 떨었다. 내가 재채기를 하면 3초 정도 늦게 화들짝 놀라듯 크게 떨었다. 뭐야? 이런 노인한테 진찰을 받아도 괜찮은 거야?

시게 할머니와 미키 씨의 간호 덕분에 열은 하루 만에 내렸다. 그러나 당연히 꽃가루 알레르기는 낫지 않았다.

이렇게 해서 나는 눈물과 콧물과 재채기를 대량생산하는 몸이 되고 말았다.

"그깟 꽃가루 때문에 죽는 것도 아니니. 오늘도 잘해보자고야."

요키는 아침부터 힘이 넘친다. 이제 우리 조의 과반수가 게릴라

(혹은 양봉가)처럼 보이는 차림새인데 혼자서 참 속도 편하다.

죽는 건 아니지만 죽을 지경으로 온몸이 가렵단 말이다! 의식이 몽롱한 상태로 요키를 째려보았다. 너도 확 꽃가루 알레르기나 걸려버려라. 이 괴로움을 맛본 다음에도 여전히 그런 소리가 나오는지 어디 두고 보자.

내가 보내는 저주의 눈길 따위는 요키에게 털끝만큼도 영향을 주지 않는지 세이치 씨네 마당에서 노코랑 장난치기에 바빴다.

"꽃가루 알레르기라니 참 요상한 게 돌아댕기네야."

사부로 할아버지가 고개를 갸웃거렸다.

"나이하고도 상관이 없는 모양인데, 원인이 뭘까야?"

"체질이겠죠."

세이치 씨가 콧물을 훌쩍거리며 말했다.

"어이 요키, 지금부터 작업 설명한다."

우리는 마당의 큰 테이블에 앉아 그날 작업에 대해 의논했다.

"내일은 뒷산에서 매년 하는 꽃놀이 모임이 열린다."

세이치 씨가 말했다.

"따라서 오늘은 모임 장소 청소와 거기까지 올라가는 길 만들기를 한다."

꽃놀이? 봄이 늦게 찾아오는 가무사리 마을에서도 왕벚나무 벚꽃이 진 게 한참 전이다. 나는 강변 길과 민가 마당과 입구 산(사람들 사는 집 바로 옆에 있는 작은 산을 가무사리 마을에서는 이렇게 부른다) 여기저기에 연분홍색 횃불처럼 화려하게 핀 벚꽃을 황홀하게 쳐다보곤 했다.

이제 와서 피는 벚꽃이 있다는 건가? 그런 의문이 내 표정에 그대로 드러난 모양이다.

"아아, 넌 아직 가무사리 벚꽃을 본 적이 없었네야."

요키가 으스대는 표정으로 웃었다.

"장난 아니게 어마어마한데."

"유키는 오늘 아래쪽 작업을 하는 게 좋겠구나야."

사부로 할아버지도 거드름을 피우며 말했다.

"벚꽃 구경은 내일을 기대하면서 기다리도록 해라야."

"그러네."

세이치 씨도 끄덕였다.

"그럼 나랑 사부로 씨가 벚꽃 주변을 청소한다. 요키와 이와오 씨는 유키를 데리고 길 만들기를 담당하는 걸로. 이상. 해산."

뒷산은 세이치 씨네 집 뒤쪽에 있어서 뒷산이라고 하는 모양이었다. 작업 현장까지 비탈을 따라 이동하는 동안 이와오 아저씨가 꽃놀이 모임에 대해 가르쳐주었다.

"뒷산 꼭대기에 큼지막한 공터가 있거든. 거기에 아주 커다란 가무사리 벚나무 한 그루가 서 있는데, 거기서 1년에 한 번씩 온 마을 사람들이 모여서 꽃놀이를 하는 거이야."

"아아, 좋네요."

"위아래 없이 부어라 마셔라 실컷 놀 수 있는 모임이야. 얼마나 재밌는데야."

요키도 말했다.

"꽃놀이하는 날만큼은 다른 여자한테 말을 걸어도 누가 뭐라

하지도 않고 말이야."

"그냥 말만 거는 거다, 어이야."

이와오 아저씨가 못을 박았다.

"요키 저 녀석이 고등학생 때 미키를 풀숲으로 데려가서 자빠뜨렸거든. 그때 얼마나 난리가 났는지 몰라야."

짐승이 따로 없네.

"그러니까 나중에 책임지고 데리고 살잖아야."

뭘 잘했다고 큰소리인지. 그런데 볼이 좀 벌겋다. 허구한 날 부부싸움이지만 요키와 미키 씨가 아직도 연애하는 부부라는 사실은 그 집에서 함께 사는 내가 잘 안다.

"꽃놀이에는 노인네도 어린애들도 참가하잖아야?"

이와오 아저씨가 이야기를 본래의 주제로 되돌렸다.

"뒷산이라고는 해도 꼭대기까지 산길로 올라가려면 보통 힘든 게 아니지. 그래서 길을 만드는 거라야."

길 만들기에는 간벌한 목재가 활용된다. 일 년에 단 한 번인 꽃놀이 모임에 대비해 간벌한 뒷산의 삼나무는 비탈 여기저기에 말려놓는다. 그 통나무를 써서 사람이 지나다니는 길을 만든다.

완만한 각도로 비탈에 통나무를 놓는다. 통나무 양쪽 끝은 그루터기나 서 있는 나무의 뿌리 쪽에 걸쳐서 고정한다. 이걸 연결해서 산꼭대기까지 꾸불꾸불한 산길을 만든다. 산에서 일하는 사람들에게 뒷산 정도의 경사는 전혀 힘들지 않다. 통나무로 만드는 이 산길은 다리가 약한 노약자를 위한 배려다.

나는 이와오 아저씨에게 배우면서 산 중턱에서 기슭을 향해 길을 만들기 시작했다. 꼭대기에서 중턱까지를 맡은 요키는 점심 무렵에 벌써 우리가 작업하는 데까지 따라붙었다. 마침 골짜기 근처였다. 맑고 차가운 물로 목을 축이고 도시락을 먹었다. 세이치 씨와 사부로 할아버지도 지금쯤 꼭대기에서 휴식 시간을 보내고 있을 것이다.

"이 골짜기 시냇물은 어떻게 해요?"

요키에게 물어봤다. 아침에 뒷산에 오를 때도 골짜기를 건너느라 힘들었다. 폭이 3미터 정도가 되니까 골짜기 시냇물이라기보다는 그냥 개울에 가깝다. 바위가 물 밖으로 드러난 곳이 몇 군데 있어서 발 디딜 곳은 있어도 젖어서 미끄러웠다. 나도 건너다가 발을 삐끗하고 미끄러져서 흐르는 물에 작업화를 적셨다. 떠내려갈 정도로 세찬 흐름은 아니어도 산타 같은 어린아이들에게는 충분히 위험할 수 있다.

"당연히 다리를 놔야지야."

요키가 특대형 주먹밥을 우물거리면서 말했다.

"네? 통나무로요?"

"그럼 달리 뭐가 있어야?"

통나무 같은 걸로 튼튼한 다리를 만들 수 있으려나? 내가 고개를 갸웃거렸더니 "걱정 마라야" 이와오 아저씨가 웃으며 말했다.

"더 깊은 산속에서 나무를 운반할 때 어떻게 하는 줄 알아야? 쓰러뜨린 나무를 써서 수라(修羅)를 만드는 거이야."

"수라요?"

"그래야. 급경사가 있는 비탈에 통나무로 만드는 미끄럼틀 같은 걸 수라라고 하거든. 수라 위에 목재를 굴려서 몇백 미터씩 미끄러져 내려가도록 만드는 거야. 아주 장관이야."

"수라로 아래쪽에 모은 나무들을 그대로 도로까지 운반할 수 있으면 그게 최고야."

요키가 뒤를 이어서 설명했다.

"하지만 그럴 수 없는 경우도 있잖아? 도중에 계곡이 있거나 할 수 있으니까. 그때는 목마길이 필요하지야."

"목마라는 건 일종의 썰매야."

이와오 아저씨는 산에서 하는 일에 대해 이야기할 때면 눈빛부터 달라진다.

"목재를 싣고 사람이 끌고 가는 썰매야. 이걸 끌고 가기 위해 목마길을 만드는 거라야. 계곡에 기둥을 여러 개 세우고 그 위에 사다리처럼 짠 나무를 올리는 거지야. 철교를 떠올리면 되겠네야. 그걸 쇠 대신 나무로 만든 건데, 이 목마길로 계곡을 건너게 해서 최단 루트로 목재를 산 밑으로 운반하는 거이야."

계곡 위에 늪힌 목제 사다리. 떠받치는 기둥도 목제. 상상만 해도 소름이 돋았다.

"몇십 미터나 되는 높이의 계곡에서 목마길을 만드는 경우도 있어야."

요키가 가슴을 펴며 자랑했다.

"그러니까 이렇게 찔찔 흐르는 개울에다 통나무로 다리를 만드는 것쯤은 누워서 떡 먹기가 아니라 자면서 먹어도 할 수 있단 말이지야."

"산에서 그렇게 방정을 떨다가는 큰코 다쳐야."

이와오 아저씨가 요키에게 한소리 했다. 그러면서 나를 향해 꼼꼼하게 보충 설명을 해주었다.

"본래 산에서 하는 일은 모두 분업제야. 요즘은 사람 손이 모자라고 기계도 쓰기 때문에 할 수 있는 일은 뭐든 하고 있지만. 우리 조는 기본적으로는 벌채 담당이야. 초부지야. 초부 중에서도 요키처럼 도끼 한 자루로 일하는 사람을 특별히 나무꾼이라 부르지야. 쓰러뜨린 나무를 잘라서 목재로 만드는 담당은 톱질꾼이라고 별도로 있었어야. 통나무나 목재를 산에서 운반하는 사람은 **나무일꾼**이라고 했는데 수라를 짜기도 하고 목마길을 만들기도 하는 건 주로 그 사람들이 하는 일이었지야."

"우와~."

정말 나무 베는 일 하나도 이렇게 여러 가지로 세분화되는구나. 그만큼 각 작업의 전문성이 높아서 수련을 쌓아야 한다는 뜻이겠지. 나는 벌채를 잘하는 사람이 될 수 있을까? 아직 전기톱 날 세우기도 제대로 하지 못하는데.

아 참, 날 세우기란 전기톱의 톱날을 날카롭게 가는 일이다. 요키 같은 사람은 숫돌을 써서 도끼날을 면도날처럼 예리하게 만들어놓는다. 지나치게 얇게 갈면 금세 이가 나가서 일을 제대로 할 수 없기 때문에 날을 어느 정도로 세울지 가늠하기는 어렵다. 요키가 밤에 자기 집 토방에서 날 세우기를 할 때 그 기술을 어떻게든 훔쳐보려고 옆에서 유심히 관찰한다. 그렇게까지 하지 않아도 되지 않나 하는 생각도 들지만 자꾸 신경이 쓰여서 관찰하게 된다.

싫다고, 절대 안 한다고 하면서도 어느새 착실하게 임업의 길로 발을 들여놓은 느낌이다. 마을에 오자마자 탈출하려고 별짓을 다 했던 게 거짓말 같다.

점심을 먹은 후에 개울 위로 통나무 다리를 만드는 작업을 시작했다.

"마침 한가운데 바위가 얼굴을 내밀고 있네야."

이와오 아저씨가 물 한가운데를 가리켰다.

"저걸 지지대로 하자."

4미터 정도 되는 간벌 목재 세 개를 골라서 나란히 골짜기에 걸쳐놓았다. 요키가 균형을 잡으며 통나무 위에 서서 지지대인 바위에 잘 올릴 수 있는 각도를 찾았다. 서커스 곡예사 같다.

이와오 아저씨와 나는 물가에 바위를 쌓아 통나무가 굴러가지 않게 가장자리를 고정했다. 건너편 기슭의 고정은 갓 생긴 다리를 건넌 요키가 맡았다.

"흐름하고 직각이 되지 않게 살짝 비스듬히 통나무를 걸쳐놓는 게 좋아야."

이와오 아저씨가 말했다.

"어째서요?"

"생각해봐야."

나는 물의 흐름과 통나무 다리를 보면서 생각했다. 그렇구나, 흐름에 내해 직각으로 놓으면 물의 힘을 그대로 받게 된다. 비스듬히 해놓으면 힘이 분산되어서 안정감이 생긴다.

"자, 가보자야."

이와오 아저씨가 통나무 다리를 가볍게 건너갔다. 나도 그 뒤를 따랐다. 둥글둥글해서 걷기가 힘들다.

"통나무 하나에만 무게를 다 주면 안 돼야. 발끝이 양옆을 보게 걸어봐야."

그 말대로 한꺼번에 두 개 이상의 통나무를 걸쳐서 밟도록 신경을 써서 간신히 건넜다.

요키가 도끼 하나로 솜씨 좋게 간벌 목재를 자르는 참이었다. 50센티미터 정도의 길이로 통나무를 자르고 다음으로 한가운데를 갈라서 반달 모양의 단면이 나오게 했다.

이걸 다리 군데군데에 옆으로 두어서 못을 박았다. 통나무 세 개가 단단히 고정되었다.

"이렇게 하면 너나 산타도 무서워하지 않고 건널 수 있잖아야."

어린아이와 나란히 언급된 게 굴욕적이지만, 실제로 산에서는 어린애나 마찬가지 수준이라 뭐라고 따질 수도 없었다.

나머지 비탈에도 통나무로 길을 만든 다음 그날 작업을 마쳤다. 우리가 만든 통나무길을 세이치 씨와 사부로 할아버지가 날 듯이 뛰어 내려왔다.

텐구(天狗, 붉은 얼굴에 코가 높고 신통력이 있어 하늘을 자유로이 날면서 깊은 산에 산다는 상상의 괴물/역주)라는 건 어쩌면 가무사리 마을의 남자들을 일컫는 말인지도 모르겠다. 산을 자유자재로 거침없이 뛰어다닌다.

집으로 돌아왔더니 미키 씨가 시게 할머니의 지도를 받으며 커다란 냄비에 뭔가를 만들고 있었다. 꽃놀이 도시락을 준비하는 모양이었다. 유부 조림이 맛깔스럽게 끓는 참이었다. 유부초밥이다.

저녁밥까지 마련할 정신이 없었는지 밥상에는 햄과 달걀프라이가 반찬으로 올랐다. 아침과 똑같은 메뉴다. 그러나 나도 요키도 아무 말도 하지 않고 먹었다.

꽃놀이 당일 가무사리 마을은 쾌청한 날씨였다.

미키 씨는 아침 일찍부터 일어나서 찬합에 채소 조림, 고기 튀김 등을 담고 마지막에 유부초밥을 만들었다. 나도 거들었다. 맛이 잘 밴 유부에 달큼하게 조린 당근과 표고 등을 섞은 밥을 넣었다. 예쁜 모양이 되도록 작업에 몰두했다. 생각보다 재미있었다.

그동안에도 근처 사는 사람들이 현관 안을 들여다보며 한마디씩 하고 갔다.

"준비 다 되었나야?"

"먼저 가 있어야."

미키 씨는 젓가락으로 찬합을 채우느라 바빠서 정신없었다.

"아니, 이렇게 바쁠 때 이 인간은 도대체 어디 간 거이야?"

요키는 뒷산에 들고 갈 술을 맛보고는 아침부터 툇마루에서 기분 좋게 코를 고는 중이었다. 나는 미키 씨한테 아무 말 안 하고 모르는 척하다가, 음식을 담은 찬합을 커다란 보자기에 쌀 무렵 조용히 깨우러 갔다.

뒷산에 가보니 가무사리 마을치고는 놀라울 정도의 인구밀도였다. 통나무 길을 따라 비탈을 올라가는 사람들이 나무 그늘 사이로 여기저기 보였다. 꼭대기에서는 이미 모여든 마을 사람들의 웅성거림이 들렸다.

요키가 시게 할머니를 업고, 미키 씨가 양손에 찬합 꾸러미를 들고, 나는 등에 세 병, 양손에 한 병씩 큰 술병을 들고서 뒷산을 올랐다.

골짜기에 만든 통나무 다리에서 세이치 씨네 가족과 마주쳤다. 세이치 씨는 거적에 싼 술통을 짊어졌고, 유코 씨는 한 손에는 찬합, 다른 손에는 커다란 보온 주전자를 들고 있었다. 마을 사람들 모두가 이런 식으로 먹을거리, 마실 거리를 들고 올라간 거야? 도대체 얼마나 먹자판, 놀자판을 만들 작정인 건가?

산타는 나보다도 훨씬 더 안정적이고 가볍게 통나무 다리를 건넜다.

큰 술병을 넣은 배낭이 묵직하게 어깨를 파고들었다. 힘들어서 허덕이기 시작할 무렵에야 겨우 꼭대기에 도착했다. 시야가 탁 트이면서 눈에 들어온 광경에 나도 모르게 "우와아~!" 하고 소리를 지르고 말았다.

초록 풀이 깔린 천연의 넓직한 마루였다. 한가운데에는 어떤 그림도 따라가지 못할 정도로 화려한 거대한 벚나무. 산벚나무인가? 하얀 꽃잎이 겹겹이 달린 벚꽃이 가지 끝에 무수히 피어서 멀리서 보면 구름이 뭉게뭉게 피어오르는 듯했다. 가까이 다가가서 보았더니 꽃잎 가장자리에 아주 옅은 연두색 테두리가 보였다. 산의 녹음을 비추듯 시원하고 깔끔한 색 조합이다.

"저게 가무사리 벚꽃이다. 어떠냐?"

요키가 돌아보더니 자랑스러운 표정으로 물었다. 요키의 등에서 시게 할머니도 이가 없는 입을 벌려서 웃었다.

"끝내주네……."

할 말이 그것밖에 없었다. 가무사리 벚나무는 오랜 세월을 거치면서 이끼가 낀 기둥을 뒤틀며 솟아올라 산꼭대기의 하늘을 뒤덮듯이 가지를 한가득 펼치고 있었다.

그 거목을 둘러싸듯이 앉은 마을 사람들이 도시락을 펼쳐놓았다. 꽃으로 된 천장 아래에 앉은 사람들이 각자 들고 온 음식들을 너나 할 것 없이 자유롭게 먹으면서 술잔을 주고받았다. 이쪽에서 누군가 춤을 추기 시작하는가 싶으면 다른 쪽에서는 시를 낭송하는 사람이 보이는 식이었다. 말 그대로 먹자판이었다. 가무사리 지구뿐만 아니라 중간 지구와 아래 지구까지 가무사리 마을 전체에서 사람들이 모여들어 얼근하게 취한 상태로 꽃놀이 모임을 즐겼다.

미키 씨가 권해서 나도 풀밭 위에 앉아 꽃놀이 모임에 끼어들었다. 사부로 할아버지와 이와오 아저씨가 본인들이 가져온 음식과 미키 씨의 유부초밥을 교환하러 우리 자리로 왔다. 요키는 병째로 청주를 마셨다. 세이치 씨는 사람들이 따라주는 술을 얼굴색 하나 변하지 않고 쭉쭉 마시고는 잔을 돌려주었다.

미성년이라고 술을 거절할 수 있는 분위기가 아니었다. 삼림조합의 아저씨가 나를 발견하더니 가까이 다가왔다. 처음에는 '누구였더리?' 했는데 남나르게 굵은 그 팔뚝을 보고는 '멧돼지 전골 아저씨다' 하고 알아차렸다.

"아이고, 히라노 군! 열심히 하고 있다던데야. 역~시, 나카무라 임업에 부탁하길 잘했어야. 좋아 좋아, 아주 좋아!"

벌써부터 벌건 얼굴에 갈지자로 휘청거리는 발걸음이었다. 내가 들고 있던 종이컵에 아저씨는 희희낙락하며 술을 따라주었다. 모처럼 주셨으니 과감하게 원샷했다. 그 모습을 본 요키가 "자, 자, 한 잔 더 해야지" 하며 품에 안고 있던 커다란 술병에서 술을 따랐다.

나는 이상하게 기분이 좋아져서 벚나무 쪽으로 걸어갔다.

"괜찮아야? 많이 취한 거 아냐?" 하며 미키 씨가 걱정스럽게 물었는데 "아니에오~, 갠차나오~!" 하고 손사래를 쳤다.

벚나무 뿌리를 따라 한 바퀴 돌았다. 가지보다 훨씬 굵은 뿌리가 땅바닥에 좍 뻗어서 나무를 든든하게 받치고 있었다.

한 바퀴 돈 시점에서 한 여성과 부딪칠 뻔했다.

"아, 죄송함다!" 하며 얼굴을 들다가 그 자리에 얼어붙었다.

나오키 씨였다. 정말로 오랜만에 만난 것 같았다. 산길을 오토바이로 질주했던 때의 기억이 떠올랐다. 덩달아서 나오키 씨의 허리를 잡았을 때의 감촉도 되살아났다.

"지난번에 산타를 찾으러 같이 갔다면서야?"

나오키 씨가 먼저 말을 걸어오는 바람에 내 심장이 정신없이 뛰기 시작했다. 이러다 갈비뼈가 부러지는 게 아닐까 걱정이 될 정도였다.

"고마워야. 그때는 출장 때문에 마을에 없었는데 나중에 듣고는 너무 놀라서 심장이 멎을 뻔했어야."

어째서 나오키 씨가 고맙다고 인사하는 걸까? 같은 마을 사람이라서 그런가? 출장이라고 했는데 무슨 일을 하는 걸까? 알고 싶다. 나오키 씨와 친해지고 싶다.

"아, 나는요!"

한 발짝 앞으로 나갔다.

"히라노 유키라고 하는데요."

"우왓! 술 냄새 너무 심하네!"

나오키 씨는 아름다운 얼굴을 일그러뜨리더니 그냥 휭 가버리고 말았다.

그래도 내가 이름을 얘기했으니까 그쪽도 자기소개 좀 해주지. 힘이 빠져버린 나는 그대로 한동안 의식을 잃었던 모양이다.

정신이 들어보니 하늘은 벌써 노을 지는 색에 가까웠다. 나는 풀숲 가장자리에 누웠고 옆에는 시게 할머니가 앉아 있었다.

다른 사람들은 가무사리 벚나무를 향해 정좌하고 있었다. 사부로 할아버지가 벚나무 뿌리에 큰 술병을 공물로 올리고 번개 모양을 한 하얀 종이가 달린 막대기를 땅바닥에 꽂았다. 세이치 씨가 딱딱, 하고 신전 박수를 치자 모두가 고개를 깊이 조아렸다.

"뒷산에서는 가무사리 산이 잘 보이지야?"

시게 할머니가 말했다.

"꽃놀이하면서 노는 모습을 가무사리의 신령님께 보여드리는 거이야. 우리가 즐거우면 신령님도 즐거우시니까야. 꽃놀이 마지막에 기무사리 벚나무와 신령님께 저렇게 감사 인사를 드리는 거이야."

나는 누운 채로 고개를 돌려 남쪽을 보았다. 저녁 하늘에 능선을 그려내듯 가무사리 산이 저 멀리 신비롭게 모습을 드러냈다.

눈길을 다시 벚나무 아래 모인 사람들에게 돌렸다. 나오키 씨는 미키 씨와 유코 씨 사이에 앉아 있었다. "술 냄새" 한마디만 남기고 도망쳐버렸다. 어디에 사는지, 몇 살인지, 그리고⋯⋯혹시 사귀는 사람은 있는지 등등 알고 싶은 게 많았는데.

가슴이 간질간질한데 꽃가루 알레르기 때문은 아니었다.

한숨을 푹 쉬고 내 얼굴을 들여다보는 시게 할머니를 올려다보았다.

"이 마을은 미인 생산지예요?"

"애~는 무슨 소리를 하는 거이야!"

시게 할머니가 "흐어, 흐어!" 하고 웃으며 내 이마를 손바닥으로 탁 쳤다.

3

여름은 정열

여름이 다가올수록 물 냄새가 점점 진해진다.

아니, 논 냄새인지도 모른다. 약간 시큼하면서도 촉촉하고 묵직하기도 한데 왠지 오래오래 맡고 싶은 냄새다. 도시에서는 이런 냄새를 의식한 적이 없다. 영양분이 가득한 기름진 흙과 푸릇푸릇한 풀에 맑은 물이 닿아야 날 수 있는 냄새다.

나는 책상다리를 하고 툇마루에 앉아 어두운 바깥을 바라보았다. 조금씩 내리던 가랑비는 이미 그친 모양이다. 내 옆에서는 미키 씨가 피워준 모기향에서 하얀 연기가 피어올랐다. 바람은 거의 없다. 눈과 귀가 밤에 익숙해진다. 가무사리 산의 능선이 어둠 속에서 한층 더 검게 보였다. 수풀 속이나 뒷밭에서 바쁘게 움직이는 작은 생물들의 기척이 났다. 메뚜기가 비에 젖은 날개를 말리고, 산토끼는 이슬에 젖은 신선한 이파리를 오물거리고 있을 것이다.

가무사리 마을에서는 민가 근처에 출몰하는 들짐승으로 인한 피해가 아직 그다지 심각하지 않은 편이다. 산에 넓고 깊은 숲이 있어서인지 원숭이도, 사슴도, 멧돼지도 어지간한 흉년이 아닌 다음에는 먹이가 모자라지 않는 모양이다. 일부러 위험을 무릅쓰고 사람 사는 마을의 밭까지 내려오는 일이 없다. 그래서 그런 들짐승들을 보게 되는 경우가 거의 없다.

산에서 일하다가 동물의 기척을 느낀 적은 여러 번 있었다. 헬멧 위로 삼나무 이파리가 톡 떨어져서 '뭐지?' 싶어 위를 올려다보면 나뭇가지가 부스럭거리고 흔들리면서 무엇인가의 그림자가 재빨리 사라지곤 했다.

"그건 장난꾸러기 새끼 원숭이가 놀린 거이야."

요키가 웃으며 말했다.

"너도 전에 그 원숭이랑 똑같은 장난을 친 적이 있잖아야?"

굴러다니는 사슴 똥도 보았고, 언덕길에서 차를 몰다가 멧돼지와 맞닥뜨렸다는 이야기도 들었다.

하지만 기본적으로 사람과 동물은 제각기 영역이 다르다. 각자 자기 영역을 확보할 수 있을 정도로 산이 풍요롭다는 뜻이다. 그럼 뒤쪽 텃밭에 몰래 들어오는 토끼는 뭔가 했더니 시게 할머니의 말씀에 따르면 "저 덜떨어진 요키 놈 탓이야"라고 했다.

원래가 산토끼는 경계심이 강하고 행동이 재빠르다. 산에 발자취가 남아 있거나 수풀 사이로 하얀 꼬리가 살짝 보이는 일은 있어도 온몸을 제대로 볼 기회는 거의 없다. 그런데 몇 년 전에 요키가 산비탈에서 온몸으로 슬라이딩 태클을 해서 수풀 사이에 있던 산토끼를 잡았다고 한다. 정말로 인간이 맞는지 모르겠다. 살쾡이 수준의 운동신경과 수렵 본능이 있으니 말이다.

요키는 나무상자와 철망을 가지고 마당에 토끼장을 만들었다. 양배추나 무잎을 주면서 귀여워했다는데, 자유롭게 살던 산토끼 입장에서 보자면 재난이 따로 없다. 그래서인지 어느 날 아침, 요키가 잠시 틈을 보이는 사이에 그대로 도망쳐버렸다.

"그런데 사람이 주는 먹이 맛을 잊지 못했던 모양이라야."

시게 할머니가 말했다.

"바로 그때부터 마을 밭에 산토끼가 나타나게 된 거이야."

산토끼는 가끔 일가친척까지 모조리 대동해서 마을 텃밭으로 몰려와 성대한 저녁 만찬을 즐긴다. 그런데 가무사리 마을 사람들은 여기서도 "야아야" 정신을 발휘해서 별다른 대책을 강구하지 않았다.

"그놈들이 앞으로 더 늘어날 것 같으면 밭에다 철조망을 쳐야겠네야."

"그러게야."

한가롭게 한마디씩 하고는 끝이다.

"산의 생명을 사람 사는 곳에 들이면 안 되는 거이야. 산은 산이고, 사람은 사람이야. 우리가 산에 가끔 찾아가서 일하는 걸로 밥을 먹고 산다는 사실을 잊고 까불었다가는 가무사리의 신령님께 야단을 맞을 거이야."

요키는 사부로 할아버지에게 그렇게 꾸중을 들은 뒤로 산짐승 기르는 걸 포기한 모양이다.

요키의 취미는 무엇일까? 툇마루에 앉아 문득 그런 생각을 했다. 동물이나 어린아이처럼 예측할 수 없는 움직임을 보이는 생물을 좋아하는 것 같은데 지금은 노코만 기른다. 오락거리가 적은 이 마을에서는 매일 산에서 일하는 것 말고 시간을 보낼 만한 게 없다. 요키 같은 인간이 용케 그러고 지낸다 싶다. 아, 그러지 못해서 나바리의 술집에서 아가씨랑 놀았나?

나도 밤 시간에는 할 일이 없어 심심했다. TV를 보려고 해도 채널이 너무 적다. 전기톱 날 세우기를 하고 나면 저녁 먹고 나서 잘 때까지 아무것도 할 게 없다. 심~심~해! 산에서 메아리가 돌아올 정도로 큰소리로 외치고 싶다. 심~심~해~ 죽~겠~다~!

산간 마을의 장마철은 정말로 사람을 우울하게 만든다. 축축하고 눅눅하고 찝찝하고. 습기가 장난이 아니다. 사방팔방에 있는 산에서 안개가 몰려들어 생각보다 춥기도 하다. 빨래는 전혀 마르지 않는다. 마루에 난로를 틀어놓고 작업복이나 속옷을 널어야 할 정도다. 미키 씨의 속옷 아래에서 밥을 먹다 보면 체할 것 같다. 시게 할머니의 내복 같은 건 정말 보고 싶지 않다.

가무사리 마을은 안 그래도 산으로 둘러싸여 있어 일조시간이 짧은데, 온종일 비가 내리는 장마철이 되면 태양의 존재 자체를 아예 잊어버릴 것 같다. 겨울철 극한 지방처럼 침침하고 우울하고 몸과 마음이 푹 가라앉는다.

그래서 오랜만에 기분전환 삼아 툇마루에 앉아 멍하니 시간을 보냈다. 보기만 해도 짜증스러운 안개가 그날 밤은 가무사리 강수면에 머무른 채 마을까지 흘러오지 않았다. 시야는 양호했다. 아직 두꺼운 비구름이 하늘을 덮고 있기는 해도 오랜만에 가무사리 산의 검은 능선을 보니 묘하게 마음이 안정되었다.

맨발의 발가락 끝이 축축하다 싶더니 노코가 툇마루에 앞발을 걸치고 내 발끝에 코를 대고 있는 게 보였다.

"야, 거기 냄새는 왜 맡고 그래?"

다리를 오므리고 머리를 쓰다듬어줬더니 노코가 신이 나서 툇마루로 올라왔다. 내 허벅지를 딛고 올라서서 볼을 핥았다. 내가 그 보답으로 온몸을 끌어안는 자세로 등을 벅벅 긁어주자 엉덩이가 떨어져 나가지 않나 싶을 만큼 꼬리를 세차게 흔들어댔다.

사랑스럽고 똑똑한 개다. 주인인 요키와는 딴판이다.

다리 쪽에서 트럭 엔진 소리가 들리고 헤드라이트가 마당에 있는 나무를 비췄다. 노코가 툇마루에서 내려가 문간을 향해 달려간다. 트럭은 빵빵, 하고 경적을 두세 번 울리더니 천천히 마당으로 들어왔다. 운전석에서 내린 요키는 노코가 발치에서 뛰어다니도록 내버려두고 곧바로 조수석 쪽으로 돌아갔다. 노코는 역시 요키가 제일 좋은 모양이다. 떠나버린 온기가 약간 아쉬워서 섭섭했다.

한숨을 쉬었다. 아아, 난 도대체 얼마나 오랫동안 또래 여자랑 말을 못 섞었지? 속세를 떠난 것도 아닌데 어느새 너무도 순결하고 성스러운 생활이 되어버렸다.

기분이 자꾸만 가라앉는 이유가 장마 때문만은 아니었다. 사실은 나도 원인을 알고 있었다. 꽃놀이 모임 날부터 지금까지 나오키 씨가 내 머릿속에서 떠나지 않고 시도 때도 없이 떠오르곤 했다. 하지만 놀림당하기 싫어서 아무에게도 말하지 못했다.

"다녀왔어요?"

답답한 마음을 뿌리치면서 일어섰다. 요키는 조수석에 있던 시게 할머니를 업으려는 참이었다. 그러고 보니 공구를 사러 갔다가 오는 길에 히사이의 데이케어 센터에 들러 시게 할머니를 모시고 오겠다고 했던 게 기억났다.

"어, 유키. 마침 잘됐네. 잠깐 와봐야."

양손을 다 못 쓰는 요키 대신에 등에 업힌 시게 할머니가 손짓을 했다.

"왜요?"

"저쪽 논에 올해 처음으로 반딧불이가 나왔어야."

"네?"

요키는 시게 할머니를 업은 채 다시 대문 쪽으로 돌아갔다. 나는 서둘러 집 안으로 들어가 마루를 가로질러 봉당에서 슬리퍼를 신고 부엌에서 설거지하던 미키 씨를 불렀다.

"미키 씨, 반딧불이가 있다던데요. 같이 가요."

"반딧불이?"

내 기세에 눌린 미키 씨의 손을 잡고, 다른 한 손으로 수도꼭지를 잠근 다음 현관으로 뛰어나갔다. 요키는 집 앞 길가에 서서 기다리고 있었다. 노코도 함께였다.

"어, 언제 돌아왔어야?"

미키 씨가 남편을 보더니 물었다.

"할머니, 오늘은 어땠어야?"

"물이 뜨끈하니 좋았지야."

시게 할머니가 요키의 등에서 대답했다. 데이케어 센터에서 하는 목욕이 시게 할머니의 즐거움이다.

"그런데 아래 지구의 무라타 할아버지는 영 안 좋은 모양이라야. 오늘도 안 왔더라고."

"올봄까지 정정하셨는데야."

"이제 나이가 있어서 어쩌도 못 해야(어쩔 수가 없어). 조만간 장례식 치르게 생겼으니 알아서 준비해둬야."

"예에."

살벌한 건지, 아니면 모든 일을 순리로 받아들이고 오히려 현실에 철저히 순응한 건지 분간이 안 되는 대화를 시게 할머니와 미키 씨가 느긋하게 주고받는다. "야아야"와 "어쩌도 못해야"로 모든 일을 마주하는 각오와 강인함이 없으면 사람이 태어나는 일보다 죽는 일이 훨씬 많은 가무사리 마을에서 살아가지 못하는지도 모른다.

"이쪽이야."

요키가 말하면서 강가의 논 쪽으로 걸어갔다. 오렌지색 손전등과 집마다 처마 끝에서 흘러나오는 약간의 빛이 있을 뿐인 길은 완전히 캄캄했다. 언덕을 약간 내려가자 물 냄새가 진해졌고 냇물 소리가 주위의 고요함을 더욱 도드라지게 했다.

밤의 어둠이 너무도 깊어서 조금 무서워졌다. 주위에 보이는 산 그림자가 나를 내리누르는 듯한 느낌이 들었다. 소리만 들리는 냇물이 물안개와 함께 솟아오를 것 같았다.

"저기" 하고 요키가 손가락으로 가리켰다. 눈을 부릅뜨고 보니 희미한 빛이 떠올랐다. 연한 연두색의 작은 빛이 논 위를 날아다니고 있었다.

"몇 번을 봐도 정말 아름답네야."

미키 씨가 황홀경에 빠진 듯 말했다.

"처음 보네."

내가 말했다.

"처음이라고?!"

요키가 놀란 모양이었다.

"올해 처음이 아니라 태어나서 처음이라는 소리야?"

"물론이죠."

반딧불이, 그것도 자연 발생한 반딧불이는 내가 태어나서 자란 도시에는 한 마리도 없었다.

어딘가 신비한 벌레다. 바로 옆의 이삭에 앉은 반딧불이를 가까이서 자세히 들여다봤다. 연한 빛이 나면서 작고 검은 벌레의 모습이 순간적으로 어렴풋이 보인다. 정말로 엉덩이에서 빛이 난다. 그러다 금방 어둠 속으로 사라졌다가 다시 빛이 난다.

불꽃이나 전기나 별이나 달이나 태양, 그 무엇과도 다른, 지금까지 본 적이 없는 색깔과 질감의 빛이었다. 윤곽이 애매해서 만졌을 때 온도가 어떨지 상상이 되지 않는다. 차가울 것도 같고 너무 뜨거워서 델 것도 같다. 그런 빛이 하늘하늘 떠다니기도 하고 멈추기도 하면서 논 여기저기서 빛난다. 까만 밤에 아주 약간의 빛을 더한다.

아까 느낀 무서움은 이미 사라지고 없었다.

"이 근방에 있는 건 애반딧불이야."

요키가 설명했다.

"이제 점점 수가 늘어날 거라야. 사랑의 계절이니까."

곁눈질로 요키의 얼굴을 살폈다. 비실비실 웃고 있다. 내 속을 들여다본 사람 같다. 아무튼 이런 일에 관해서는 눈치가 너무 빠르다.

"아, 전화 왔다. 우리 집이네야."

미키 씨가 종종걸음으로 집으로 돌아갔다. 엄청난 청각이다. 나와 요키와 요키 등에 업힌 시게 할머니도 반딧불이 감상을 마치고 집을 향해 걷기 시작했다.

"어이, 유키. 뭐 물어보고 싶은 게 있지 않아야?"

요키가 내 속이 다 들여다보인다는 듯이 물었다. 시게 할머니가 귀를 쫑긋 세우는 게 느껴졌다.

"요키의 취미가 뭔지 알고 싶네요."

"딴소리하지 말고, 어이야."

"딴소리 아닌데요. 요즘 들어 내내 비가 와서 일 끝나면 심심하거든요. 요키는 이럴 때 뭐하면서 지내요?"

"그야 나는……."

미키 씨의 뒷모습과 얼마나 떨어졌는지 거리를 눈으로 재면서 요키가 소리를 죽여 말했다.

"예쁜 언니야들이랑 놀지야."

"취미가 여자랑 노는 거예요?"

예상했던 대로의 답변이어서 오히려 어이가 없었다.

"나바리에 있는 술집에서?"

"목재 팔러 갈 때는 나고야에서도 놀지야."

"이히히히" 하며 웃던 요키가 "다 들린다야!" 하는 시게 할머니에게 뒤통수를 얻어맞았다.

요키의 여가 생활은 아무런 참고가 되지 않았다. 내가 알고 싶던 나오키 씨에 대해서도 물어보지 못했다. 전혀 보람 없는 대화가 되어버렸다.

"그러나저러나 너도 여유가 많이 생겼네야."

요키가 말했다.

그 말이 맞는지도 모른다. 봄에는 일을 마친 다음에 남는 시간이니 뭐니 생각할 겨를도 없이 잠자기 바빴다. 그런데 체력 하나는 남에게 뒤지지 않는 내가 이 마을 생활에 점점 익숙해진 것이다.

나처럼 한창 팔팔한 나이의 젊은이가 잡지도 옷도 변변히 사지 못하는 곳에서 사는 생활에 익숙해지는 게 맞는 건가? 그런 생각이 들어 잠시 당혹스러웠는데, 사실 여기 생활도 나름 살 만하다. 없으면 없는 대로 "뭐 어때" 하는 마음이 든다. 얼떨결에 이 가무사리 마을까지 온 것만 봐도 알 수 있듯이 상황에 반기를 드는 기개 같은 게 나한테는 별로 없다. 만사를 귀찮아하고 게을러서 그런지, 아니면 적응 능력이 너무 뛰어난 건지. 어떻게 보느냐에 따라 다를 뿐이라는 생각이 들지만 말이다.

아, 이야기가 빗나갔네. 나랑 요키랑 시게 할머니는 축축한 공기 속을 걸어서 집으로 돌아왔다. 마루에서 미키 씨가 마침 수화기를 내려놓는 참이었다.

"무라타 할아버지가 돌아가셨다네야."

미키 씨가 조용히 말했다.

비가 어지간히 심하게 오지 않는 이상 산일을 쉬는 경우는 없다. 장마 동안에도 우리 조는 쉬는 날 없이 산에서 일했다.

6월 말에 해야 하는 작업은 주로 잡초 베기다. 날씨가 더워지는 데다가 비가 흠뻑 내리는 때라서 산에서는 잡초들이 정신없이 자란다. 특히 봄에 묘목을 심은 서쪽 산 중턱이 어마어마하다. 가만히 두었다가는 삼나무가 잡초의 기세에 눌려 자라지 못하게 된다.

그래서 삼나무가 어느 정도 성장할 때까지는 1년에 두 번, 6월과 8월에 잡초 베기를 해주어야 한다. 높이가 어느 정도 되는 삼나무 숲의 경우는 8월에 한 번만 하면 된다고 한다. 말로는 한 번만이라고 하는데……어쨌든 1년에 최소한 한 번은 온 산의 잡초를 베야 한다는 뜻이다. 정신이 아득해진다. 임업은 정말 사람 손이 많이 가는 일이다. 그런 것치고는 '사양산업'이라는 소리를 들을 정도로 채산이 잘 맞지 않는다. 그런데도 일일이 관리를 하고 신경 쓰지 않으면 산은 금방 황폐해진다. 정말 이 일을 좋아하지 않으면 버텨낼 수 없는 직업이다.

"그저 나무만 갖다 심으면 환경보호라는 건 도시 사람들 생각이야."

이와오 아저씨가 말했다. 꽃가루가 날리는 계절이 끝나서 기분 좋게 서쪽 산에 올라가고 있었다. 여전히 안개비가 내려서 미끄럽고 발 디딜 곳도 마땅치 않은데 전혀 개의치 않는 모습이다.

"숲이 산소를 늘려준다고 하는데 나무도 생물이니 숨을 쉬어야. 당연히 이산화탄소도 나오고."

"그러고 보니 그러네요."

나는 막연히 식물은 이산화탄소를 빨아들여서 산소를 내놓기만 한다고 생각했다. 그러나 그건 광합성을 할 때만 그렇고, 당연히 모든 식물이 산소를 들이쉬고 이산화탄소를 내뿜는 호흡 또한 하면서 산다.

"그러니까 사람한테 좋으라고 나무만 잔뜩 심어놓고 그걸로 안심하면 안 된다는 말이야. 제일 중요한 건 사이클, 순환이라야. 관리도 안 하고 방치하는 건 '자연'이 아니지야. 순환이 잘되도록 손질해서 산을 좋은 상태로 유지해야 '자연'이 보존된다는 뜻이지야."

이와오 아저씨는 그렇게 말하더니 손에 든 커다란 낫으로 잡초를 베기 시작했다.

"그러니까 유키 너도 '풀이 너무 불쌍해요~' 같은 멍청한 소리를 늘어놓지 마라야."

요키가 요상한 음색을 내며 나를 놀렸다. 산지 준비 작업 때 내가 보인 반응을 아직도 기억하는 모양이다.

"누가 그런 말을 한다고 그래요!"

퉁명스럽게 말한 다음 나도 낫을 들고 비탈에 섰다.

"그런데 무라타 할아버지라고 했던가? 그분 장례식에 안 가봐도 돼요?"

"무라얀이 너무 갑자기 가버리긴 했지야. 그렇게 안 좋은 줄 몰랐는데."

사부로 할아버지가 씁쓸한 표정으로 어깨를 축 늘어뜨렸다.

"난 오늘 좀 일찍 마치고 밤새는 데에 가볼 작정이네야."

"내일 장례식에는 다들 함께 가지요."

세이치 씨가 말했다.

"유키, 상복 가지고 있나?"

나는 여기 올 때 평소에 입던 옷들만 들고 왔다. 졸업도 했으니 고등학교 교복을 입을 수도 없고, 요코하마에 전화해서 보내달라고 하기에도 시간이 없다.

"내 양복하고 염주를 빌려주지."

세이치 씨가 제안했다. 장례식이면 조의금이라는 것도 준비해야겠지? 얼마를 준비해야 하나? 이런 궁리를 하고 있으려니 '나도 어른이 다 됐네' 하는 생각이 들었다.

조원들의 설명에 따르면 가무사리 마을에서는 경조사가 있을 때 지구 단위로 주민들이 돕게 되어 있다고 한다. 나는 직접 뵌 적이 없지만 이번에 돌아가신 무라타 할아버지는 아래 지구 사람이다. 아래 지구는 어제부터 밤샘과 장례식 준비로 정신없이 바쁜 모양이었다. 여자들은 음식을 준비하고 남자들은 제단을 만들고 관을 마련하는 일을 맡는다고 했다. 내가 사는 곳은 마을 맨 안쪽에 위치한 가무사리 지구여서 우리는 그냥 장례식에 참석하기만 하면 된다.

옅은 안개가 골짜기 쪽에서 피어올라 발치를 흘러갔다.

우리는 옆으로 나란히 한 줄로 서서 산등성이를 향해 잡초를 벴다. 자루가 긴 낫은 땅바닥에 세우면 내 팔꿈치 위까지 온다. 허리를 굽히지 않아도 되니 부담이 적지만 다루기가 까다롭다.

요키는 아주 편하고 쉽게 장대 낫을 휘두른다. 지옥에서 온 죽음의 신 같다. 어린 삼나무를 잘도 피해서 그 주변에 뻗은 잡초만 순식간에 벤다. 우리 줄에서 나 혼자만 뒤처지기 시작했다.

"초조해하지 않아도 된다."

세이치 씨가 돌아보며 내게 말했다.

"낫에 발을 베이지 않게 조심해."

그 말을 듣자마자 낫의 칼끝을 미끄러뜨리면서 잡초가 아닌 어린 삼나무를 댕강 잘라버리고 말았다. 으악. 허겁지겁 쭈그려서 그 나무를 다시 땅바닥에 꾹 눌러봤다. 삼나무도 그냥 땅속에 눌러놓으면 뿌리가 내리나? 아니겠지? 이래서는 어떻게 할 수가 없겠구나…….

기척이 느껴져서 뒤돌아 올려다봤더니 요키가 내 뒤에 우뚝 서 있었다. 꼭 이럴 때만 귀신같이 알아차린다니까.

"이 멍충한 놈아~!"

요키의 고함이 산속에 메아리쳤다.

"누가 자기를 먹여 살리는 나무를 작살을 내놓냐, 어이야?!"

아이고야. 나는 잔뜩 쫄아서 "죄송합니다!" 하고 필사적으로 사과했다. 아무리 사과해도 삼나무가 원래대로 되지는 않는다.

"야아야" 하고 사부로 할아버지가 자리를 수습하려 했고, "처음이니까 할 수 없지야" 하며 이와오 아저씨가 비탈을 내려왔다.

"어린 나무 근처의 풀을 벨 때는 이렇게 해야. 우선 기둥의 뿌리쪽을 따라서 날을 위쪽으로 향하게 세운 다음 낫의 구부러진 등쪽을 수풀 속으로 일단 찔러넣는 거이야."

내 손을 잡고 낫 다루는 법을 가르쳐주었다.

"그렇게 넣은 다음에는 낫을 바깥으로 눕혀서 자기 앞으로 당기는 거이지. 어때야? 이러면 절대로 삼나무 쪽으로는 날이 가지 않고 풀만 벨 수 있겠지야?"

"네."

요령을 알게 된 나는 다시 마음을 잡고 잡초 베기를 계속했다. 한동안 곁에서 내가 하는 모습을 지켜보던 이와오 아저씨도 "그래, 그렇게 하면 돼야" 하며 내 어깨를 툭툭 치고는 자기 자리로 돌아갔다. 요키만 여전히 저승사자 같은 눈빛으로 나를 노려보았다. 알았다니까. 앞으로는 제대로 하면 되잖아.

비와 안개와 땀 때문에 작업복도 머리도 무겁게 젖기 시작했다. 조금이라도 움직임을 멈추면 체온이 떨어지면서 으스스하게 떨려왔다. 점심 휴식 시간에는 산 중턱에서 모닥불을 피웠다. 아래쪽에 있는 나무들이 안개 속에 희미하게 보였다. 저 멀리 산꼭대기는 하얀 구름을 모자처럼 덮어썼다. 희미한 안개가 땅바닥을 기어서 끝없이 올라왔다.

"오늘은 다들 일찌감치 작업을 마치는 편이 좋겠군요."

세이치 씨가 말하더니 모닥불을 끄고 불씨가 남지 않도록 꼼꼼하게 흙을 덮었다.

3시가 지나 이제 슬슬 산에서 내려가려던 때였다. 우리는 산 중턱의 잡초를 다 처리하고 상당히 높은 지대까지 올라와 있었다.

"어이, 신 내리기야."

사부로 할아버지가 긴장한 목소리로 말해서 나는 낫질을 하던 손을 멈췄다. 요키가 가무사리 산 쪽을 쳐다봤다.

가무사리 산꼭대기에서 하얀 구름이 한꺼번에 쏟아져 내려오는 게 보였다. 구름이 아니라 안개였다. 아주 짙은 안개가 파도처럼 비탈을 타고 내려와서 눈 깜짝할 사이에 마을이 있는 곳까지 밀려 갔다.

모두 아무 소리 없이 세이치 씨 옆으로 모여들었다. 요키가 작은 소리로 날카롭게 "노코!" 하고 불렀다. 비탈에서 놀던 노코가 달려왔다. 그냥 그렇게 보이는 것일 수도 있지만 노코의 꼬리가 전에 없이 단단히 말린 것 같았다.

"신 내리기가 뭐예요?"

내가 작은 소리로 물었다.

"가무사리 산에서 지금처럼 안개가 흘러내리는 걸 두고 하는 말이다."

세이치 씨가 대답했다.

"저게 시작되면 주변의 산들도……."

그 말이 끝나기도 전에 우리가 있는 서쪽 산에도 변화가 생겼다. 그때까지는 골짜기에서 옅은 안개가 올라올 뿐이었는데 아주 잠시 그 움직임이 멈추는가 싶더니 이번에는 반대로 산등성이 방향에서 눈사태가 나듯이 짙은 하얀색 안개가 쏟아져 내렸다.

"우왓!"

순식간에 우리는 새하얀 어둠에 둘러싸이고 말았다. 바로 옆에 있던 세이치 씨나 요키의 모습도 보이지 않았다.

소리가 안개에 빨려 들어갔다. 내가 땅바닥을 딛고 제대로 서 있는지조차 알 수 없었다. 공황에 빠질 것 같았다.

"조용히."

세이치 씨가 속삭였다.

"괜찮으니까 그냥 가만히 있어."

나는 땅바닥에 세운 장대 낫의 자루를 꽉 잡았다. 괜찮다. 틀림없이 여기 있다. 안개 속에서 호흡을 가다듬으며 불안감을 가라앉혔다.

쿵, 쿵, 하고 큰북 같은 소리가 낮게 울렸다. 가무사리 산이 울리는 소리였다. 이어서 희미한 방울 소리가 들렸다. 환청인가 싶었는데 아니었다. 짤랑짤랑하는 맑은 소리가 서쪽 산 산등성이에서 내려와 우리 바로 옆을 지나쳤다. 나는 너무 쫄아서 손가락 하나도 움직일 수 없었다. 눈도 깜박이지 않고 그 자리에 못 박힌 듯 서 있었다.

뭐지? 방금 뭐가 지나갔지?

방울 소리는 계곡 쪽으로 점점 사라졌고 영원할 것만 같았던 짙은 안개도 시간이 지나자 조금씩 희미해졌다.

모두가 동시에 숨을 내쉬었다. 가위에 눌렸다가 깨어난 느낌이었다. 안개가 걷히고 조원들의 얼굴도 보였다. 아까까지는 기척도 느끼지 못했는데 바로 옆에 있었다.

"방금 그거 뭐였어요?"

내가 멍한 얼굴로 물었다.

"그러니까 신 내리기라고야."

요키는 평소나 다름없는 태도다.

"신 내리기가 있는 동안에는 말을 하면 안 되는 거이야."

이와오 아저씨가 어깨를 풀면서 말했다.

"가무사리의 여러 산에 사는 신령님들이 안개를 방패 삼아 돌아다니시는 거지야."

"이렇게 엄청난 신 내리기는 오랜만이네야."

사부로 할아버지가 감격스러워했다.

아니, 그게 아니라요. 나는 그렇게 따지고 싶었다. 신령님이니 뭐니 그런 애매한 존재 말고, 방금 들렸잖아요? 묘한 큰북 소리랑 방울 소리가. 우리 바로 옆을 뭔가가 지나갔잖아요. 그게 신령님이라고? 그 싸늘하니 말도 못 붙이겠는 느낌의 조용한 뭔가가?

그러나 모두들 그 점에 대해서는 전혀 언급하지 않았다.

"자, 철수합시다" 세이치 씨가 말하자, "그래야지", "그래, 그래" 하고 한가롭게 비탈을 내려갔다. 그 소리를 들었는지 못 들었는지, 이상한 기척을 느꼈는지 아닌지 전혀 알 수 없었다.

산에 있는 생명은 산의 것이다. 산에서 일어난 일은 신령님의 성역이다. 그 영역에 잠시 발을 들여놓을 뿐인 인간은 쓸데없이 나서서 간섭하지 않는다.

가무사리 마을 사람들의 담대함이랄까 야아야한 삶의 방식을 다시금 깨닫게 되었다.

그날 밤, 마을에는 안개가 옅게 남아 있었고 논에 반딧불이는 날아다니지 않았다.

무라타 할아버지의 장례식에는 가무사리 마을에 사는 거의 모든 사람이 온 것 같았다.

초상집은 아래 지구 한가운데에 있었다. 이 근방까지 오면 가무사리 강가의 땅도 조금 더 개간되어서 가무사리 지구보다는 논이 많다. 옛길인 구(舊) 이세 가도가 강을 가로질러 지나간다. 에도 시대에는 이세 신궁으로 참배하러 가는 사람들로 붐비던 길이었다고 한다. 지금이야 상상이 되지 않지만, 그 말을 듣고 보니 그 길을 따라서 옛날에 여인숙이었겠거니 싶은 2층 건물이 몇 군데 남아 있다.

초상집은 큰길에서 조금 들어간 곳에 있었는데 넓은 앞뜰이 있고 그 안쪽으로 본채와 창고가 있는 전형적인 농가 건물이었다.

조문객은 앞뜰까지 가득 찼고 마루에서는 오렌지색의 화려한 승복을 입은 스님이 계속 불경을 읊고 있었다. 세이치 씨에게 빌린 양복은 내 몸에 딱 맞았다. 나는 분향을 한 다음 요키와 함께 마당 구석에 서 있었다. 무라타 할아버지와는 이야기를 나눠본 적이 없다. 그래도 울고 있는 유족을 보니 나까지 슬퍼졌다.

가라앉은 마음을 돌리기 위해 주변을 둘러보았다. 장례식인데도 요키의 머리카락은 여전히 금발이다. 눈에 띈다. 세이치 씨와 사부로 할아버지는 마루에 정좌하고 앉았다. 제단에 무라타 할아버지의 영정사진이 놓여 있다. 정직하고 완고하게 살아왔다는 느낌의 얼굴이다. 제단 주변에는 마을 사람들이 올린 공물들이 늘어서 있었다. 커다란 바구니에 통조림이니 과일 등이 셀로판지로 포장되어 있었다. '요즘 같은 때에 누가 통조림을 선물로 주나?' 싶었지만 이곳 관습인 모양이다.

의미를 알 수 없는 건 제단에 꽂힌 나뭇가지다. 반질반질한 녹색 나뭇잎이 잔뜩 달린 가지다.

"가시목이야."

요키가 말했다.

"성묘하러 갈 때 들고 가는 건데. 너네 고향에서는 안 쓰나야?"

음, 어떤지 모르겠네. 본 적이 없다. 오봉(お盆, 양력 8월 15일에 조상을 기리는 일본 명절/역주)에 성묘 갈 때 나뭇잎이 달린 가지를 들고 간 적은 없는데. 꽃다발은 들고 가지만.

"향기가 아주 오래가거든. 이 근방에서는 산소에 심어두었다가 장례식 때나 제사 때 잘라서 쓰는 나무야."

요키의 설명을 나는 반도 채 듣지 않았다. 조문객들 사이에서 나오키 씨를 발견했기 때문이다. 상복을 입은 나오키 씨는 눈을 살짝 깔고서 유코 씨랑 뭔가 이야기를 하는 중이었다.

"오, 나오키네. 토요일이라 왔구나야."

요키는 능글거리면서 내 반응을 살폈다. 나는 표정이 변하지 않도록 신경을 쓰면서도 온갖 생각으로 머릿속이 어지러웠다.

토요일이어서 장례식에 참석할 수 있었다는 의미인가? 가무사리 마을 주민들 대부분은 농업이나 임업으로 생활한다. 비교적 자유롭게 자기 일정에 맞춰 쉴 수 있다는 뜻이다. 그게 안 된다는 소리는 나오키 씨가 공무원이거나 회사원이라는 뜻이다. 꽃놀이 모임 때도 "출장"이라는 말을 했고.

결국 작정을 하고 요키에게 물었다.

"나오키 씨는 어디 살아요? 세이치 씨나 유코 씨랑 많이 친한 것 같던데."

"어엉?"

요키의 능글능글이 더욱 심해졌다.

"왜, 궁금해야?"

"아니, 뭐."

"뭘 또 빼고 그래야. 괜찮아, 괜찮아."

팔꿈치로 툭툭 친다. 정말 짜증 나는 인간이다.

"나오키는 말이지, 중간 지구에 살아야. 아까 차로 신사 앞을 지나쳤지야? 그 근처야."

"아아."

중세에 이 근방을 다스리던 씨족의 신을 모신 신사라고 했는데 꽤나 번듯했다. 우체국과 마을 사무소도 그 근처에 있으니까 볼일 있을 때 어디 사는지 잠깐 집을 보고 와야지. 아니지, 이러면 스토커잖아.

"유코 씨랑 친한 건 당연하지야."

요키는 혼자서 계속 떠들었다.

"유코 씨 동생이니까."

"네?"

마침 스님의 독경이 끝나서 내 목소리만 마당에 울렸다. 모든 눈길이 나에게 쏠렸다. 이와오 아저씨가 창고 옆에서 "쉿!" 하며 나무랐다.

"게다가 가무사리 초등학교 선생이지야."

요키는 남의 이목은 전혀 아랑곳하지 않고 태연하게 말했다.

선생님?! 내가 가장 힘들어하는 직업이다. 하지만 나오키 씨처

럼 젊고 예쁜 여자 선생님이면 정말 좋겠다. 나도 가무사리 초등
학교에 입학하고 싶다. 그러면 공부할 마음이 조금은 생길 수 있
을 텐데.

좋았어. 이제 어떤 사람인지 알았으니까 다가가는 것만 남았
다. 나오키 씨가 있는 쪽으로 은근슬쩍 걸어가려고 했는데 요키가
내 목덜미를 잡았다.

"어이, 어디 가려고 그래야? 이제 출상인데."

"아니, 잠깐 인사 좀 하려고요."

"누구한테 인사한다고. 됐고, 일단 이것부터 머리에 매야."

요키나 내민 물건을 보고 '장난하나?' 하고 생각했다. 하얀 끈
에 작은 삼각형 천 조각이 달렸다.

"이거 혹시 귀신이 이마에 붙이고 다니는 그거예요?"

"그럴걸."

"그런 걸 왜 내가 매야 하는데요?"

"너만 매는 게 아니야. 남자들은 다 매는 거이야."

그렇게 말한 요키는 자기 몫의 삼각형 천을 머리띠 매듯이 이마
에 맸다. 주위를 둘러보니 마루와 앞마당에 모인 남자들 모두가
귀신 차림새다.

"이상하잖아요!"

내가 따졌다.

"아니, 관에 누우신 고인이 매는 거야 이해할 수 있다 쳐요. 그
런데 왜 우리까지 이런 걸……."

"왠지는 나도 몰라야. 아무튼 그렇게 하는 거이야. 옛날에는 이

런 모양으로 장지까지 관을 메고 갔다던데 요새는 화장을 하니까 출상할 때만 하면 되는 거지. 자, 딴소리 그만하고 빨리 매야."

나이가 지긋한 검은 양복 차림의 남자들이 이마에 하얀 삼각형 천을 매고 진지한 표정으로 줄지어 섰다. 너무 이상한 광경이다. 그 사이로 관이 엄숙하게 지나가서 밖에서 대기하던 검은 자동차에 실렸다. 경적으로 이별 인사를 대신한다.

화장장까지 함께 가지 않는 조문객들은 각자의 집으로 돌아간다. 움직이기 시작한 사람들의 물결 속에서 나오키 씨와 눈길이 마주쳤다. 창피해서 이마에 맨 삼각형 천을 확 뗐다. 정말이지 가무사리 마을에는 근거를 알 수 없는 이상한 풍습이 너무 많다. 10대 남자로서 참 힘들다.

세이치 씨가 유코 씨에게 "우리도 갑시다"라고 말했다.

"나오키, 우리 집에 들렀다 갈래?"

"그럴까 봐요. 저녁 준비를 하나도 안 하고 왔거든."

"그럼 우리 집에서 먹고 가."

유코 씨가 권했다. 심장이 두근거렸다. 산타는 시게 할머니와 함께 요키네 집에 있다. 세이치 씨 부부가 산타를 데리러 올 테니까 나오키 씨도 같이 요키네 집으로 올지 모른다.

"표정 관리 좀 해라야. 침 떨어지겠다."

요키가 핀잔을 주었다.

"이마에 있는 그 천부터 푸시지."

내가 반격했다. 요키는 "아, 참" 하더니 그제야 이마에 매고 있던 그 이상한 천 조각을 풀었다.

예상대로 나오키 씨는 요키네 집에 들렀다. 예상과 달랐던 부분은 아래 지구에서 가무사리 지구까지 상복 차림으로 오토바이를 타고 왔다는 점이다. 대단하다. 나는 요키가 운전하는 트럭 짐칸에서 마냥 감탄했다. 나오키 씨는 검은 롱스커트를 걷어올린 차림으로 오토바이를 타고 산길을 달려 트럭을 따라왔다. 너무 빤히 보면 오해할지도 모르겠다는 생각에 매끈하게 뻗은 나오키 씨의 다리에서 억지로 시선을 돌려 하늘을 올려다보았다. 군데군데 구름이 끊긴 곳으로 오랜만에 맑은 하늘이 보였다.

세이치 씨 부부는 시게 할머니에게 고맙다고 인사하고는 곧장 산타를 데리고 돌아갔다. 산타가 졸려서 잠투정을 했기 때문이다. 모처럼의 기회였는데. 말 한마디 건네보지 못한 채 오토바이를 밀고 세이치 씨네 집으로 멀어져가는 나오키 씨의 뒷모습을 바라보았다.

"나오키를 꼬시기가 여간해서는 힘들 텐데야."

요키가 팔짱을 끼며 딴지를 놓는 말을 했다가, "왜 사람을 놀리고 그래야?!" 하고 미키 씨한테 등짝 스매싱을 당했다.

"뭐야, 유키는 나오키 같은 선머슴아가 좋은 갑네야."

시게 할머니가 "흐어, 흐어!" 하고 웃었다.

이 마을, 정말 싫다. 도무지 비밀이라는 걸 가질 수가 없으니 말이다.

그러나 좌절하고 있을 때가 아니다. 일단 어떻게 해서든 나오키 씨와 말을 섞어보는 게 먼저다.

저녁을 먹은 다음 작전을 짜기 위해 산책하러 나갔다. 세이치 씨네 집을 기웃거렸다. 나오키 씨는 벌써 돌아갔나? 무작정 쳐들어갈 용기까지는 없었다. 이름은 유키(용기)인데 이름값을 못하는 내 소심함이 속상했다.

스토커 같은 짓을 하지 않고도 나오키 씨에게 자연스럽게 다가갈 방법이 뭐 없을까? 논이 있는 쪽으로 가보았다. 용수로를 흐르는 물소리가 들렸다. 하늘에는 수없이 많은 별이 반짝인다. 이제 2주 정도만 있으면 장마가 끝난다. 그러면 초등학교도 여름방학이 시작된다. 그러고 보니 온 마을이 참가하는 여름 마츠리가 있다고 들었다. 거기에 함께 가자고 나오키 씨한테 말해보면 어떨까? 연하남을 안 좋아할 수도 있지만, 그 부분은 서서히 다가가는 식으로 하면 되지 않을까?

논 위로 날아다니는 반딧불이가 지난번보다 훨씬 많아진 느낌이었다. 하늘의 별이 떨어져서 그대로 반짝이는 벌레가 되었다고 해도 그 당시의 나 같으면 충분히 믿었을 것이다. 반짝이는 수많은 연한 빛을 보다 보니 내 마음은 더욱 타올랐다.

사람이 이 세상에 태어나는 날의 수만큼 죽는 날이 준비되어 있다고 한다. 멍하니 있을 시간이 없다.

우선은 세이치 씨네 집에 가보자. 당장의 목표는 제대로 된 대화를 해보는 것이다. 그렇게 작정한 나는 온 길로 되돌아가기 시작했다. 그런데 맞은편에서 오토바이의 엔진 소리와 함께 헤드라이트가 다가왔다. 나도 모르게 길 한가운데로 뛰어들어서 두 팔을 마구 흔들었다.

오토바이가 멈췄고, 헬멧을 쓴 나오키 씨가 나를 쳐다봤다.

"안녕하세요."

내가 인사했다.

"저, 히라노 유키라고 하는데요."

"꽃놀이 때 말했잖아."

나오키 씨가 말했다. 당장이라도 가버릴 것 같았다. 무슨 말이든 해야 하는데 하고 초조해졌다. 서서히고 뭐고가 없었다. 이러면 안 되는데 하는 생각이 들었을 때는 이미 그 말이 입 밖으로 나온 다음이었다.

"저, 저랑 사귀어주세요!"

"나 좋아하는 사람 있어. 바이~."

한순간에 끝났다. 빨간 미등이 다리를 건너 어두운 밤의 산길을 따라 멀어졌다.

터덜터덜 요키네 집으로 돌아왔다. 시게 할머니가 "차 한 잔 줄까야?" 하고 물었는데 대답도 제대로 못 한 채 이불을 뒤집어쓰고 누웠다.

나오키 씨가 좋아하는 사람은 누굴까? 이미 사귀는 애인이 있는 걸까, 아니면 그냥 내 고백을 거절하려고 만들어낸 구실일까?

뭐가 되었건 너무 서둘렀다. 좀더 신중하게 나오키 씨에게 내가 어떤 사람인지 보여줘야 한다. 나도 나오키 씨를 잘 아는 게 아니니까. 그래, 힘내자. '요코하마의 카사노바'라고 불리던 남자의 자신감을 되찾아라. 사실 그렇게 불린 적은 없지만.

간신히 기력을 쥐어짜며 아침을 맞이했다. 요키는 식전 댓바람부터 머리를 검게 염색하느냐 마느냐를 가지고 미키 씨랑 실랑이를 벌이고 있었다. 어린애도 아니고 말이야.

작업복으로 갈아입고 요키를 기다리는 동안 논을 바라보았다. 어제저녁에 그렇게 많던 반딧불이는 어디서 자고 있는지 하나도 보이지 않았다. 나는 "앗" 하고 작은 소리를 내고는 논두렁에 쭈그리고 앉았다.

뿌리부터 다섯 갈래로 나뉘어 하늘을 향해 솟아오른 벼잎이 보였다. 처음에는 잡초처럼 보였는데 어느새 이렇게 많이 자랐을까?

하얀 안개와 더불어 산에서 내려온 신령님들이 가만히 벼를 만져서 이파리를 부드럽고 촉촉하게 만들며 확실하게 계절을 지나게 해준 것이다.

이 마을 사람들은 미키 씨네 친정인 나카무라 잡화점을 '백화점'이라고 부른다. 그 좁은 흙바닥 구멍가게에 식료품과 일용 잡화에서부터 비료에 이르기까지 수도 없이 많은 물건을 다 진열해놓고 팔기 때문이다.

산타가 요즘 가장 좋아하는 장난감은 파란색 물총이다. 시게 할머니가 "백화점에서 네 마음대로 사온나야" 하며 준 용돈으로 직접 고른 물건이다.

가무사리 마을에는 젊은이들이 거의 없다. 고등학생 이상은 근처 소도시에서 하숙하며 학교에 다닌다. 가무사리 지구에 사는 중학생 아래 어린이는 놀랍게도 산타 하나뿐이다.

그러다 보니 자연히 내가 산타의 놀이 상대가 되었다. 여름 내내 나는 산타가 쏘는 물총의 움직이는 표적이었다. 물이야 금방 마르니까 괜찮지만 그렇다고 노상 어린애랑 놀고 있을 수만은 없는 일이다.

산 저편에 뭉게뭉게 피어오르는 비구름을 보며 한숨을 쉬었다. 한숨을 쉬기가 무섭게 물총에서 뿜어진 물이 내 미간을 때렸다. 산타가 꺄꺄 소리를 지르며 신이 나서 도망쳤다.

장마가 걷히기를 기다렸다는 듯이 더위가 인정사정없이 들이닥쳤다.

매미 소리가 마을을 둘러싼 산들에서 소나기처럼 쏟아진다. 공기가 맑아서 햇살이 바로 살에 꽂히는 느낌이라 따가울 정도다. 뜨뜻미지근한 바람을 타고 풀숲의 열기가 집 안까지 들어온다. 벼에는 이삭이 패서 하늘을 향해 고개를 쳐들고, 옥수수는 줄기를 따라 서로 엇갈리듯이 달려 익어가고, 온 사방의 밭에 수박이 널려 있다. 한여름이다.

그러나 임업에는 여름방학이 없다.

찜통 안에 있는 듯한 열기 속에서도 조원들과 산일을 계속했다. 작업복을 입어도 금세 땀으로 흠뻑 젖어 별 소용이 없다. 머릿속이 푹푹 찌는 것 같아 헬멧을 쓰고 있는 게 고역이다. 물통에 담아온 녹차만으로는 갈증이 해결되지 않아 점심시간에는 반드시 골짜기 물가로 갔다. 시원한 골짜기 물로 목을 축이고, 오후에 대비해서 물통을 채워야 하기 때문이다.

잡초 베기를 아무리 해도 산 여기저기가 금방 풀들로 무성해진다. 간벌을 하는 데도, 그리고 벤 나무를 아래로 운반하는 데도 평소보다 몇 배의 체력이 필요하다.

여름 내내 잡초 베기를 하는데, 이때 진드기에 물리지 않도록 조심해야 한다. 진드기라고는 하지만 카펫 속에 숨어 있는 놈들과는 차원이 다르다. 산에 있는 진드기는 일단 엄청나게 크다. 5밀리미터는 족히 되어서 육안으로도 분명히 보인다. 어느 날 소매를 걷고 작업하고 있는데 팔을 기어오르는 진드기가 보였다. 나는 봉곳이 배가 부른 진드기하고 눈이 마주친 게 확실하다고 느꼈다. 너무 크고 징그러워서 비명을 질렀더니 "시끄럽게 난리냐야, 멍충이가!" 하며 요키가 진드기를 탁 때려잡았다. 그 뒤로는 아무리 더워도 소매를 걷고 일하지 않는다.

그런데 산의 진드기도 보통내기가 아니다. 작업복 틈새로 기어들어 살을 무는 것이다. 그렇게 물리면 말도 못하게 가렵다. 한번은 허벅지 안쪽을 물렸다. 놈들은 어디가 가장 야들야들한 살인지 잘 알고 침투하는 것 같다.

잡초를 베고 있는데 뭔가 따끔했다. 처음에는 잘 몰랐는데 점점 가려워지기 시작했다. 참을 수가 없었다. 다른 조원들은 약간 떨어진 비탈에서 작업을 하는 중이어서 다행히 내 쪽을 안 보고 있었다. 작업하던 손을 멈추고 바지를 내려 허벅지를 들여다보았다. 안쪽에 들러붙어 있는 진드기가 보였다. '악!' 하고 속으로 비명을 지르며 손가락으로 눌러 죽인 다음 잡초 베기를 계속했다. 그런데 가려운 게 덜해지기는커녕 점점 심해졌다. 모기에 물렸을 때하고는 비교도 안 될 정도로 맹렬한 가려움이었다. 극도의 고통과 다름없는 강한 자극 때문에 신경이 파르르 떨릴 지경이었다.

집으로 돌아와서 허벅지 안쪽을 다시 찬찬히 살폈다. 너무 긁어서 살이 벌겠다. 방바닥에 앉아서 다리를 벌리고 윗몸을 굽혔다. 가려운 지점을 유심히 살폈더니 물린 자국으로 보이는 지점에서 아주아주 작은 돌기 두 개가 뾰족 튀어나온 게 보였다. 극도로 작은 투구벌레의 뿔이 꽂힌 느낌이었다. 이게 뭐지 싶었는데 생각해 보니 알 것 같았다.

진드기의 이빨(?)이다. 놈은 몸이 터져 죽으면서도 내 살을 물었던 이빨을 떼지 않은 것이다.

집념과 이빨이 내 살에 남아 있다는 사실에 소름이 끼쳐서 다시 비명을 질렀다. 장지문이 드르륵 열리면서 요키가 들어와 내 머리를 탁 쳤다.

"시끄럽게 뭐야! 무슨 일이야?"

이거, 이거 하며 손가락으로 가리키자 요키는 방바닥에 배를 깔고 엎드린 자세로 내 허벅지 안쪽을 자세히 살펴보았다.

"우왓! 이게 뭐야? 자칫하면 급소를 물릴 뻔했네야."

나의 소중이가 이런 가려움과 징그러움에 당할 뻔했다고? 상상만으로도 끔찍하다. 요키는 핀셋을 들고 와서 솜씨 좋게 진드기 이빨을 뽑아주었다. 빨간 약을 발랐더니 벅벅 긁었던 탓에 무척 쓰라렸다. 그 뒤로도 한 달 동안 심한 가려움이 계속되었다.

진드기는 막을 방법이 없어서 문제다. 기온과 습도가 올라가는 여름철의 산은 정말이지 위험으로 가득하다.

하지만 나무 그늘 아래에 있을 때나 아침저녁으로는 시원하다. 비탈에 있는 나무의 뿌리 부분에 앉아서 파란 하늘과 초록으로 뒤덮인 가무사리 마을을 바라본다. 저녁 매미가 우는 소리를 들으며 주황색으로 물든 얇은 구름 아래를 걸어서 마을로 돌아간다. 그럴 때는 '정말 아름답다. 진짜 좋다' 하고 진심으로 감탄하게 된다.

아, 그런데 나무 그늘과 골짜기 물 근처에서도 방심할 수 없다. 눅눅하고 어두컴컴한 곳에는 거머리가 있다. 징그러운 점에서는 이놈들이 진드기보다 더 심하다. 체온을 감지해서 소리 없이 다가온다. 옷의 솔기처럼 아주 작은 틈새만 있어도 어느새 살에 달라붙는다.

산에 있는 거머리는 원래 길이가 5밀리미터 정도다. 옅은 갈색 자벌레나 실지렁이처럼 땅바닥을 기어다닌다. 너무 작은 데다가 잘 보이지 않는 색깔이라 알아차리기가 거의 불가능하다. 그렇게 방심한 틈에 놈은 옷 안쪽으로 기어들어 피부에 달라붙는다. 아프지도 않다. 아니, 살짝 따끔하고 가렵나 싶을 때도 있다. 옷감에 살이 쓸려서 약간 따끔거릴 때가 있는데 딱 그 정도의 느낌이다.

어느 날 장딴지 근처에 이상한 느낌이 들어 점심 휴식 시간에 바짓자락을 걷어보았다. 그랬더니……. 아아, 다시 생각하기도 싫다. 오른쪽 무릎 아래에 두 마리, 왼쪽 무릎 아래에 세 마리, 거머리가 들러붙어 있었던 것이다! 놈들은 내 피를 빨아서 길이가 5센티미터, 폭이 1센티미터 정도로 커진 데다가 피 색깔이 그대로 비쳐서 새까맸다. 그런 놈들이 내 피부에서 튀어나온 것처럼 꾸물거리고 있었다. 너무 징그럽고 끔찍해서 "힉!" 하고 외마디 비명을 질렀다.

당황한 나는 거머리를 떼어내려고 잡아당겼다. 지금 생각해보면 어떻게 그런 것들을 만질 수 있었나 싶지만 어쨌든 '떼어내야 한다'는 생각에 필사적이었다. 그런데 이놈들이 딱 붙어서 떨어지지를 않는 것이다.

"안 돼야!" 하고 이와오 아저씨가 말했다.

"억지로 잡아떼면 거머리 입이 그대로 남아버려야."

피를 배불리 빨아먹은 거머리는 떨어져서 알을 낳는다. 그러니까 피를 빨고 있는 거머리를 발견하면 곧바로 죽여야 한다. 하지만 거머리는 밟아 죽이기도, 살에서 떼어내기도 힘들다. 몸 표면이 마음대로 늘어났다 줄어들었다 하고 엄청나게 질기기 때문이다. 죽이려면 불을 써야 한다.

요키가 라이터 불로 거머리를 지졌다. 불에 약한 거머리는 툭 떨어지면서 불에 타 오그라들었다.

거머리는 떨어졌는데 피가 멈추지 않았다. 거머리는 피를 빠는 입을 통해 혈액 응고를 막는 성분을 주입한다고 한다.

"괜찮아야. 거머리 때문에 과다출혈로 죽었다는 사람은 본 적이 없으니까."

사부로 할아버지가 위로한답시고 그렇게 말해주었지만 결국 작업 바지 무릎 아래쪽이 시뻘게질 정도로 피가 났다. 거머리가 피를 빤 자국이 작고 동그랗게 피부에 남았고 한동안은 거기가 가려웠다.

내가 신참이어서 진드기나 거머리에 당한 게 아니다. 베테랑이어도 진드기에 물리고 거머리가 달라붙는다. 놈들은 악몽 같은 존재다. 아무리 대책을 세워도 막을 방도가 없다. 그러나 세이치 씨를 비롯한 다른 조원들은 나와는 달리 전혀 당황하지 않는다.

"진드기네야. 에이, 가려워."

"거머리가 있는데, 라이터 좀 줘봐야."

이런 식으로 밥을 먹다가 "한 그릇 더" 하고 말하는 정도의 말투다.

나는 아니다. 놈들의 징그러움에 익숙해지기란 도저히 불가능할 것 같다.

그러고 보니 '오봉'에는 어떻게 할 거냐고 요코하마의 부모님한테서 전화가 왔다. 여름휴가가 있다고 해도 요코하마에 다녀올 마음은 없었다. 한시도 가무사리 마을을 떠나고 싶지 않았다. 심심할 겨를 없이 매일 생명력을 더해가는 마을 풍경을 하나도 놓치고 싶지 않았다. 진드기가 물어도, 거머리가 피를 빨아도 말이다.

그 정도로 가무사리의 여름 경치는 박력이 넘친다.

생명력이 넘치는 가무사리 마을의 여름철에는 산에서 하는 일 말고도 할 일이 무척 많다.

우선 밭에서 나는 채소를 손질해야 한다. 요키와 미키 씨와 나는 아침에 일어나면 우선 집 뒤에 있는 텃밭으로 간다. 가지부터 오이, 토마토 등 아무튼 황당할 정도로 매일같이 뭔가 따야 할 채소가 있다. 내버려둘 수가 없으니까 닥치는 대로 딴다. 옥수수는 비틀어서 잡아당겨야 제대로 딸 수 있다.

오이뿐만 아니라 가지 꼭지에도 날카로운 가시가 있어서 익숙하지 않은 나는 수시로 "아야!" 하고 비명을 질렀다. 도시에서 파는 채소와 다르게 가무사리에서 나는 놈들은 채소까지도 와일드하다.

집에서 먹을 채소는 우물물을 채워놓은 대야에 담가 차갑게 식힌다. 이웃들도 모두 집에 텃밭이 있어서 나눠주면 오히려 폐가 된다. 남은 채소들은 미키 씨가 채소절임으로 만들거나 요키와 내가 트럭에 싣고 농협 직영 슈퍼마켓으로 팔러 간다. 크기가 제각각이고 못생긴 채소들이지만 단맛과 쓴맛과 산미가 딱 맞는 데다가 아주 신선하다고 근처 도시 사람들이 좋아한다고 한다.

옥수수는 시게 할머니한테 맡긴다. 시게 할머니는 옥수수의 겉이파리(인지 껍질인지 아직도 모른다)를 벗겨내고 무성한 수염도 걷어낸 다음 큰 솥에다 찌기도 하고 간장을 발라서 화덕에 굽기도 한다.

여름 내내 딱정벌레만큼이나 오이를 자주 먹었던 것 같다. 옥수수도 하루에 세 개씩 먹었다. 먹다 보면 어느새 산타도 내 옆에 앉아서 남의 집 옥수수를 정신없이 먹곤 했다. 미처 다 먹지 못한 옥수수는 봉당 들보에 걸어서 말린다. 이렇게 해두면 가을이 되고 겨울이 되어도 알갱이를 뜯어서 밥을 할 때 넣거나 물에 불려서 먹을 수 있다고 한다.

밭일을 마치면 산에 들어간다. 저녁때 산에서 일을 끝내고 돌아오면 다시 밭에 가서 물을 준다. 근처에는 노인들만 남아서 밭에 손을 못 대는 집들도 많다. 그런 밭에서 나는 오이와 가지와 토마토까지 따고 따고 또 딴다.

그다음에야 저녁을 먹을 수 있다. 완전히 진이 빠진다. 더구나 산에서 있을 때 말고는 언제 산타가 쏘는 물총 공격을 당할지 모르니 마음을 놓고 있을 수가 없다.

요키네 집에서는 툇마루에 앉아서 저녁 후식으로 이가 시릴 정도로 차가운 수박을 먹는 게 여름 일과다. 작은 소금 병이 요키와 미키 씨와 시게 할머니와 나 사이를 오간다.

별이 빛나는 밤하늘을 올려다보면서 씨를 마당에 뱉는다. 그렇게 뱉은 수박씨가 하늘로 올라가 별이 된 게 아닐까? 그런 생각이 들 정도로 넷이서 끝없이 한 입 먹고, 씨를 뱉고를 계속한다.

수박 때문에 속이 냉하다. 옥수수를 과식해서 소화불량이다. 가무사리 마을 사람들은 너나 할 것 없이 여름 한철 내내 위장 사정이 별로 좋지 않을 것이다. 그러나 신선하고 맛있는 채소와 수박이어서 불만은 없다.

문제는 매일같이 밭과 산에서 일하느라 바쁘고, 가끔 시간이 나면 채소를 소비하거나 산타와 공방을 벌이느라 뭔가를 생각할 짬이 없다는 점이다. 뭔가라는 건 나오키 씨랑 어떻게 가까워지느냐 하는 문제다. 나오키 씨가 좋아한다는 사람이 누구인지 아직 아무것도 파악하지 못한 상태다.

여름 마츠리도 얼마 안 남았는데 어떡하지? 그렇게 생각하는 사이에 내 엉덩이는 산타의 물총 공격으로 젖었다. 이 마을에서는 누군가를 연모하며 생각에 젖을 새도 없는 모양이다.

우리 조는 그날 세이치 씨네 마당에서 장식 기둥용 목재를 다듬는 중이었다. 장식 기둥이란 장식벽이 있는 방에서 가장 눈에 띄는 기둥이다. 방을 장식하는 용도로 쓰는 기둥이기 때문에 재미있는 형태의 옹이가 있거나 표면이 물결처럼 울룩불룩한 모양의 나무를 쓰기도 한다.

"어떻게 하면 이런 나무가 생기는 거예요?"

요키에게 물었는데 "기업 비밀이야" 하면서 가르쳐주지 않았다.

나중에 알게 되었는데 나무젓가락을 살아 있는 나무 기둥에 빽빽하게 감아놓으면 표면이 말끔하게 파도치는 모양으로 자라난다고 한다. 그렇게 감는 방법에도 요령이 있어서 나무젓가락 설치 명인이 따로 있다고 한다. 나무에 있는 옹이는 기둥에 상처가 나거나 이물질(벌레 등)이 들어가면 자연히 생기는 모양이다. 장식 기둥으로서 상품 가치가 있는지를 제대로 알아보는 안목이 중요하다. 기껏 벌채를 해왔는데 그냥 생채기가 난 나무일 뿐이면 처치 곤란이기 때문이다.

요즘에는 집을 지을 때 각자의 취향을 중시하기 때문에 일본식 다다미방에 장식벽을 만들고 싶어하는 사람이 꽤 있는 모양이다. 그래서 장식 기둥용 목재 주문이 다시 늘어나고 있다고 한다.

장식 기둥은 장식으로서의 용도가 있을 뿐만 아니라 장식벽이 있는 응접실을 튼튼하게 만들기 위해서도 가장 중요한 기둥이다. 산에서 벌채한 장식 기둥용 나무는 길게는 4년 정도 비탈에 그대로 두고 말린다. 제대로 말리지 않으면 강도가 약해서 금세 부러지기 때문이다. 나무가 휘거나 뒤틀린 경우에도 강도가 약해진다.

통나무 그대로 장식 기둥으로 사용하는 경우도 있지만, 으뜸으로 치는 것은 '심지 빼기'라는 방법으로 만든 목재다.

"심지라는 건 나무의 중심 부분을 말하는 거이야."

이와오 아저씨가 말했다.

"'심지 빼기'는 말하자면 한가운데를 빼서 버리고 기둥 바깥 부분만 사용한 목재야."

"그럼 좋은 '심지 빼기'로 만들려면 원래의 통나무 자체가 상당히 커야 한다는 뜻이네요?"

"그렇지. 이 감나무는 자연목이지만 이 정도면 아주 좋은 값에 팔릴 거이야. 허허허."

이와오 아저씨가 세이치 씨네 마당에서 뒹굴고 있던 엄청나게 큰 감나무를 가리키며 말했다.

"자연목은 식림하지 않고 자연스럽게 자란 나무라는 뜻이죠? 어디서 구해온 거예요, 이렇게 큰 나무를?"

"기업 비밀이야."

뭔 비밀이 이렇게 많은지 모르겠다.

"떠들지 말고 빨리빨리 움직여라야."

사부로 할아버지가 야단을 쳤다.

"이걸 다 다듬어서 오늘 중으로 트럭에 실어야 한단 말이야."

나는 허둥지둥 다시 작업에 집중했다. 마을 주변 여기저기에 있는 산(기업 비밀)에서 건조시킨 후 운반해온 통나무가 세이치 씨네 마당에 한가득 쌓여 있다. 통나무 그대로 장식 기둥으로 쓰일 동백나무, 상당히 지름이 굵은 아까 그 감나무 등 종류가 다양하다.

그중에는 이미 껍질을 벗겨놓은 나무도 있다. 우리가 며칠째 하는 작업이 바로 이렇게 속살이 드러난 기둥을 사포로 문질러 반들반들하게 만드는 일이다.

사포의 미세한 모래와 나무를 마찰시키는 사포질을 하면 할수록 나무에 매끈한 윤기가 돌고 광택이 났다.

그렇게 변해가는 모습을 보노라면 신기하면서도 기분이 좋아진다. 나무 벌채 때도, 혹은 산에서 목재를 운반할 때도 나는 도무지 쓸모가 없는 일꾼이었다. 그나마 도움이 되려나 싶었던 작업은 잡초 베기 정도였다. 하지만 잡초 베기는 우리 엄마도 집에서 하는 일이다. 비탈에서 움직이는 몸놀림이 많이 나아졌다고는 해도 내가 할 수 있는 일이 너무 없어서 항상 마음이 무거웠다.

그런데 장식 기둥을 손질하는 일은 성과가 눈에 보여서 '나도 뭔가 제대로 하네!' 하는 기분이 들었다. 산타가 자꾸 물총을 쏘는 바람에 땀이 난 게 아닌데도 티셔츠 뒤쪽이 흠뻑 젖었지만 일단은 무시하고 부지런히 일했다.

내가 일을 잘해서인지 3시 무렵에는 작업을 마칠 수 있었다.

반질반질하게 손질된 통나무들을 실은 트럭에 세이치 씨가 올라탔다.

"내일 저녁까지는 돌아오겠습니다."

운전대를 잡은 세이치 씨가 사부로 할아버지와 이와오 아저씨에게 말했다.

"잘 부탁한다, 요키."

"알았어야!"

"잘하고 오라야!"

세이치 씨가 운전하는 트럭은 고급 장식 기둥 후보들을 가득 싣고 다리를 건너 산길을 따라 멀어졌다. 내일 아침에 열리는 명목(銘木) 경매장에서 세이치 씨가 경매 실력을 발휘할 것이다.

우리가 평소에 산에 심는 삼나무나 편백나무는 주로 건물의 구조재가 된다. 벽이나 바닥, 혹은 천장 등에 숨어서 보이지 않는 부분이다. 물론 보이는 부분의 기둥으로도 사용되지만, 그렇다고 명목이라고 부를 수는 없다. 명목이란 방 안에서 보이는 부분에 사용되는 나무로 색깔과 윤기, 광택 및 나뭇결이 아름다운 천연 목재를 가리킨다. 집을 짓는 사람의 취향과 미의식, 혹은 생각이 가장 잘 드러나는 곳이다. 취향에 맞추려고 돈을 들이면 무한정으로 들일 수 있는 부분이어서 고급 명목에 입이 떡 벌어지는 가격이 붙는 경우가 많다.

경매 결과에 따라 우리가 받는 월급도 영향을 받는다. 그래서 '비싸게 팔리게 해주세요!' 하고 트럭의 미등을 향해 고개 숙여 기도했다.

그런 내 뒤통수에 물총에서 쏜 물이 왕창 날아왔다.

"이 녀석이!"

마구 뛰어다니는 산타를 간신히 잡아서 온몸을 꽉 끌어안았다.

"너네 아빠 오늘 밤에는 안 돌아오신다던데. 어쩌냐? 무섭지?"

"아니야!"

산타는 애써 큰소리로 대답하고는 내 팔에서 빠져나가려고 키득거리며 몸을 뒤틀었다.

"진짜로? 오늘 밤에 귀신이 나올지도 모르는데? 아빠가 옆에 있으면 귀신 같은 건 하나도 안 무섭겠지만 오늘 밤에는 산타 혼자 있는데 어떡하지?"

"괜찮아. 엄마도 있잖아."

대답은 그렇게 하면서 산타는 울상이 되었다. 아이고야, 겁을 너무 많이 줬나?

"산타, 수영장 갈래야?"

요키가 아주 좋은 타이밍에 그렇게 물었다. 산타는 울상이 되었던 것도 바로 잊어버리고 신이 나서 큰 소리로 대답했다.

"갈래!"

가무사리 마을에 수영장이라는 게 있었던가? 그런 생각을 하는데 요키는 나와 산타를 이끌고 다리 아래쪽으로 해서 강변으로 내려갔다. 수영장이라는 게 가무사리 강이었어?

요키는 바짓자락을 적셔가며 강물 속으로 거침없이 들어갔다. 작업화를 신은 채로 첨벙첨벙 걸어간다. 다리에서 100미터가량 하류에 5미터 정도 높이의 단차가 있었다. 물이 떨어지는 모양새가 작은 폭포 같은 곳이다. 요키가 산타를 번쩍 안더니 단차 아래의 웅덩이를 내려다본다.

"자, 내려간다. 잠깐 숨 참고 있어야."

"저기로 뛰어내린다고?!" 하고 외친 건 산타가 아니라 나였다.

말릴 틈도 없이 요키는 산타를 안은 채 웅덩이로 몸을 던졌다. 풍덩 하고 성대한 물소리가 났다.

"요키, 산타!"

겁이 나서 엉덩이를 뒤로 뺀 채 단차 끝까지 슬금슬금 다가갔다. 떨어져 내리는 물 때문에 쓸려 내려갈 것 같았다. 웅덩이에서는 부글부글 거품이 올라오고 있었다. 엄청나게 긴 시간이 흐른 느낌이었다.

조금 있다가 겨우 요키와 산타가 수면 위로 얼굴을 내밀었다. 요키의 금색 머리가 쏟아져 내리는 폭포의 물보라와 더불어 반짝반짝 빛났다. 산타가 요키의 어깨 너머로 손을 흔들었다. 또다른 손에 여전히 물총을 꽉 쥐고 있는 게 보였다.

"유키, 너도 내려와야!"

요키가 소리를 질렀다.

"되도록 안쪽으로 바짝 뛰어야. 거기 말고는 너무 얕아서 위험하니까."

에이씨! 요키하고 산타 앞에서 겁쟁이처럼 보일 수는 없었다. 과감하게 뛰었다.

차가운 물이 단숨에 온몸을 감쌌고 심장이 오그라들 것 같았다. 폭포 소리가 멀어졌다. 작업화를 신은 발바닥에 강바닥의 둥근 자갈이 느껴졌다. 아이쿠, 진짜로 얕네. 이런 데로 잘못 뛰어들었다가는 머리를 부딪쳐서 죽을 수도 있겠다.

물 위로 얼굴을 내밀려고 강바닥을 찼다. 헤엄을 칠 것까지도 없이 강은 바로 설 수 있는 깊이가 되었다. 수면 밖으로 나가자마자 물에 젖은 몸이 부들부들 떨렸다.

"추추추 추워!"

"금방 익숙해져야."

요키는 산타를 얕은 물에 내려놓고 적당한 돌을 쌓아서 둥근 울타리를 만들었다. 아하, 이러면 정말 천연 수영장이네. 조금 지나자 강물의 흐름에서 격리된 돌울타리 안의 물이 햇살을 받아 약간 미지근해졌다.

"자, 산타. 넌 여기서 놀아야."

요키가 가리키자 산타는 좋아라 하고 돌울타리를 넘어서 들어갔다. 얕은 물에 철퍼덕 앉아서 물총을 채우기도 하고 악어처럼 배를 깔고 기어다니기도 한다.

"산타, 잠깐 가만히 있어봐."

나는 몸을 쭈그려서 산타 전용 수영장을 들여다봤다. 수면이 잔잔해지자 돌무더기 틈으로 투명한 송사리 떼가 헤엄쳐 들어왔다. 산타의 보들보들한 허벅지 주위를 송사리가 신기하다는 듯이 오갔다.

"하하하, 진짜 멋지다. 물고기도 같이 헤엄치는 수영장이네?"

내가 웃었더니, "멋지다, 멋지다!" 하며 산타도 웃었다.

하지만 강물에 물고기가 있다는 건 산타한테는 너무도 당연한 일이었다. 나의 감격 따위는 알 바 없는지 "멋지다"는 말에 맞춰서 수면을 손바닥으로 철퍽철퍽 내리쳤다. 송사리 떼는 확 흩어지더니 물에 녹아든 것처럼 자취를 감췄다. 아~아, 하고 속으로 아쉬웠지만 산타가 재미있어하는 걸 보니 그래도 괜찮다는 생각이 들었다.

요키는 이번에는 "이영차!" 하고 큰 바위를 굴리기 시작했다. 도대체 저 괴력은 어디서 나오는 거냐?

"유키, 같이 하자야"라고 해서 나도 같이 바위를 밀기는 했는데 아무리 생각해도 힘의 대부분은 요키한테서 나온 것이었다.

요키는 폭포와 웅덩이를 반원으로 둘러싸는 모양으로 큰 바위를 나란히 놓았다. 틈새도 되도록 중간 정도 크기의 바위로 막았다. 기다릴 새도 없이 폭포에서 떨어지는 물이 고였다. 즉석 댐의 완성이다.

"이쪽은 어른용 수영장이야" 하고 말하더니 옷을 입은 채로 헤엄치기 시작했다. 나도 근질근질했다. 아침부터 일하느라 땀범벅인 몸을 시원하고 맑은 강물에 적시면서 헤엄치면 진짜로 상쾌할 것이다.

도저히 참지 못하고 큰 바위에서 댐 쪽으로 첨벙 뛰어들었다. 앗 차가워! 하지만 기분이 끝내준다. 물을 막아두었기 때문에 웅덩이는 아까보다도 범위가 넓어지고 깊이도 깊어졌다. 바닥까지 3미터는 될 것 같다.

투명한 물속에서 햇빛을 받은 강바닥의 돌이 파랗게 빛난다. 손가락 길이의 검은 물고기가 시야를 가로지른다. 폭포 쪽으로 가까이 가자 흐름이 역류하여 하얗고 자잘한 기포가 뽀글뽀글 끝없이 올라온다. 수면을 경계로 공중에도 수중에도 폭포가 있는 느낌이다.

숨이 차서 어쩔 수 없이 얼굴을 물 밖으로 내밀었다. 바로 이빨이 딱딱 부딪칠 정도로 온몸이 부들부들 떨렸다. 매미 소리가 폭포에 지지 않을 정도로 세차게 울렸다.

배영 자세로 햇볕을 배에 쬐어 몸을 좀 데웠다. 요키는 산타를 등에 태운 채 믿음직한 거북이처럼 웅덩이를 헤엄치는 중이다. 어느새 색소가 들어간 주스를 마셨나 싶을 정도로 둘 다 입술이 파랗다 못해 보라색이다. 보나 마나 내 입술도 같은 색일 것이다.

학교 수영장과는 달리 강물은 가차 없이 차갑다. 아무리 바위로 막았어도 물이 가만히 있지 않고 계속 흐르면서 피부의 온기를 빼앗아간다. 그런데도 물놀이를 계속하고 싶었다. 강물에서 나가고 싶지 않았다. 요키가 만든 천연 수영장은 학교 수영장에서는 느낀 적이 없는 매력을 가지고 있었다.

"어~이! 아주 잘 놀고 있네야."

올려다보니 사부로 할아버지와 이와오 아저씨가 길가에 나란히 서 있었다.

"내려오라야" 하며 요키가 손짓했다. 이와오 아저씨가 고개를 저었다.

"그렇게 차가운 물에 담갔다가는 허리가 남아나지 않아야."

"그보다도 요키, 이것 좀 잘 간수해라야."

사부로 할아버지가 대나무로 짠 바구니를 로프에 묶어 스르륵 수면으로 내려주었다.

"오~라이!"

서서 헤엄치던 요키가 잡았다. 산타는 그새 요키의 등에서 어깨로 기어올랐다.

산타와 나는 요키가 든 대나무 바구니가 뭔지 궁금해서 흥미진진하게 들여다보았다. 가까이서 보니 바구니는 항아리를 옆으로 눕힌 듯한 요상한 모양이었다.

"이게 뭐예요?"

"이게 뭐야~?"

둘이서 동시에 물었다.

"이걸 몰라야?!"

요키가 오히려 놀라며 되물었다. 나는 순간 창백했던 볼이 빨개졌고, 산타는 순진하게 "응!" 하고 대답했다.

"이건 말이야, **통발**이라고 해서 장어를 잡는 덫이야. 여기가 좁게 되어 있지야?"

바구니 입구를 가리킨다.

"안에 들어간 장어가 다시 바깥으로 못 나가게 만든 거이야."

그러더니 통발을 두 손으로 흔들면서 만족스럽다는 듯 말했다.

"많이도 걸렸다야~!"

그 시점이 되어서야 처음으로 미끈거리는 장어가 여러 마리 통발 안에서 흐느적거리는 모습이 눈에 들어왔다.

"으악! 어디서 이렇게 많은 장어가!"

"나도 모른다야."

요키가 아쉬워하면서 말했다.

"사부로 할아버지하고 이와오 아저씨만 아는 비밀 장소가 있거든. 아마 이 강의 지류 어딘가라는 생각은 드는데. 언젠가는 미행을 해서라도 꼭 알아내고 말 거이야."

"이걸 전부 어떻게 먹으라고?"

수박과 오이에다가 장어 지옥에도 빠지게 되는 건가? 쓸데없이 정력만 좋아질 것 같다.

"아니야, 아니야."

요키가 말했다.

"조금 있으면 여름 마츠리잖아야. 우리 조는 매년 장어구이를 파는 포장마차를 하는데 이건 그 재료야."

요키는 웅덩이에서 나가 산타를 어깨에 태운 채 얕은 쪽으로 걸어갔다. 통발을 물에 담그더니 냇가 옆 나뭇가지에 통발의 로프를 묶었다.

"이렇게 해두면 당일까지 장어가 팔팔하게 살아 있을 거이야."

"먹이는요?"

통발 안쪽은 상당한 인구 밀도(아니, 장어 밀도)다. 제대로 살아 있을지 걱정되어서 물었다.

"그 정도는 장어들이 알아서 해주지 않으면 곤란한데야."

"곤란하다뇨? 아니, 사실 '곤란한' 건 갑자기 붙잡히게 된 장어들 쪽 아닌가요?"

"에이 참, 골치 아프네. 그럼 앞으로 유키하고 산타가 장어 먹이를 담당하는 거이야."

요키는 자기 멋대로 정하더니 "엇 추워, 추워!" 하며 강물에서 나갔다.

"자, 집에 가서 뜨끈하게 목욕이나 하자야."

만사가 요키의 페이스다. 그 뒤로도 요키가 부뚜막 목욕탕을 독점하는 바람에 나는 세이치 씨네 목욕탕을 빌릴 수밖에 없어서 몸을 씻는 동안에도 산타의 물총 공격을 받는 처지가 되었다.

목욕으로 몸을 데운 다음 산타와 손을 잡고 백화점에 장어 먹이를 사러 갔다. 아무리 없는 게 없는 백화점이라도 '장어 먹이'라는 게 있을 리가 없었다. 그래서 가게를 보던 미키 씨네 어머니의 지혜를 빌려서 금붕어 먹이로 대체했다.

산타는 그날 밤 이불에 지도를 큼지막하게 그린 모양이었다. 세이치 씨네 빨랫줄에 산타가 쓰던 이불보가 아침 햇살을 받으며 펄럭이는 걸 보았다.

강물에서 놀아서 그랬는지, 아니면 내가 '귀신'이 어쩌고 하면서 겁을 줘서 그랬는지는 잘 모른다.

사부로 할아버지와 이와오 아저씨는 통발을 들고서 매일 어디에선가 장어를 잡아 가져온다. 우리는 채소를 딸 때 쓰는 커다란 대나무 바구니에 그 장어들을 옮겨 담는다. 아래쪽이 물에 잠긴 바구니가 흐르는 시냇물에 떡하니 놓여 있는 모습은 뜬금없어 보인다. 더구나 조금만 자세히 들여다보면 희미한 연두색 배가 통통하게 살진 민물장어 십수 마리가 우글대는 모습을 볼 수 있다.

누가 훔쳐가면 어쩌나……하는 생각에 나는 영 걱정이 되었지만 '야아야' 정신이 만연한 마을에는 방범 의식이라는 게 별로 없다. 그래서 그렇게 냇물 한가운데 장어를 그대로 내버려두고도 아무렇지 않은 모양이었다.

산타랑 나는 장어가 어떤지 매일 보러 가서 "정말 먹이를 먹는 거 맞나?" "모르겠네" 하면서 대나무 바구니 위로 금붕어 먹이를 찔끔찔끔 뿌리곤 했다.

장식 기둥이 비싸게 팔렸다는 소식과 더불어 나카무라 임업에서 사원들에게 여름 보너스가 나왔다.

임업은 의외로 도박과 비슷한 부분이 있다. 나무는 잘 팔릴 때는 정신없이 팔리고, 안 될 때는 무슨 나무를 어떻게 잘라내도 안

팔린다. 가만히 기다리면서 조금이라도 괜찮아지는 시기를 잘 살펴야 한다. 그렇게 기다리는 동안에도 당연히 산림 손질은 계속해야 한다.

모 아니면 도의 세계여서 요키를 비롯한 조원들은 "얼씨구나!" 하고 좋아하면서 보너스를 받았다. 보너스치고는 나오는 시기가 좀 늦은 감이 있지만 그런 점은 전혀 신경을 쓰지 않는 모양이었다. 임업 연수생 신분인 나에게도 세이치 씨가 보너스를 주었다. 갈색 봉투에 든 3만 엔. 기분이 좋다.

도시에 있는 회사에서 일하면 신입사원이라도 이보다는 더 많은 보너스를 받을 것이다. 그렇지만 나는 먹는 것을 비롯해 잠자리와 일하는 것까지 모조리 남의 신세를 지고 있다. 그런 점을 생각하면 나카무라 임업의 처우는 상당히 좋은 편이라고 생각한다.

들뜬 마음으로 시계 할머니에게 환전을 부탁했다. 여름 마츠리에서 쓰려면 잔돈이 필요하다고 생각했기 때문이다. 시계 할머니는 정로환 상자에 꾸준히 500엔짜리 동전을 모아두었다. 그 저금통 상자가 무려 다섯 개째나 된다.

시계 할머니는 우선 내 첫 보너스 봉투를 불단에 올려놓고 손을 모아 웅얼웅얼했다. 목탁도 똑딱똑딱 두드렸다. 그런 다음 내 등에 업히더니 위패 뒤쪽으로 손을 뻗었다. 정로환 상자를 불단에 숨겨둔 것이다.

"얼마나 하려고야?"

시계 할머니가 물었다. 포장마차에서 뭔가를 살 만큼만 필요할 테니까, 하고 생각한 나는 불단에 올려놓았던 보너스 봉투에서 1

만 엔짜리 한 장을 꺼내서 내밀었다.

방바닥에 앉은 시게 할머니는 정로환 상자를 기울여 모아둔 500엔짜리 동전을 꺼냈다. 그러고는 "하나, 두울……" 하며 공기놀이라도 하듯이 수를 셌다.

"자, 18개."

나는 잠시 헤아려보고는 "어째서요?!" 하고 외쳤다.

"1만 엔이면 20개잖아요, 할머니!"

"수수료야."

아니, 이럴 수가. 억울한 마음에 500엔짜리 동전 18개를 내려다 보고 있었더니 "흐어, 흐어!" 하고 시게 할머니가 웃었다.

"노크라야."

노크는 무슨 노크?

"……혹시 조크(농담)라고 하신 거예요?"

시게 할머니는 작은 소녀처럼 고개를 끄덕이더니 동전 3개를 슬쩍 내 쪽으로 밀었다.

"이번에는 한 개 많은데요?"

"그냥 가져야. 유키가 열심히 일해서 할미가 주는 거이야."

대낮인데도 어두침침한 방 안에서 동전이 은색으로 반짝인다. 시게 할머니가 주신 500엔을 소중하게 꽉 쥐었다.

"고맙습니다, 할머니."

시게 할머니는 쑥스러운지 입가를 우물거릴 뿐 못 들은 척했다.

화창한 파란 하늘에 피리 소리가 날카롭게 울려퍼진다. 둥둥둥 하고 무겁게 울리는 큰북 소리도 들린다.

여름 마츠리의 시작이다.

가무사리 마을뿐만 아니라 인근 마을에서도 사람들이 계속 밀려들었다. 마츠리 참가자들이 타고 온 차들 때문에 가무사리 지구가 전에 없이 아침부터 길이 밀렸을 정도다. 논두렁길보다 아주 조금 넓은 정도의 산길이니 어쩔 수 없다.

마츠리 장소는 가무사리 신사다. 이곳은 중간 지구에 있는 신사와는 다른 신사로, 가무사리 마을에는 신사와 사당들이 무수히 많다.

가무사리 신사의 낡은 사찰은 우리가 '남쪽 산'이라고 부르는 작은 산허리에 간신히 들러붙어 있다. 장식도 없어서 한마디로 영볼품이 없다. 거기까지 가려면 구불구불한 언덕을 5분가량 올라가야 해서 가무사리 지구에서도 참배하는 사람이 거의 없다. 당번을 정해서 가끔 경내를 청소하는 정도다.

그런데 그 이유는 "무서운 신령님이어서야"라고 사부로 할아버지가 말했다.

"가무사리 신사는 가무사리 산에 계시는 신령님의 별장 같은 거이야. 조용한 별장에 사람들이 북적거리고 찾아오면 신령님이 얼마나 화가 나시겠냐야? 그러니 가만히 두는 게 상책이야."

"그럼 마츠리 때는 사람들이 많이 가도 되는 거예요?"

여름 마츠리 때는 구불구불한 산길에 포장마차가 즐비하게 늘어서서 빈틈이 없다. 물론 전문적인 장사꾼들이 이런 산골까지 일부러 찾아오지는 않는다. 전부 가무사리 마을 사람들이 나서서 하는 포장마차다.

"오늘만큼은 괜찮아야."

사부로 할아버지가 그럴듯한 표정으로 고개를 끄덕였다.

"가무사리 신령님께서 산에서 내려오시는 날인 데다가 오늘 하루는 인간의 소원을 들어주기도 하는 날이니까야."

그럼 나도 헌금을 내고 소원을 빌어야겠다. 나오키 씨의 얼굴을 멍하니 떠올리면서 생각했다.

그렇게 사부로 할아버지랑 내가 떠들고 있던 장소는 세이치 씨네 마당이었다. 점심때가 지나고부터 벌써 마츠리 음악이 들리기 시작했는데, 우리는 아직도 포장마차 준비에 여념이 없었다. 마당에 있는 테이블이 작업대였다.

"이야아아아!"

목장갑을 낀 요키가 대야에서 미끌미끌한 장어를 잡는다. 힘이 펄펄 넘치는 장어가 요키의 손에서 벗어나 마당 자갈 위에 떨어져서 몸을 꿈틀댄다. 노코는 신이 나서 장어를 덮친다. 나는 그런 노코를 잡아두는 담당이다.

요키는 간신히 장어를 잡아서 테이블에 올려놓는다. 도마를 쓰면 좋을 텐데 그런 생각은 안 하는 모양이다.

세이치 씨가 곧바로 "여기다!" 하면서 아주 큰 송곳을 장어 몸에 찔러넣는다. 그런데 '여기다'라며 찔렀는데 송곳은 장어 몸을 스치지도 않고 테이블에 그냥 꽂히곤 한다.

장어를 손질하지 못해서 도무지 준비 작업의 진도가 나가지 않는다.

"누가 이런 식으로 역할 분담을 하자고 했나야?"

장어가 준비되기를 기다리던 사부로 할아버지가 손에 들고 있던 쇠꼬챙이를 기어이 집어던졌다.

"이래서야 뭐가 되겠어야? 이와오를 불러와야."

이와오 아저씨는 가무사리 신사에 미리 가서 포장마차를 조립하는 담당이다.

"이제 괜찮습니다. 요령을 알 것 같아요."

세이치 씨가 이마의 땀을 닦으며 말했다.

못이 박힌 상태인데도 테이블에서 탈출하려고 꿈틀대는 장어를 지켜보던 산타가 머뭇머뭇 손을 뻗어 살살 쓰다듬었다. 그래, 나도 그 기분 이해한다. 먹이를 주면서 예뻐하던 우리 애완동물이었으니까.

우리가 끙끙대는 모습을 먼발치에서 바라보던 유코 씨와 미키 씨가 함께 웃는다. 마츠리 날에는 여자들이 요리를 포함한 모든 가사 노동에서 손을 떼야 한다고 한다. 이유는 나도 모른다. 그냥 오래 전부터 이 마을에서 지켜오는 관습이라고 한다.

아~아, 빨리 신사에 가고 싶은데. 마츠리는 벌써 시작되었는데 이 모양으로 가다가는 도대체 언제 나오키 씨를 볼 수 있을지 알 수가 없다. 장어 대량 참살 현장이 되어버린 마당에서 한숨만 푹푹 쉬었다.

하긴 느닷없이 장어 머리를 싹둑 잘라버려서 "멍충이가 뭐 하는 거이야?! 됐으니까 너는 노코나 잘 보고 있어라야!" 하고 요키한테 야단을 맞은 건 내 잘못이지만 말이다.

장어는 해가 지기 전에 완판되었다.

장어 양념구이가 한 조각에 200엔, 미니 장어덮밥(가무사리산 햅쌀 사용)은 300엔이라는 비현실적인 가격이었으니까 당연하다. 이와오 아저씨가 조립한 나카무라 임업의 포장마차 주변은 숯불에 양념이 타는 냄새에 끌려서 모여든 사람들로 인산인해를 이루었다.

사부로 할아버지가 쉴 새 없이 장어를 쇠꼬챙이에 꿴다. 요키와 이와오 아저씨가 불 앞에 서서 한 손으로 부채를 부치면서 필사적인 얼굴로 구워댄다. 나는 붓으로 양념을 바르기도 하고, 다 구워진 장어를 주문에 맞게 종이 그릇이나 접시에 옮겨 담는다. 그릇에 밥을 담는답시고 주걱으로 석쇠 위의 장어를 쓰다듬을 뻔한 적이 있을 정도로 바쁘다.

세이치 씨는 회계 담당이다. 혼자서만 땀 한 방울 안 흘리고 웃는 얼굴로 주문을 받고, 손님에게 받은 돈을 빈 과자 깡통에 집어넣는다.

"너무 불공평한 것 아닌가?"

이마에서 흐르는 땀을 옷소매로 닦으면서 내가 투덜댔다.

"오른쪽 손목이 떨어져 나갈 것처럼 아픈데요."

"어엉?"

요키가 눈을 가늘게 뜨고서 나를 쳐다봤다. 미소를 짓느라 그런 것도 아니고 무섭게 보이려고 째려보는 것도 아니다. 연기와 열기의 직격탄에 당해서 눈이 제대로 떠지지 않는 것이다.

"그런 생각이 들면 네가 가서 교대해달라고 직접 말해야."

"그건 못하죠. 요키가 해요."

"아니, 절대 안 돼야."

요키가 고개를 마구 도리질했다.

"세이치한테 조리를 맡겨? 장어를 숯으로 만들라고야?"

말은 그렇게 해도 사실 요키는 세이치 씨한테 뭐라고 하기가 무서운 것이다.

산에서 하는 일에 관해서는 조원들 모두가 자기 의견을 거침없이 말한다. 싸우는 게 아닌가 싶을 정도로 심하게 아웅다웅할 때도 있다. 물론 심하다고 해도 가무사리 사투리라서 긴장감이 좀 떨어지지만 말이다.

그런데 산과 관계없는 일에 대해서는 거의 세이치 씨가 하자는 대로 다 따른다. 왜 그런지는 나도 어렴풋이 짐작이 간다. 세이치 씨가 감독이라서도 그렇지만 그보다 거역할 수 없는 카리스마랄까 존재감이 있기 때문일 것이다. 세이치 씨는 우락부락하게 생기지도 않았고 절대로 고함을 지르거나 큰소리를 내는 일도 없다. 어느 쪽인가 하면 부드러운 태도에 성격도 쿨한 편이다. 그래도 세이치 씨가 조용한 목소리로 "이렇게 합시다"라고 하면 모두들 어느새 "네" 하고 따르게 된다.

신비한 설득력을 충분히 발휘해서 그날도 세이치 씨는 영업용 미소를 띤 얼굴로 가장 편한 작업을 맡아 담담하게 일했다. 우리는 옷깃이 땀으로 흠뻑 젖다 못해 변색이 될 지경이었던 점을 생각해보면 얌체가 따로 없었다.

그렇다. 우리 조원들은 기모노를 모두 새로 맞춰 입고서 여름 마츠리에 참가한 것이다. 시게 할머니가 만들어준 감청색 줄무늬 유카타다. 중후하고 멋있다. 허리띠는 요키한테 빌린 하늘색 헤코 오비(兵, 어린아이나 남자가 매는 허리띠/역주)다. 유카타의 중후함에 먹칠을 하는 허리띠다.

"이런 건 어린애나 매는 띠잖아요?" 하고 항의했는데, "누가 그래야? 사이고 님(사이고 다카모리. 19세기 일본의 군인이자 정치인. 메이지 유신의 주역 중 한 사람/역주)도 이런 허리띠를 했었는데" 하며 마치 직접 본 사람처럼 빡빡 우겼다.

결국 어쩔 수 없이 그 붕어 똥처럼 흐느적거리고 팔랑거리는 허리띠를 맸다. 요키는 엔카 가수처럼 금색으로 된 허리띠를 맸다. 도대체 어디서 저런 걸 샀는지 모르겠다.

어쩌고저쩌고해도 요키가 사람 좋은 구석이 있기는 하다.

"자연산 장어는 한 번도 먹어본 적이 없다"고 했더니 팔려고 구운 장어의 마지막 한 토막을 나에게 남겨주었다.

사부로 할아버지와 이와오 아저씨가 포장마차 뒷정리를 하고, 세이치 씨가 깡통 안에 있는 돈을 세는 옆에서 선 채로 접시에 놓인 장어를 먹었다. 요키는 거만한 얼굴로 양손을 허리에 얹고서 내 표정을 빤히 살폈다.

"어뗘냐?"

"마히혀요(맛있어요)."

이와오 아저씨가 만들어온 특제 양념 너머로 따끈따끈한 장어 고기의 은근한 달콤함이 느껴졌다. 이와오 아저씨는 막판 이틀 동안 우물물을 가득 채운 대야에 장어들을 풀어놓고서 아무것도 먹이지 말라고 지시했다. 그래서인지 노린내가 전혀 나지 않았다. 장어의 몸에서 가무사리 마을의 맑은 물이 체액이 되어 흐르는 듯한 맛이다. 텁텁한 데가 하나도 없으면서도 진한, 마치 산에서 마시는 공기와 같은 맛이다. 껍질은 향기 좋은 나무의 표피처럼 바싹하니 좋은 냄새가 코끝을 간지럽힌다.

장어는 기력이 떨어진 노인이 가끔씩 사치를 부리듯 먹는 약 같은 것이라고 생각했는데 알고 보니 끝내주는 음식이었네. 씹을 때마다 지방이 입안에 부드럽게 감돈다. 먹기 전에 뿌린 산초와 어우러져서 매끄럽게 목으로 넘어간다. 이 씹히는 맛이 또 기가 막힌데……. 가만, 음~, 자연산 장어라서 살이 너무 쫀득한가?

"맛있는데……."

일단 한 입을 꿀꺽 삼킨 다음에 요키에게 물었다.

"좀 딱딱한 편 아니에요?"

"딱딱해?"

굽는 방식에 문제가 있었나 싶어 요키는 불안해진 모양이다. "어디" 하며 접시에 남아 있던 덩어리를 집더니 한입에 물었다.

"아아아아! 내 껀데!"

필사적으로 손을 뻗었지만 반 이상 남았던 장어 토막은 이미 요키의 입 안으로 들어간 다음이었다. 이런 젠장!

"딱딱하긴 뭐가 딱딱해야? 너 턱관절이 너무 약한 거 아니야?"

육식 공룡 같은 요키에 비하면 인류의 턱관절은 모두 약하다. 만족스럽게 장어를 씹는 요키를 아쉬움과 억울함을 가득 담은 눈길로 째려보았다.

"그건 아마 간사이 지방과 간토 지방의 차이일 거다."

돈 계산을 마친 세이치 씨가 말했다.

"간토 지방에서는 장어를 한 번 찐 다음에 굽는데 간사이 지방에서는 찌지 않고 곧바로 굽지. 그래서 유키가 알던 장어구이와는 식감이 달랐을 거다."

"찐다고야?"

요키의 입에서 새된 목소리가 나왔다.

"진짜로야? 그런 짓을 하면 너무 질척질척해지지 않아야?"

나도 간토 지방의 장어구이가 찐 다음에 조리된다는 사실을 처음 알았다.

"세이치 씨, 혹시 가무사리 마을 아닌 데서도 산 적이 있어요?"

"장어 조리법의 차이 정도는 상식이라는 생각이 드는데……."

세이치 씨는 곤혹스럽다는 듯이 말했고 사부로 할아버지와 이와오 아저씨도 덩달아 "암, 그렇지야" 하고 고개를 끄덕였다.

"아직 젊은 유키는 그렇다 쳐도 요키는 너무 아는 게 없어야."

"삼나무 말고 아는 게 뭐삼, 아닌가?"

"이보세요 어르신들, 뭐가 이리 말씀이 많으삼? 그런 재미없는 말놀이는 나도 할 수 있어야."

서로 아웅다웅하는 조원들을 내버려두고 세이치 씨는 깡통 뚜껑을 닫았다.

"그야 도쿄에서 산 적이 있기는 하지. 그쪽에서 대학을 다녔으니까. 물론 학생 때는 장어를 먹을 만한 여유는 없었지만."

"그때 거기서 색시도 찾지 않았나야?"

요키가 능글능글 웃으면서 말했다.

"네?!"

나는 머릿속으로 '가무사리 마을 인물관계도'를 서둘러 펼쳐보았다.

"세이치 씨 부인은 유코 씨 맞죠?"

"그렇지."

"나오키 씨는 유코 씨의 동생이고 중간 지구 신사 근처에 살고 있고요?"

"응."

"그럼 이상하잖아요. 유코 씨네 친정이 중간 지구인데 도쿄에 갈 때까지 세이치 씨는 유코 씨를 몰랐다는 말이에요?"

"아니지, 아니지."

사부로 할아버지가 손사래를 쳤다.

"신사 근처에 있는 집은 유코와 나오키의 할아버지 집인 거이야. 그 자매는 원래 도쿄에서 나고 자랐고."

"대학 동아리에서 우연히 유코를 만나게 된 거다."

세이치 씨가 설명을 보충했다.

"이야기하다 보니 그 사람 어머니의 고향이 가무사리 중간 지구라는 걸 알게 되었지. 중학교 때까지는 여름방학에 놀러 온 적도 있었던 모양이더군."

"사람도 얼마 없는 이런 두메산골이랑 인연이 있는 여자를 그 넓은 도쿄에서 어떻게 찾았는지 모르겠다니까. 정말 여자 운 하나는 끝내준다야" 하며 요키가 또 능글능글 웃었다.

"뭐, 굳이 말하자면 운명이라고 해야겠지."

세이치 씨가 쿨하게 받아쳤다.

"어쨌든 그래서 친해졌지. 유코네 할아버지, 할머니는 이미 돌아가셔서 중간 지구에 있는 집은 빈집이었어. 거기를 말끔하게 수리했더니 작년에 교사 자격증을 딴 나오키가 이사를 온 거다."

"그럼 나오키 씨는 혼자 살아요?"

"그렇지. 그냥 우리 집에 살아도 된다고 했는데."

세이치 씨가 걱정스러운 표정으로 대답했다.

나오키 씨도 참 묘한 사람이네, 하는 생각이 들었다. 산밖에 없는 데다가 밤이 되면 온 사방이 캄캄해지는 마을에 젊은 여자 혼자서 일부러 살러 오다니.

"둘이 결혼할 때……" 하며 이와오 아저씨가 손가락을 꼽았다.

"나오키는 아직 중학생이었지야? 방학이 되면 어김없이 여기로 놀러 온 것만 봐도 그때부터 여기가 좋았던 모양이네야."

"여기가 좋았던 건지, 아니면 여기 있는 뭔가가 좋았던 건지, 그건 모르는 일이지야" 하며 요키가 다시 한번 능글능글 웃었다.

혹시? 문득 머릿속에 뭔가 번뜩 떠올랐다. 사랑에 빠진 남자의 직감이랄까? 힐금힐금 눈치를 살폈더니 세이치 씨는 말없이 미소만 짓고 있었다.

"어머, 벌써 다 팔렸나 보네?"

밝은 목소리가 들렸다. 신사로 이어지는 길을 가득 메운 인파 속에서 유코 씨와 나오키 씨, 그리고 나오키 씨의 손을 잡은 산타가 포장마차로 다가오는 모습이 보였다.

"올해도 또 못 먹었네."

"진짜로 먹고 싶었으면 좀더 빨리 왔어야지."

나오키 씨는 한 발짝 떨어진 위치에서 사이좋게 말을 주고받는 유코 씨와 세이치 씨를 가만히 쳐다보고만 있었다.

우와! 내 직감이 정말 맞는 거야? 아니 그래도 이건 아니지. 세이치 씨랑 나오키 씨면 아마 열 살 넘게 나이 차이가 날 텐데. 게다가 언니의 남편이니까 형부잖아. 설마 그렇겠어? 제발 누가 아니라고 좀 해주라.

아니, 여기서는 그냥 세게 밀고 나가야 하는 거 아닌가? 그래, 힘내자. 그런데 '나오키 씨, 도리를 저버린 사랑 따위 잊어주세요. 여기 이렇게 더 좋은 남자가 있잖아요'라고 할 수 있겠느냐 말이다. 세이치 씨처럼 산을 가지고 있는 것도 아닌데. '그래도 일 하나는 잘해요. 아직 견습이기는 하지만.' 견습이면 명함도 못 내밀겠지? 아니 그래도 장래에 크게 될 수는 있잖아. 그래, 큰 인물이 될 수 있을 거야. 아마도.

혼자 이런저런 생각을 하는데 나오키 씨의 손을 놓은 산타가 종종거리고 다가와서 내 허리띠를 잡아당겼다. 하지 마, 이거 금방 풀어진단 말이야.

"있잖아, 유키."

"누가 내 이름을 막 부르래?"

"유짱."

"왜?"

"솜사탕 사줘."

왜 나한테 그래? 하려고 내려다보았더니 산타가 기대에 찬 반짝거리는 눈길로 나를 올려다보았다. 에이 참, 할 수 없지. 포장마차에서 정신없이 일하느라 아직 마츠리를 제대로 보지도 못했으니 이참에 슬슬 다녀봐야겠다.

나는 산타의 손을 잡고 신사로 이어지는 산길을 오르기 시작했다. 가게를 접은 다른 조원들도 뿔뿔이 흩어져서 마츠리 인파 속으로 사라졌다. 뒤를 돌아보자 유코 씨가 '죄송해요. 잘 부탁드려요' 하듯이 가볍게 고개를 숙였다. 아니, 괜찮습니다. 산타를 봐주는 건 벌써 충분히 익숙해졌으니까요.

나오키 씨는 교사로 있는 학교의 초등학생들로 보이는 아이들에게 둘러싸여 뭔가 웃고 떠드는 중이었다.

신사로 이어지는 길에 늘어선 작은 석등에서 불빛이 흘러나왔다. 백열등을 단 포장마차에서는 손님들과 주고받는 힘찬 목소리들과 맛있는 냄새가 풍겼다.

다코야키, 소스 센베이, 인형 맞추기, 요요 낚시.

산타가 가려는 솜사탕 집도 있었다. 캐릭터가 프린트된 핑크나 하늘색 봉지가 여러 개 걸려 있고 투명한 막 안에서 아저씨가 돌리는 나무젓가락에 구름이 점점 뭉쳐진다. 언제 봐도 솜사탕 만드는 모습은 마법 같다.

"뭐로 할래?"

봉지를 가리키며 물었는데 산타는 고개를 저었다. 아무래도 봉지에 그려진 캐릭터에는 흥미가 없고 아저씨가 눈앞에서 방금 만든 솜사탕을 먹고 싶은 모양이었다.

"저 봉지 안에도 똑같은 게 들어 있는데?" 하고 말해도 고집스럽게 "저거"라며 아저씨 손에 있는 솜사탕만 가리켰다. 참 이상한 애야, 하고 생각했다. 나는 어릴 적에 '레인저'가 그려진 솜사탕 봉지가 목적이었는데.

아저씨는 산타를 위해 특별히 커다란 솜사탕을 만들어주었다.

"연기, 연기!"

산타가 신이 나서 솜사탕을 먹으며 외쳤다.

"그거 연기 아니고 설탕이야."

"연기 맞아!"

나도 한 입 먹어보았다. 그러고 보니 약간의 탄내와 끈적이는 건지 녹는 건지 분간이 안 되는 감촉이 연기와 비슷할지도 모른다는 생각이 들었다.

마츠리 음악이 더욱 커졌다. 인파와 웅성거림이 한층 늘어났다. 산 위에서 여름 바람이 불어온다. 공연히 마음이 들뜬다. 마츠리의 저녁이다.

간신히 산길을 올라 빨간 페인트가 벗겨지려는 낡은 신사 기둥을 지났다. 신사 경내도 사람들과 포장마차로 한가득이다. 한가운데 만들어진 목조 무대에서 큰북과 피리 소리가 쏟아진다. 몇 군데 있는 화톳불이 사람들의 웃음소리를 더욱 환하게 만들어준다.

그런데도 경내 바로 옆에 있는 숲속은 너무 어두워서 한 치 앞도 보이지 않는다. 남쪽 산 능선 너머 저 멀리서 가무사리 산의 꼭대기가 시커먼 얼굴을 내비친다.

고요하면서도 가까이할 수 없는 위엄이 있다. 우리가 아무리 떠들어대고 소란을 피워도 산은 평소와 다름이 없다.

"참배하자."

산타는 하늘색 어린이용 기모노 품속에 한 손을 찔러넣더니 비닐로 된 작은 동전 지갑을 꺼냈다. 똑딱이가 너무 단단해서 혼자서 열 수 없는 모양이다. 내가 열어주자 안에서 반짝반짝 빛나는 5엔짜리 동전 2개가 산타의 손바닥으로 굴러 나왔다.

"엄마가 줬어" 하더니 5엔짜리 하나를 내 손에 찔러주려고 한다. 어린애한테 돈을 받을 수는 없는 노릇이다.

"괜찮아. 나도 돈 있어."

"안 돼. 오야마즈미 님은 반짝거리는 5엔짜리를 좋아한단 말이야. 유짱, 있어?"

"아니."

"그럼 이거 해."

잘은 모르겠지만 마을의 관습인 모양이다. 나는 5엔짜리 동전 하나를 받아서 자그마한 사당 앞에 산타와 나란히 줄을 섰다. 참배하려는 사람들이 줄지어 서서 기다리고 있었다.

삼나무 껍질로 지붕을 엮은 사당은 신사 입구 기둥과 마찬가지로 낡고 오래된 건물이었다. 그런데도 이렇게 마츠리를 성대하게 하고 그 와중에 다들 줄 서서 참배하는 걸 보면 나름 영험한 모양이다.

"여기서 모시고 참배하는 신령님이 오야마즈미 님이야?"

"모시고 참배하는……?"

"그러니까~, 이 집에 있는 신령님 이름 말이야. 오야마즈미 님 맞아?"

"응."

그 이름을 들어본 적이 있다. 산타가 행방불명이 되었을 때 마을 사람들이 서로에게 속삭이던 이름이다.

"그 신령님은 어떤 분이야?"

"무서워."

산타가 작은 소리로 대답했다.

"하지만 우리를 지켜본대."

그렇구나. 신령님은 다 똑같구나. 그냥 지켜보기만 하는 거지. 그래도 뭐, 감사하다면 감사한 거지.

"유짱, 뭐 기도할 거야?"

겨우 우리 차례가 되어서 헌금 상자 앞에 섰다.

"마츠리 하는 밤에 기도하면 들어주신대. 아빠가 그랬어."

산타는 커다란 종 밑에 늘어진 굵은 줄을 당겼다. 절그렁절그렁하고 종이 울렸고 나는 잠시 이런저런 생각에 잠겼다.

'남자로 만들어주세요. 나오키 씨가 돌아볼 정도의 남자로.'

손바닥을 딱딱 두 번 마주친 다음 웅얼웅얼 기도했다. 눈을 떴더니 산타도 마침 기도를 끝낸 참이었다.

"뭐라고 빌었어?"

"비밀이야."

산타는 두 손으로 입을 막으며 키득키득 웃었다.

"뭐야, 너 나한테는 물어봤잖아."

우리는 손을 잡고 뒤에 있는 사람에게 자리를 비켜주며 처마 밑에서 나왔다.

하늘은 어느새 깜깜해졌고 은색으로 빛나는 많은 별들이 반짝이기 시작했다.

"우와아."

남쪽 산 바로 아래로 가무사리 강의 모습이 어둠 속에서 하얗게 떠올랐다. 위를 올려다보면 그 광경을 그대로 비추듯 하늘에도 커다란 별의 강이 있다.

"은하수, 정말 멋있다. 이 마을에 오기 전까지는 한 번도 본 적이 없는데."

그러나 산타는 어린애라서인지 별에 별로 관심이 없었다.

"금붕어 뜨기 하자" 하며 내 허리띠를 또 잡아끈다. 하지 말라니까.

금붕어 뜨기 포장마차 앞에 쭈그리고 앉아 사냥감을 물색했다.

"산타, 어떤 거 할래?"

"까만 놈."

"눈 튀어나온 놈? 저거 너무 커서 안 돼. 딴 걸로 해."

한 판에 100엔. 물론 산타 것도 내가 냈다. 그런데 도무지, 아예, 단 한 번도 성공을 못 했다. 사실 예전부터 난 금붕어 뜨기에 소질이 없었다. 요키 같으면 한 스무 마리는 너끈하게 뜰 수 있었겠지만.

큰 놈을 노리던 산타도 얇은 종이가 금방 찢어졌다. 괜찮아, 한 판 더 하자, 산타.

정신없이 대야를 쳐다보는 산타와 내 등 뒤에서 "진짜 못한다야" 하고 웃음을 머금은 목소리가 들렸다. 깜짝 놀라는 바람에 종이가 또 찢어졌다. 아아아! 돌아보니 역시 나오키 씨였다.

"나도 해봐야지. 아저씨, 한 판이요."

나오키 씨는 포장마차 아저씨한테 100엔 동전을 내밀더니 산타와 나 사이에 쭈그리고 앉았다. 나는 자리를 살짝 내주면서 심장이 벌렁거렸다.

"조심조심, 구석으로 몰아간 다음에……."

진지한 표정의 나오키 씨의 옆얼굴이 정말 예쁘다. 넋을 놓고 바라보는데 물방울이 튀더니 나오키 씨가 한 손에 든 그릇에 빨간 금붕어가 한 마리 들어갔다.

"나오키 이모, 최고!"

산타가 손뼉을 쳤고, 그 충격으로 손에 들고 있던 뜨기 채의 종이가 또 찢어졌다. 아아아. 뭐 하는 거야, 산타!

성공적으로 뜬 금붕어 한 마리를 아저씨가 투명한 비닐봉지에 물과 함께 넣어서 건네주었다. 봉지를 받은 나오키 씨가 "흐흥" 하며 웃었다.

"어때야? 내 실력이 이 정도야."

"한 마리잖아요."

"뭐라고?"

"뜨지 못해도 금붕어는 받을 수 있잖아요. 그렇죠, 아저씨?"

"그렇지. 한 마리 주지."

"네? 두 판 했는데 한 마리요?"

"몇 판을 했건 꽝은 한 마리야. 하지만 산타한테는 두 마리 줘야지야."

"고맙습니다."

그래서 산타가 두 마리, 나오키 씨가 한 마리(자기 힘으로), 내가 한 마리(남이 줘서)를 갖게 되었다. 나오키 씨가 다시 "흐흥" 하고 웃었다.

"그러나저러나, 산타는 그렇다 치고 넌 금붕어를 어디다 쓰게?"

"시게 할머니한테 선물로 갖다 드릴까 해서요."

시게 할머니한테는 용돈도 받았으니까. 나는 비닐봉지를 들어 올려서 어쨌든 오늘의 성과인 금붕어를 들여다보았다. 작고 색깔도 연한 오렌지색이지만 그래도 귀엽다. 유리로 된 작은 어항에 넣어서 시게 할머니 방에 놓아드리면 아마 좋아하실 거다.

"그렇구나~."

나오키 씨는 대충 대답하더니 산타를 돌아보며 말했다.

"넌 이제 슬슬 집에 가서 자야지?"

"싫어~ 유짱하고 더 놀래~!"

"안 된다, 어이야. 저기 엄마 왔다."

나오키 씨가 경내 한쪽 구석을 가리켰다. 세이치 씨와 유코 씨가 산타에게 손짓하는 게 보였다.

"내일 또 산에 갔다 온 다음에 놀자."

내가 말하자 산타는 하는 수 없다는 듯이 고개를 끄덕였다. 안녕~ 하고 손을 흔들더니 엄마 아빠가 있는 쪽으로 뛰어갔다.

옆에 선 나오키 씨의 눈치를 살폈다. 화톳불이 만든 그림자에 나오키 씨의 눈썹이 흔들렸다. 눈길은 멀어져가는 세이치 씨의 모습을 따라갔다. 금붕어가 든 비닐봉지가 천근처럼 무겁게 손가락 마디에 파고드는 게 느껴졌다.

"아 참."

세이치 씨네 가족이 경내에서 보이지 않게 되자 나오키 씨가 내 쪽으로 얼굴을 돌렸다.

"산타가 쓴 돈을 갚아주라고 언니가 그랬는데. 얼마야?"

"괜찮아요, 그 정도는."

고개를 젓자마자 배에서 꼬르륵 소리가 났다. 아니 어쩌자고! 어쩌자고 이 타이밍에 이러느냐 말이야?!

나오키 씨가 포장마차에서 야키소바를 사줬다. 경내 구석에서 나란히 서서 먹었다. 맛있었다. 지금까지 먹은 야키소바 중에서 최고로 맛있다는 생각이 들었다.

마츠리는 더욱 성황을 이루었다. 목조 무대 아래에서 벌어진 '술 마시기 대회'에 참가한 요키가 보였다. 술통에서 됫박에 따른 제주를 차례대로 받아 마신다. 참가자가 5명 정도였는데 그중에는 사부로 할아버지도 있었다. 마지막에는 요키와 사부로 할아버지의 일대일 결승전이 되었는데 결국 요키가 14번째로 술그릇을 다 비우면서 승리했다. 이렇게 짧은 시간에 한 되 네 홉이나 되는 술을 마시고도 아무렇지도 않다니 도대체 얼마나 간이 튼튼한 거야? 역시 요키는 괴물이 맞다.

"내가 이겼다! 미키, 내가 메도야!"

요키가 경내 한가운데서 소리치자, "그만 좀 해라, 어이야. 창피하다” 하고 미키 씨가 뒤통수를 후려쳤다.

“메도가 뭐예요?” 하고 물었더니 나오키 씨의 얼굴이 살짝 발그레해졌다.

“나도 몰라야. 요키한테 직접 물어봐.”

“네.”

메도메도메도, 하고 잊어버리지 않게 속으로 읊조렸다.

“너도 참가해?”

“뭐에요?”

“오야마즈미 님의……” 하고 말하려다가 나오키 씨가 입을 다물었다.

“아니지. 아무것도 아냐. 어차피 넌 여기 그냥 연수받으러 온 거니까.”

기분이 확 나빠졌다. 또 그런다. 오야마즈미 님에 대한 이야기만 나오면 입을 다물어버린다. 이럴 때 나는 그냥 외지에서 온 낯선 놈일 뿐이다.

“너가 아니라 히라노 유키예요. 그리고 나오키 씨도 가무사리 마을 사람 아니잖아요.”

“그렇지.”

나오키 씨는 딱딱하게 굳은 표정으로 나를 똑바로 쳐다봤다.

“하지만 난 너랑은 달라. 죽을 때까지 가무사리 마을에 있을 거니까.”

끝까지 ‘너’라고 하면서 내가 산에서 열심히 일한다는 사실까지 부정하는 듯한 말투에 나는 욱해서 속이 뒤집혔다.

"그래요? 세이치 씨가 있으니까?"

그 순간 보인 나오키 씨의 표정을 어떻게 표현할 수 있을까? 만약 시간을 되돌릴 수만 있다면 이런 멍청한 말을 내뱉은 나 자신에게 발차기를 날려버리고 싶다.

깜짝 놀라며 울상이 된 얼굴. 굴욕과 수치심과 분노가 한데 어우러진 표정.

"네가 뭘 안다고 그래, 어이야!"

나오키 씨는 날카롭게 소리를 지르더니 등을 확 돌리고 가버렸다. 그 소리에 근처에 있던 사람이 놀라서 그 자리에 못 박힌 듯이 서 있는 나와 빠른 걸음으로 멀어져가는 나오키 씨를 번갈아 쳐다봤다.

어쩌자고 일부러 나오키 씨에게 상처를 주는 말을 내뱉었을까? 나는 애다. 산타보다 훨씬 유치한 애새끼다.

난 모태 솔로가 아니다. 고백을 받은 적도 있고, 한 적도 있다. 차인 적도 있고, 찬 적도 있다. 하지만 이렇게 추하고 못난 모습을 보인 적은 없었다. 나오키 씨 앞에만 가면 나는 가무사리 사투리는 고사하고 요코하마 사투리도 쓰지 못한다.

어깨를 축 늘어뜨리고 나오키 씨의 뒷모습을 바라보았다. 그런데 나오키 씨는 산길로 내려가려다가 발걸음을 멈추더니 다시 내쪽을 향해 몸을 돌렸다. 왜 그러지? 하면서 보는데 성큼성큼 빠른 걸음으로 다가왔다.

그러고는 내 앞에 서서 "자" 하며 들고 있던 금붕어 비닐봉지를 퉁명스럽게 내밀었다. 반사적으로 받았다.

"한 마리만 있으면 불쌍하니까."

그렇게 말하더니 다시 몸을 돌렸다.

"너한테 주는 거 아냐. 시게 할머니한테 드리는 거야."

그러고는 진짜로 가버렸다.

금붕어 봉지를 두 개 들고서 "사랑해요" 하고 중얼거렸다. 당연히 나오키 씨한테는 들릴 리가 없다. 하지만 마음속으로 몇 번이고 같은 말을 반복했다. 사랑합니다. 난 나오키 씨를 사랑한다. 만약 용서해준다면 다시는 그렇게 상처 주는 말을 하지 않겠다.

생각은 분명히 그렇게 했는데 사실 그 순간 내 머릿속은 온통 '자고 싶다'로 가득 찬 상태였다. '뭔가 좋다'는 정도를 넘어서 사랑하는 마음과 하반신이 급격하게 연결되어버린 것이다.

자고 싶다. 나오키 씨랑 자고 싶다고, 으아!

금붕어 봉지가 찰랑찰랑 시원한 물소리를 냈다.

욕구불만이어서 그런지도 모르겠다. 사실 마을에 유부녀가 아닌 젊은 여자는 거의 없으니까. 이런 마을에서 만나는 바람에 나오키 씨가 실제보다 더 매력적으로 보이는지도 모른다.

집에 돌아갈 계획은 없었는데 마츠리 다음 날 세이치 씨한테 억지로 부탁해서 여름휴가를 받았다.

넉 달 만에 얼굴을 보는 나에게 엄마는 돈가스니 닭튀김이니 여러 가지 음식을 만들어주었다. 며칠 동안은 손주보다 아들을 먼저 챙겨줘야겠다는 생각을 한 모양이다.

부모님과 함께하는 식사 시간이 생각보다 평화로웠다. 가무사리 마을에 가 있는 동안 내 반항기가 얼추 지나버린 모양이다. 예전에는 부모님이랑 이야기하는 게 귀찮고 짜증스럽기만 했는데 이번에 돌아와보니 생각보다 이야깃거리가 많았다. 가무사리 마을에 사는 사람들 이야기. 산에서 하는 일에 대한 이야기. 거머리 이야기. 이런 이야기들을 했다. 엄마는 웃기도 하고 걱정도 했다. 여전히 존재감이 적은 아버지는 "안 보는 사이에 많이 씩씩해졌네"라고 말했다.

휴대전화 배터리를 사려고 요코하마 역 앞 상가에 갔다. 사람이 너무 많아서 현기증이 났다. 가게에 진열된 상품이 너무 많아 숨이 막힐 지경이었다. 정말 같은 나라가 맞나? 이 현란함을 완전히 잊고 지냈는데.

들뜨고 흥분된 기분으로 지하상가를 걷다가 고등학교 때 친구들과 우연히 마주쳤다. 전 여친도 함께 있었다. 완벽한 화장에 입술도 반짝반짝 빛난다. 아, 역시 귀엽다. 나오키 씨는 절대로 민소매 같은 걸 안 입는데.

마침 점심때여서 친구들과 어울려 파스타를 먹었다. 마을에서 하는 식사에는 파스타라는 메뉴가 없다.

"유키, 너 도대체 어디 짱박혀 있었냐?"

"임업? 와~뭐냐? 신기하네."

친구들도 전 여친도 다 성격이 좋다. 서로의 근황을 이야기하며 즐거운 시간을 보냈다. 헤어질 때 또 한동안 못 보겠구나 하는 생각이 들어 너무 아쉬웠다.

하지만 참을 수 없었다.

이틀 만에 여름휴가를 끝내고 가무사리 마을로 돌아왔다. 배터리는 결국 안 샀다.

"산이 불렀나야?" 하며 요키가 웃었다.

세이치 씨는 무엇을 어디까지 눈치챘는지, 혹은 모르는지, 평소와 다름없는 미소를 지었다.

"나도 도쿄에 있는 동안 내내 괴로웠다. 맑게 갠 날 멀리 산들이 보이면 나도 모르게 가무사리의 산들이 생각났지. '그쪽 산 손질은 어떻게 해야 하지? 거기 나무는 언제 벌채해야 하나?' 하고 말이다."

나를 부른 건 산이 아니다. 나오키 씨의 모습이다. 아니, 어쩌면 나오키 씨야말로 나에게 산과 같은 존재인지도 모른다.

무섭고, 발을 들여놓기가 너무 힘들고, 그러면서도 언제나 아름다운.

시게 할머니는 금붕어를 기른다. 다락에서 요키가 끄집어낸 얇은 유리 어항에서 금붕어 두 마리가 사이좋게 헤엄친다.

한동안 녀석들은 내가 산타와 함께 장어에 주던 먹이를 먹으며 지냈다.

시게 할머니가 금붕어에게 이름을 붙였는지 어떤지는 모른다. 내가 마음속으로 빨간 금붕어를 뭐라고 부르는지는 창피하니까 죽을 때까지 비밀이다.

4

불타는 산

"이야~절경이 따로 없구나야!"

족히 30미터는 될 듯한 녹나무 꼭대기에서 요키가 소리를 질러 댔다. 나는 한 단계 낮은 곳에 있는 나뭇가지에 걸터앉아 탁 트인 하늘과 시원하게 부는 바람을 맛보는 중이었다.

우리는 서쪽 산꼭대기에 있다. 편백나무의 가지치기를 하기 위해서다.

하나의 산이라도 일조량이나 토양 상태에 따라 삼나무와 편백나무를 모두 심는 경우가 있다. 토양이 건조하고 일조량이 다소 나쁜 쪽이 삼나무에는 오히려 낫다. 그래서 대개 팔부 능선 아래에 심는다. 반대로 편백나무는 산 위쪽에 심는다. 배수와 일조량이 좋은 장소에서 잘 자라고 삼나무보다는 추위와 눈에 강하기 때문이다.

그런데 산꼭대기 근처에 심으면 관리나 벌채를 할 때 그만큼 힘이 든다. 작업 현장에 도착할 때까지 계속해서 산을 올라야 한다.

위험도 그만큼 크다. 작업을 하다가 다친 경우에도 곧바로 사람들이 사는 마을까지 내려올 수가 없다. 함께 작업하는 조원밖에 없는 깊은 산속에서 일할 때는 바짝 긴장한 상태로 조심스럽게 진행해야 한다.

물론 예외도 있다. 요키다. 요키는 고도와 위험도가 높아질수록 의욕이 폭발하는 성향인지 '산 정상 부근에서 편백나무 가지치기' 같은 작업을 하게 되면 신바람이 나는 모양이다. 너무 들뜬 나머지 점심시간 때도 나무에서 내려오지 않는다. 다 먹은 다음에 다시 올라가서 가지치기를 해야 하는데 일일이 땅바닥으로 내려와야 하는 게 너무 귀찮다고 한다. 허리에 묶은 로프 한 줄로 편백나무에 번데기처럼 매달린 채로 주먹밥을 먹는다.

"저놈은 저대로 그냥 둬라야."

사부로 할아버지가 말했다.

"워낙이 허공에 댕기는 놈이니까야."

'허공에 댕기는 놈'은 가무사리에서 '허공에 붕 뜬 것처럼 안정적이지 못한 사람'을 뜻한다. 노코는 머리 위에서 흔들리고 있는 요키를 한 번 쳐다보더니 세이치 씨를 향해 꼬리를 흔들었다. 물을 달라는 뜻이다. 얼룩조릿대 잎사귀로 짠 그릇에 골짜기 물을 떠주자 할짝할짝 마신다. 주인보다도 노코가 훨씬 예의를 잘 차릴 줄 안다.

비탈에 있는 나무에 오르는 건 평지에 있는 나무를 오를 때보다 훨씬 더 무섭다. 그래서 나도 처음 가지치기를 할 때는 겁이 나서 오금이 저렸다. 삼나무나 편백나무에는 발을 디디거나 손으로 잡

을 만한 가지가 없다. 어찌 보면 그런 쓸데없는 가지를 자르는 것
이 가지치기의 목적이니까 당연한 일이다. 몸을 지탱하는 보조 로
프도 거의 사용하지 않는다. 로프를 몇 개씩 일일이 달았다가 뺐
다가 하다가는 일이 진척되지 않기 때문이다.

하지만 일하다 보니 나도 익숙해졌다. 산은 드넓고 편백나무도
수없이 많다. 끝도 없이 가지를 쳐야 한다. 정신없이 작업을 하다
보면 무섭네 어쩌네 할 틈이 없다.

어느 정도 여유가 생긴 나는 그날 요키가 같이 올라가보자고 해
서 점심 휴식 시간에 거대한 녹나무를 타고 올라가봤다. 가무사리
마을의 산은 삼나무와 편백나무로만 조림이 되어 있는데, 능선에
올라가면 가끔 녹나무 같은 활엽수도 있다. 나무를 심을 때 일부
러 활엽수를 딱 한 그루만 심는 경우도 있고, 원래 거기 있던 나무
를 베지 않고 그대로 남겨둘 때도 있다고 한다. 소유지의 경계선
을 나타내기 위해서다.

서쪽 산의 경우 녹나무를 기준으로 동쪽에 있는 비탈은 중간
지구 사람의 소유지다. 나이가 들어 산에서 더는 일을 하지 못하
게 되자 세이치 씨네 회사에 관리를 위탁한 것이다. 체력과 경험이
필요한 임업은 상부상조하는 관계로 이루어진다. 산림 소유주들
끼리 대대로 내려오는 신용과 협력이 반드시 필요한 분야다.

멋들어지게 뻗은 큰 가지들이 무성한, 거대한 녹나무는 나무를
타는 데 아주 적합하다. 더구나 이 나무에서는 시원한 냄새가 난
다. 나는 얼굴을 간질이는 나뭇잎 사이로 눈 아래 펼쳐진 질서정연
한 초록색 파도와 기와가 반짝이는 가무사리 마을을 바라보았다.

연청색으로 빛나는 맑은 하늘이 넓게 펼쳐져 있다. 바람은 어느새 가을의 온도로 바뀌었다. 이제 강에 들어가 헤엄치고 싶다는 생각은 전혀 들지 않는다. 입구 산에는 곧 단풍이 들고 감나무에서는 감이 붉게 익어갈 것이다.

산에 있는 동물들도 겨울을 날 준비를 하느라 분주히 돌아다니는 모양이다. 기척을 느낀 노코가 수풀을 향해 쉴 새 없이 짖어댔다. 말려 올라간 하얀 꼬리가 풀숲 틈새로 이리저리 흔들리는 게 보인다.

"노코, 알았다 알았어!"

요키가 녹나무 꼭대기에서 그렇게 말하면 노코는 잠시 조용해진다. 그러다가 '여기 뭐가 있는데요? 그냥 둬도 괜찮은 거예요?' 하며 영 불만스럽다는 듯이 앞발로 흙을 긁어댄다. 조금 지나면 못 참겠는지 다시 수풀을 향해 짖기 시작한다.

"원래가 사냥개 핏줄이라 어쩔 수 없구만이야."

요키는 노코를 진정시키려는 노력을 포기하고 녹나무 기둥에 등을 기댔다. 지면에서 30미터나 떨어진 고공에 있는데도 거실 소파에 편하게 기대고 앉은 듯한 분위기다.

나는 조심스럽게 가지에 다시 자리를 잡고 앉았다. 되도록 아래쪽을 보지 않는 게 나무와 한몸이 되는 요령이다. 높이를 실감하면 바로 오금이 저려온다.

"노코는 산에 들어오면 눈에 띄네. 생각보다 털이 하얀 개인가 봐요."

가무사리 마을에서는 개를 샴푸로 목욕시키는 일 같은 건 하지 않는다. 옷을 입힌 개가 TV에 나오는 걸 본 요키가 배를 잡고 웃었을 정도다. 노코도 야생적이라고 해야 할까, 아무튼 도시에서 흔히 보는 개들에 비하면 상당히 지저분하다. 그런데 일단 산에만 들어오면 신성할 정도로 하얗게 빛나는 것처럼 보인다.

"산에서 일하는 사람들은 하얗고 똑똑한 개를 귀하게 여기고 좋아해. 산속에 있을 때도 캄캄할 때도 잘 보이거든. 작업하다 다쳐서 움직이지 못하게 되더라도 노코의 털 색깔 때문에 빨리 발견될 확률도 있으니까야."

"아아."

나는 감탄했다. 어떤 개를 기를지 정하는 데 그렇게 깊은 뜻이 있을 줄은 꿈에도 생각하지 못했다.

"그럼 겨울에는 어떡해요? 눈이 오면 노코는 그 경치에 녹아들어서 하나도 안 보일 텐데."

"그럴 때는 노코를 안고 체온을 유지하면 되는 거이야. 여차하면 보신탕을 끓일 수도 있고."

우와, 심했다! 하지만 나는 안다. 요키는 '여차할' 때가 와도 절대 노코를 먹지 않을 것이다. 오히려 자기 살점을 노코에게 먹게 할지도 모른다. 노코에게 옷을 입히거나 샴푸로 목욕을 시켜주지는 않아도 요키만큼 자기 개를 소중히 생각하는 사람은 없다. 산에서 일하는 사람과 그의 개는 서로 친한 티를 내지는 않지만 일심동체다. 요키와 노코가 주고받는 눈길에서 항상 그 사실을 느낄 수 있다.

가지치기는 순조롭게 진행되고 있었다.

나는 아직도 서툰 점이 많기는 하지만 그래도 약간은 발전을 해서 "가지가 이렇게 열심히 뻗었는데 그걸 잘라버리다니 너무 아까워요" 같은 소리를 하지 않는다. 나무를 마디 없이 곧은 목재로 만들려면 가지치기는 반드시 해야 할 중요한 작업이다. 쓸데없는 가지를 잘라내면 영양분도 분산되지 않고 모든 나무가 햇빛을 고루 받을 수 있고 산불 위험도 줄일 수 있다.

조림을 하는 산에는 산불이 나기 쉽다. 관리하는 사람들이 산에 드나들면서 모닥불을 피우거나 담배를 피우기도 하기 때문이다. 남은 불씨를 제대로 끄지 않아서 땅에서 불이 붙기 시작하더라도 가지치기가 제대로 된 산이라면 옆으로 번지는 일을 어느 정도 막을 수 있다. 나무 기둥 아래쪽에 불이 옮겨붙을 만한 가지가 없기 때문이다. 손질이 제대로 되지 않은 산에서는 시들어가는 가지가 낮은 곳에 남아 있어 그 가지들을 타고 순식간에 온 산으로 불이 번진다고 한다.

"산불이 나면 몇십 년 동안 공들인 게 모조리 날아가버린단 말이야."

이와오 아저씨가 말했다.

"그러니까 너도 불조심하고 산을 손질하는 것도 철저히 해야 돼야. 산에서 일하는 거는 신령님께 땅을 빌려서 한다는 사실을 절대 잊어서는 안 되는 거이야."

서쪽 산의 편백나무는 12미터 정도까지 자랐다. 이번에는 지면에서 7-8미터 높이에 있는 가지들을 치는 중이다. 잘라내는 가지의 밑동 지름은 7센티미터 정도 된다. 그런 가지를 끝없이 쳐낸다.

그래도 마구잡이로 해서는 안 된다. 가지 밑동이 살짝 부풀어 있는 경우가 많다. 그렇게 부푼 곳까지 한꺼번에 자르면 기둥에 생채기가 나서 목재로서의 가치가 떨어진다. 살짝 부푼 부분을 남기고 가지와 기둥의 모양새를 가늠하면서 각도에 맞춰 잘라내야 한다. 8미터 높이에서 나무 기둥에 달라붙은 자세로 그런 작업을 하려면 여간 신경이 쓰이는 게 아니다. 팔근육도 쑤시고 허리와 다리에 로프가 파고들어 아프기도 하다.

나는 톱을 쓴다. 요키는 당연히 도끼 한 자루다. 허공에 뜬 상태로 도끼를 붕붕 휘두르며 정확하게 가지를 잘라낸다. 더구나 한쪽 나무 가지치기를 끝내면 요령껏 밧줄을 던져서 옆 나뭇가지에 로프를 걸고 그쪽으로 펄쩍 뛰어 옮겨간다. 나무를 오르내리려면 그만큼 체력 소모가 커져서 그런 식으로 한다고 한다. 보통 사람은 도저히 흉내도 못 내는 재주라는 생각이 드는데, 본인은 "타잔 같아서 멋있잖아?" 하며 아무것도 아닌 양 말한다. 내가 보기에는 흉기를 가지고 날아다니는 날다람쥐 같다.

나는 물론 한 나무의 작업이 끝나면 얌전히 사다리를 타고 내려왔다가 옆 나무에 사다리를 걸치고 다시 올라간다. 이 사다리는 '지네 사다리'라고 불린다. 껍질을 벗긴 가는 통나무 하나에서 발받침용 말뚝이 번갈아서 튀어나온 모양이다. 이렇게 지네처럼 생긴 사다리를 나무 기둥에 세우고 몇 군데를 로프로 묶어서 고정한 다음에 오른다.

날이 저무는 시간이 일러졌다. 5시만 되어도 주변이 어두컴컴해진다. 까마귀가 울고 산 너머가 붉은빛으로 물들면 하루의 작업을 마친다. 저녁 바람에 피부가 순식간에 식어버리고 몸 저 안쪽에만 '오늘도 열심히 일했다'는 만족감이 열기로 남는다. "자, 이제 돌아가서 밥 먹어야지" 하는 해방감도 있지만, 약간의 아쉬움도 남는 듯한 묘한 기분이다.

"서쪽 산은 거의 끝났군."

산에서 내려가면서 세이치 씨가 말했다.

"생각보다 빨리 해치웠네."

지네 사다리를 어깨에 멘 이와오 아저씨가 나를 돌아보았다.

"유키가 같이 해서 그런 가보네야."

기분이 좋으면서도 좀 쑥스러워서 "아닐걸요" 하고 무뚝뚝하게 한마디 내뱉었다.

"그럼, 아니지." 요키가 옆에서 내 말에 맞장구를 친다. 아, 쫌!

"내일은 어떻게 할 거이야? 오전에는 산에 들어가나?"

팔꿈치로 서로를 찌르는 나와 요키를 무시하고 사부로 할아버지가 세이치 씨에게 물었다.

"아니요. 내일은 쉽시다."

"에엥! 왜야~!" 하며 불만의 소리를 높인 사람은 요키다.

"잊어버렸어? 오야마즈미 님 마츠리 때문에 점심때부터 모임이 있잖아."

"저기~," 머뭇거리면서 내가 끼어들었다.

"오야마즈미 님은 도대체 뭐예요?"

모든 사람의 눈길이 나에게 쏟아졌다.

"아, 그러고 보니 이 녀석을 어떡할 거이야?"

요키가 그렇게 말했고, 이와오 아저씨와 사부로 할아버지가 서로를 쳐다보았다. 어떡할 거냐니, 그게 뭐야? 갑자기 기분을 확 잡친 나에게 세이치 씨가 엄숙한 말투로 가르쳐주었다.

"오야마즈미 님은 가무사리 산에 살고 계시는 가무사리의 신령님이시다."

모임이 열리는 세이치 씨네 집은 아침부터 부산스러웠다.

부엌에는 인근에 사는 여자들이 모여서 다 같이 식사 준비를 하느라 여념이 없다. 그러는 동안 남자들은 뭘 하느냐 하면……. 세이치 씨는 계속해서 도착하는 마을 사람들을 맞아들인다. 이와오 아저씨와 사부로 할아버지는 그릇을 꺼내기도 하고 방석을 내놓기도 한다. 그런데 요키는……마당에서 담배를 피우고 있네. 정말이지 산 밖에서는 아무짝에도 쓸모가 없는 게으름뱅이다.

나는 부엌과 마루를 계속 오가면서 음식과 술을 날랐다. 혹시 나오키 씨가 오지 않았을까 싶어 살펴봤는데 어디에도 없다. 생각해보니 오늘은 평일이다. 교사인 나오키 씨가 이 시간에 올 수 있을 리 없다.

세이치 씨가 모이자고 해서 결성된 이 모임에 가무사리 마을의 아래, 중간, 가무사리 지구에 사는 남자들은 거의 모두 참석한 것 같았다. 다들 소형 트럭을 타고 왔다. 트럭 짐칸에 타고 온 사람도 있었다. 이 마을에서는 도로교통법이고 뭐고 아무 상관이 없는 모양이다. 그렇게 온 트럭들이 드넓은 세이치 씨네 집 앞마당으로도 모자라 다리 근방까지 죽 늘어서 주차되어 있었다.

장지문을 떼어낸 다다미 40장 크기의 커다란 마루에 아저씨와 할아버지들만 즐비하게 앉은 광경은 상당히 박력이 넘쳐 보였다. 여자들은 마루로 나오지 않았다. 마츠리를 위한 모임은 평소 집에서 마누라에게 잡혀 사는 남자들이 주인공이 되는 자리다.

"올해도 오야마즈미 님께 제사를 지내는 날이 다가왔습니다."

음식을 먹고 술도 어지간히 돌았을 즈음에 세이치 씨가 입을 열었다.

"게다가 올해는 48년 만에 큰 마츠리가 있는 해입니다. 모두 함께 힘을 모아 마츠리를 잘 치렀으면 합니다."

다 늙은 할아버지 몇 명이 일어나서 지난번 마츠리가 어땠는지를 이야기하기 시작했다. 낡아빠진 두루마리 같은 것을 펼쳐놓고 다 같이 뭔가를 의논하기도 했다.

당일의 행사 순서를 확인하고 지구마다 역할을 상세하게 분담했다. 나는 뭐가 뭔지 몰라서 마루 구석에 앉아 꾸벅꾸벅 졸았다. 요키는 내 옆에서 아예 쫙 뻗어서 코를 골며 자버렸다.

모임이 시작된 지 세 시간이 지나서야 대략적인 이야기가 끝난 모양이었다.

"그럼 마지막으로 메도는 요키가 맡는 것으로 하면 되겠지요? 다른 의견은 없으신가요?"

세이치 씨가 마루에 앉은 사람들의 얼굴을 둘러보았다. 자고 있던 요키가 벌떡 일어나서 "당연히 없지, 어이야!" 하고 말했다.

그 기세에 눌렸는지, 아니면 다들 요키의 실력을 인정해서인지 아무도 반론을 제기하지 않았다. 나는 메도가 뭔지 여전히 몰랐지

만 요키가 만족스러워하는 걸 보고 '그렇구나, 다행이다' 하고 생
각했다.

"감독."

마루 중간 정도에 앉아 있던 야마네 아저씨가 작정하고 말을 꺼
내는 듯이 상석에 앉은 세이치 씨 쪽으로 몸을 틀었다.

"그쪽에서 일하는 견습생은 어떻게 할 작정이야?"

"히라노 유키 말이죠? 물론 마츠리에 참가시킬 생각입니다."

사람들이 웅성거렸다.

"나는……나는 찬성할 수가 없구만, 어이야."

야마네 아저씨는 머뭇거리면서도 단호한 표정이었다.

"외지인을 오야마즈미 님 마츠리, 더구나 큰 마츠리에 참가시켰
다가 무슨 낭패를 보려고? 신령님께서 진노하실 거이야."

마츠리에 참가하고 말고는 아무래도 상관이 없지만 나하고 눈
도 마주치지 않으려는 야마네 아저씨의 태도에 갑자기 열이 확 올
랐다. 야마네 아저씨는 평소에도 그런 식이다. 나는 나대로 마을
에 적응하려고 노력하는데 길에서 인사를 해도 못 본 척 무시한
다. 내가 무슨 귀신이나 투명 인간이 된 듯한 기분이다. 더구나
"저런 생초짜를 데려오다니" 하며 여기저기서 세이치 씨나 우리 조
원들 험담을 하는 모양이다.

자리에 모인 사람들이 세이치 씨와 야마네 아저씨의 얼굴을 번
갈아보며 눈치를 살폈다. 가끔씩 내 쪽도 흘깃 쳐다봤다가 금방
눈길을 돌린다. 뭐야? 할 말이 있으면 당당하게 하면 되잖아?

요키는 담배를 입에 물고 팔짱을 낀 자세로 코에서 연기를 성대

하게 뿜어낸다.

"이게 뭐야? 뒤에서 수군대지 말고 반대하고 싶으면 손을 들고 하라고야."

아무도 손을 들지 않았다. 손을 들고 이야기하라고 하면서 요키가 자리에 있는 모두를 잡아먹을 듯이 노려보고 있었으니 당연한 일이다. 그러나 내가 참가하는 게 마땅치 않은 사람들이 있다는 점은 분위기만으로도 충분히 느낄 수 있었다.

"할 수 없네요."

세이치 씨가 한숨을 쉬었다.

"유키의 참가 여부는 일단 결정을 보류하지요. 우선은 오늘 정한 대로 분담한 준비에 착수해주십시오."

그날 밤 나는 속이 부글거려서 좀처럼 잠이 오지 않았다. '신령님이 진노하신다'니, 그 나이 먹고 그런 말을 진지하게 꺼내는 야마네 아저씨한테도 화가 났고, 좋다 싫다에 대한 이유도 제대로 설명하지 않으면서 내가 마쓰리에 참가하는 걸 무작정 거부하는 마을 사람들의 태도도 짜증스러웠다.

아오, 열받아! 이불을 걷어차고 벌떡 몸을 일으킨 다음 장지문을 살그머니 열었다. 누군가와 이야기를 하고 싶었는데 시게 할머니는 벌써 잠드신 지 오래다. 머리맡에 놓인 유리 어항 안의 금붕어 두 마리도 움직이지 않고 가만히 있었다.

시게 할머니네 방을 통해 마당으로 내려갔다. 쌀쌀하고 고요했다. 개집에서 자던 노코가 고개를 쳐들었다가 나라는 것을 확인하더니 다시 앞다리에 턱을 파묻고 눈을 감았다.

지금쯤 요코하마의 부모님이나 친구들은 뭘 하고 있을까? 시간이 지나도 인정은 받지도 못할 것 같은데 차라리 그냥 돌아가는 편이 나았으려나? 툇마루에 걸터앉아 어두운 밤하늘을 올려다보았다. 가무사리 마을에 오기 전까지는 소외된다는 게 이렇게 괴롭고 마음 아픈 일인 줄 몰랐다.

새카만 하늘에 은색 별들이 흩뿌려져서 반짝였다. 옅은 회색 구름이 낮게 깔려서 가무사리 산의 능선은 보이지 않았다. 논에서 무겁게 고개를 숙이기 시작한 벼가 서로에게 몸을 비비는 소리가 들려왔다. 시냇물 흐르는 소리가 들리지 않을 정도로 벌레들이 목청 높여 합창을 했다.

내가 큰 한숨을 내쉬는 것과 동시에 마당 쪽으로 난 방의 문이 열리면서 요키가 툇마루로 나왔다.

"뭐 하고 있어야?"

아무 대답도 안 했더니 요키가 내 옆에 털썩 앉아 담배에 불을 붙였다. 유카타 차림으로 책상다리를 하고 앉는 바람에 앞섶이 벌어져서 털이 무성한 허벅지 안쪽이 그대로 드러났다.

"잠깐 저기 좀 들여다봐야" 하며 요키가 자기 침실을 가리켰다. 왜 그러나 싶었지만 자꾸 보라고 해서 창유리에 얼굴을 가까이 대고 들여다봤다.

방 안에 이부자리가 두 채 깔려 있었고 그중 한 쪽에서 미키 씨가 자고 있었다. 왜 그러는지 베개에 다리를 올린 채 큰 대자 자세로 엎어져서 자는 중이었다. 옆으로 길게 늘어진 이불은 허리만 덮은 상태다.

"자면서도 힘들겠네요."

"엄청 험하게 자지?"

요키가 웃으며 말했다.

"맨날 저런 식이야."

나는 다시 마당 쪽으로 몸을 돌렸다. 요키와 나는 한동안 말없이 가무사리 마을의 밤 기척을 느꼈다.

산에서 나뭇잎이 부딪치는 소리. 짐승들의 번뜩이는 눈빛. 꿈속을 거닐고 있는 사람의 숨소리.

"다른 학교로 전학을 가면 처음에는 그 반에 적응하기 힘들잖아야."

요키가 담뱃불을 마루 밑에다 비벼 껐다.

"그런가……난 전학을 가본 적이 없어서."

"나도 없어야. 이 마을 어디에 전학을 갈 만한 학교가 있겠나야? 그냥 일반론을 말한 거이야."

"아아."

"가무사리 마을은 몇백 년 동안 전학 온 학생이 한 명도 없던 학교 같은 데야. 그래서 이런저런 말을 하는 인간도 있는 거이야."

"응."

"그래도 너무 걱정 마라야. 세이치가 반장이고 나는 주먹 대장 꼴이니까. 너무 심하게 뭐라고 하는 인간이 있으면 내가 확 밟아줄 거이야."

농담인가 싶어 옆을 보았더니 요키의 표정은 진지했다. 나를 위로해주려는 마음이 느껴졌다. 그 말을 들으니 마음이 조금은 가벼워졌다.

"야마네 아저씨도 사람이 나쁘지는 않아야."

"그런가?"

"그럼. 한 2년쯤 됐나, 야마네 아저씨네에서 연수생을 받은 적이 있어야. 열심히 임업을 해보겠다면서 회사도 때려치우고 온 놈이었는데 결국 반년도 못 버티고 도망쳐버렸지. 아마 그 일 때문에 아직도 저러는 걸 거이야. 그때 워낙 열과 성을 다해 챙겨주고 했으니까."

뭐, 그 마음이 이해가 되지 않는 건 아니지만 나랑 그 연수생을 똑같이 취급하지 않았으면 좋겠다. 내가 도망치지 않고 진지하게 산에서 일할 작정이라는 사실을 어떻게 하면 알릴 수 있을까?

쿵, 쿵! 큰 파도가 바위를 치는 소리 같은 게 들리며 멀리서 땅바닥이 낮게 울렸다.

"이게 무슨 소리죠?"

"산울림이야. 가무사리 산이 울리고 있는 거이야. 뭔가 심상치 않네야."

툇마루에서 일어선 요키가 전에 없이 심각한 표정으로 중얼거렸다.

산울림을 들은 사람은 우리 둘만이 아니었다. 세이치 씨와 이와오 아저씨도 소리 때문에 잠에서 깼다고 했다. 사부로 할아버지는 곤히 주무시느라 못 들었고 시게 할머니와 미키 씨는 물어볼 필요도 없었다.

이튿날 마을에서는 만나는 사람마다 산울림 이야기였다. 흉조라느니 길조라느니 그냥 단순한 자연현상이니까 걱정할 필요 없다느니, 마을 사람들은 얼굴만 마주치면 인사도 건너뛰고 심야의 신비한 소리에 대해 나름대로 생각하는 바를 떠들어댔다.

그러다 금방 흥미를 잃었고, 그렇게 산울림은 흐지부지 잊혔다.

그런데 산울림이 있고 나서 일주일이 지난 뒤였다.

우리는 그날 동쪽 산에서 가지치기를 하던 중이었다. 그러다가 요키가 갑자기 말을 꺼냈다.

"뭔 냄새 안 나냐?"

작업을 멈추고 모두가 코를 벌름거렸다. 그러고 보니 진짜로 뭔가 매캐한 냄새가 났다.

요키가 허리의 로프를 풀더니 삼나무 위로 거침없이 오르기 시작했다.

그런 요키의 몸이 나뭇잎에 가려지나 싶더니 곧바로 "불이야!" 하는 요키의 외침이 위에서 들려왔다.

"가무사리 초등학교 뒷산이 타고 있어야!"

"요키, 휴대전화로 소방서랑 면사무소에 당장 연락해!"

세이치 씨가 긴박한 표정으로 지시를 내렸다.

"우리도 불 끄러 갑시다."

산에서 뛰어 내려와 트럭을 쏜살같이 몰아서 가무사리 초등학교로 향했다. 우리가 도착했을 때는 벌써 마을 사람들도 교정에 모여들어 학교 건물 뒤에 있는 산을 불안한 표정으로 쳐다보는 중이었다.

산 중턱 부근에서 하얀 연기가 하늘 높이 솟아오르고 있었다. 생나무 갈라지는 소리가 들리면서 삼나무 꼭대기에서 불꽃이 치솟았다.

지켜보던 사람들이 웅성거렸다.

"큰일이네."

세이치 씨가 말했다.

"바람이 산에서 아래쪽으로 불어 내리고 있어."

"이대로 있다가는 학교 건물부터 온 마을이 타버리겠어야!"

요키가 소리를 지르더니 교정 구석의 수돗가에 가서 머리에 물을 뒤집어썼다.

설마 했는데 아니나 다를까 "자, 어서 불이 번지지 않게 막아야지야!" 하고 외쳤다. 산불 한가운데로 뛰어들 작정이다.

'그건 아니지. 난 싫어!' 하고 생각했다. 그런데 산에서 일하는 사람들한테는 그게 당연한 일인 모양이다. 온 사방의 산에서 작업을 중단하고 달려온 아저씨들이 "그래야!" 하고 대답했다.

아아, 이건 아닌데.

소방단이 호스를 질질 끌고 달려왔다. 펌프로 강물을 끌어와서 학교 건물 지붕에 대고 쏘기 시작했다. 마을에 딱 한 대 있는 소방차가 도착하자 소방단 사람들은 그 자리를 대원들에게 맡기고 자기들은 호스를 짊어지고 산으로 들어갔다. 소방차로는 접근하지 못하는 불 가까이 가서 불타는 산에 직접 물을 뿌릴 작정이다.

상황이 이렇게 된 이상 나도 가는 수밖에 없다.

각오를 한 나도 물을 뒤집어써서 옷을 적셨다.

"우리 조는 바람이 불어 내리는 쪽에 있는 나무들을 쓰러뜨리기로 했다."

다른 조 아저씨와 의논하던 세이치 씨가 우리가 모인 곳으로 돌아와서 알려주었다. 불이 번지는 것을 막기 위해 여러 조가 역할을 분담해서 불이 난 곳 주변의 나무를 베는 것이다.

초등학생들은 교정으로 대피시켰다가 모두 집으로 보내기로 했다. 선생님들이 침착하게 주의사항을 알려주는 중이었다. 나오키 씨도 있었다.

"중간에 어디 들리면 절대 안 된다, 어이야. 산불은 금방 꺼지니까 안심하고 곧바로 집으로 돌아가는 거이야."

곁눈질로 그 모습을 보면서 학교 뒷산으로 향했다. 비탈을 올랐다. 연기는 아직 여기까지 오지도 않았는데 냄새가 엄청났다. 새들이 상공에서 시끄럽게 지저귀었다. 이리저리 도망치는 토끼와 다람쥐가 우리 옆을 지나쳐 뛰어갔다. 노코가 정신없이 짖어댔다.

이 심상치 않은 사태에 산의 공기가 요동쳤다.

"이 근처에서 시작하면 되겠네야."

사부로 할아버지가 말했다.

"네."

세이치 씨가 끄덕인 다음 지시를 내렸다.

"바람이 불어오는 쪽을 바라보면서 나무를 순차적으로 벤다. 옆으로 한 줄로 서서 작업하되 서로 신호를 보내면서 진행한다."

나무 베기에는 위험이 항상 따라다닌다. 보통 때라면 한 줄로 서서 작업하는 경우는 없다. 나무가 이쪽으로 쓰러질 수도 있기 때문이다. 그러나 지금은 속도 싸움이다. 전기톱 소리가 여기저기서 울렸다. 2인 1조가 되어 한 사람이 기둥을 자르고 남은 한 사람은 쓰러지는 나무의 방향을 보고 안전을 확인한다.

"케~!"

"어이요~!"

쓰러진다, 알았다라는 신호를 주고받는 목소리가 비탈에서 잇달아 들려왔다.

삐걱거리다가 땅바닥으로 털썩 쓰러지는 삼나무. 소중히 키워온 나무를 산불 때문에 잘라내는 건 정말 가슴 아픈 일이다. 하지만 그렇게 자르지 않으면 가지에서 가지로 순식간에 불이 번지고 만다.

나무를 쓰러뜨리면서 비탈을 오르자 주위가 점점 짙은 연기로 둘러싸였다. 매캐한 냄새가 최고조에 달해서 연달아 쿨룩쿨룩 기침이 났다. 나랑 한 팀으로 일하던 이와오 아저씨가 "이제 슬슬 한계네야" 하고 전기톱을 멈추면서 중얼거렸다.

연기 너머에서 호스를 안은 소방단원이 뛰어 내려왔다. 마을 사람들이 자체적으로 만든 소방단은 이런 산불에 대비해 평소에 소방훈련을 한다.

"감독!"

소방단 중의 한 사람이 세이치 씨를 부르며 달려왔다.

"더 이상은 무리야."

"헬기는?"

"한 20분 후면 도착하는 모양이던데."

"알았어요. 그럼 어떻게든 그때까지만 버텨봅시다."

세이치 씨의 지시에 따라 우리는 쓰러뜨린 나무를 넘어 일단 비탈 아래쪽으로 후퇴했다. 쓰러뜨린 나무를 바리케이드 삼아 비탈에 선 나무에 물을 뿌렸다.

찌억찌억 하고 생나무 가르는 소리를 내면서 불이 다가왔다. 아직까지 파릇파릇한 모습으로 서 있는 삼나무에서 불똥이 튀어 허공을 날아다녔다.

산기슭에서부터 마을 사람들이 양동이 릴레이로 물을 날랐다. 펌프도 최대 출력으로 가동해서 여러 개의 호스에서 물을 계속 뿌려댔다. 그래도 불은 계속 맹위를 떨치며 밀려들었다. 나무들을 쓰러뜨려서 약간의 공간을 마련해둔 덕분에 더 이상 번지지는 않았지만 그렇다고 가라앉을 기미도 보이지 않았다.

"끝이 안 보이네야."

요키가 혀를 찼다. 검댕 때문에 얼굴이 시커메진 이와오 아저씨가 근처에 있는 풀숲에 양동이 물을 끼얹었다. 세이치 씨는 동요하는 사람들을 진정시키며 어디에 물을 뿌려야 할지 정확한 위치를 알려주었다. 사부로 할아버지는 포기하지 않고 약간 떨어진 곳에서 혼자 묵묵히 나무 베기를 계속했다.

나는 요키와 함께 호스로 물을 뿌리는 중이었다.

"유키. 난 좀더 가까운 데로 가서 물을 뿌리고 올게야."

"앗, 너무 위험한데."

"이런 데서 찔끔찔끔 뿌려봐야 눈 가리고 아웅이야."

"……그게 아니라 언 발에 오줌 누기 아닌가?"

"에잇, 아무튼 그렇다고야."

요키가 낮은 소리로 말했다.

"어쨌든 나는 간다."

호스를 가지고 쓰러뜨린 나무를 넘어 무섭게 닥치는 불을 향해 다가갔다.

"잠깐만! 나도 가요!"

가기 싫었지만 요키 혼자만 위험하게 둘 수는 없는 일 아닌가.

물을 잔뜩 뿌려서 축축해진 바리케이드를 넘어갔다. 뜨거운 바람이 솟구치며 옷과 머리에 있던 수분을 단숨에 날려버렸다.

뜨겁다.

나무들 사이로 시뻘건 혀를 날름거리며 타오르는 불꽃이 보였다. 불똥이 비처럼 낙엽에 쏟아져 내렸다. 나뭇잎에 불이 붙은 삼나무 기둥이 시커멓게 타면서 천천히 쓰러졌다.

"요키! 유키! 어서 돌아와!"

세이치 씨가 필사적으로 부르는 소리가 들렸지만 우리는 돌아보지 않았다. 둘이서 함께 힘차게 물을 뿜는 호스를 들고 버텼다. 두껍고 하얀 호스가 혈관처럼 쿨렁쿨렁 요동쳤다. 냇물을 헤엄치던 물고기가 은색으로 반짝이며 물과 함께 호스에서 튀어 나갔다.

아아, 생선구이가 되겠네. 순간 냉정한 생각이 들었다.

불똥이 튀면서 여기저기로 번져가는 불을 하나씩 하나씩 꺼나갔다. 요키와 나는 아무 말도 하지 않았다. 굳이 말을 주고받지 않아도 다음에 어디에다 물을 뿌려야 할지 알 수 있었다. 열기 때문에 도저히 입을 벌릴 수 없기도 했다. 입술이 쓰라렸다. 눈도 간신히 반만 뜰 수 있었는데 그나마도 연기 때문에 눈물이 끝없이 흘러나왔다.

정신을 차려보니 더 이상 물이 나오지 않는 호스를 손에 든 채 비탈에 멍하니 서 있었다.

산에 있는데 왜 이렇게 하늘이 넓게 보이지? 그런 생각을 하고서야 비로소 눈앞에 보이는 광경을 머리로 이해할 수 있었다.

불타버린 숲. 시커먼 기둥이 되어 비탈에 띄엄띄엄 서 있는 삼나무.

초등학교 뒷산에서 불이 시작된 지 세 시간 반 동안 서쪽 비탈의 절반이 전소되고 500그루의 삼나무가 소실되고서야 불은 진화되었다.

나중에 소방서에서 조사한 바에 따르면 산불이 난 원인은 담뱃불 때문이었다고 한다. 그날 오전에 인근 도시에서 온 사람들이 버섯을 따러 산에 들어갔다고 한다. 산에 익숙하지 않은 사람들은 산불이 얼마나 무서운지 모르니 아무렇지도 않게 산에다 담배를 버리고 간다.

얼마나 많은 손길과 시간을 들여 그 산의 푸르른 나무들을 키웠는지 모르고.

그러나 그런 사람들을 욕하거나 범인을 찾으려 드는 마을 사람은 아무도 없었다. 산불이 날 때도 있는 법이니까. 야아야다.

시커먼 재로 변해버린 산을 바라보며 아무도 입을 열지 못했다.

까맣게 분장한 개그맨들처럼 얼굴도 옷도 새까만 채로 우리는 집으로 돌아왔다.

요키가 트럭을 마당에 세우자 미키 씨가 현관에서 나왔다. 트럭에서 내린 요키는 미키 씨의 얼굴을 보더니 "에이씨!" 하고 중얼거리고는 고개를 푹 숙였다. 입술을 질끈 깨문 게 보였다. 미키 씨가 다가가서 요키를 살포시 안아주었다.

그 모습에 나도 살짝 울컥하면서 옆에 있었다. 시게 할머니가 지팡이를 짚고 휘청거리며 다가오더니 "고생이 많았구나야" 하며 내 엉덩이를 가볍게 토닥였다. 원래는 등을 토닥이려고 했겠지만 시게 할머니의 손이 닿는 데가 거기까지여서 그랬던 모양이다.

참았던 눈물이 딱 한 방울 떨어졌다.

불은 무서웠다. 나무가 불타는 모습을 지켜볼 수밖에 없어서 너무 분했다. 큰 소리로 울면서 외치고 싶었다. 그러나 내 자존심이 허락하지 않았다.

마음을 먹으면 시게 할머니도 걸을 수 있네.

일부러 그렇게 생각을 딴 데로 돌리면서 별이 반짝이기 시작한 하늘을 올려다보았다.

노코가 영 힘이 없다.

산불이 진화된 다음 노코는 시커멓게 그을린 모습으로 산에서 내려왔다. 꼬리를 힘없이 축 늘어트린 채 요키가 운전하는 트럭 짐칸에 타고 우리랑 같이 집으로 돌아왔다.

그 이후로 마당에 있는 개집에서 축 처져 있다.

노코에게 산불은 너무나 강렬한 공포 체험이었던 모양이다. 요키랑 나도 산불 이후 며칠 동안은 몸과 마음이 축 가라앉아 있었다. 눈앞에서 목격한 화염의 맹렬함, 그런 불 속에서 타버린 삼나무의 모습이 충격으로 다가왔다. 노코는 개라서 '산불'이 무엇인지 잘 모를 테니 몇 배나 더 무서웠을 것이다. '산에서 아주 뜨거운 괴물에게 쫓겨다녔다'고 생각하는지도 모른다.

밥도 거의 입에 대지 않았다. 걱정이 된 미키 씨가 작정하고 노코가 가장 좋아하는 고급 사료를 도시 슈퍼마켓에서 사왔다. 그런데도 흐응 하며 구슬프게 콧소리를 내고는 밥그릇에서 얼굴을 돌려버린다. 산에 갈 때도 따라오지 않았다. 비탈에서 뛰어다니는 걸 그렇게 좋아하던 녀석이 말이다.

"노코의 이런 모습은 거의 처음이야."

요키가 말했다.

"거의, 는 또 뭐예요?"

"2년쯤 된 일인데, 내가 동쪽 산에서 일하다가 벼랑에서 굴러떨어진 적이 있거든."

나무를 심어놓고 몇십 년 동안 관리도 하지 않고 방치한 상태여서 요키도 처음 가본 곳이었다고 한다. 소유주가 나카무라 임업에 관리를 의뢰한 참이라 실태를 살펴보기 위해 요키가 혼자 가게 되었다. 노코도 따라왔다.

"양치류가 무성하게 자라서 땅을 덮고 있었지. 삼나무 이파리가 너무 우거져서 어두컴컴한 게 금방이라도 곰이 튀어나올 것 같은 분위기의 산이었던 거야. 그래서 조심하려고 노코를 먼저 가게 했지."

그랬더니 노코가 가다가 말고 돌아왔다. 아이쿠, 곰이 나왔구나 하고 생각한 요키는 주변을 살폈다. 그런데 맹수의 기척은 느껴지지 않았다. 노코도 한가롭게 삼나무 뿌리에 오줌을 누는 게 보였다.

아니구나, 하고 긴장을 풀고 몇 걸음 안 가서 굴러떨어졌다. 양치류가 땅을 덮어서 잘 보이지 않았는데, 지면에 3미터가량 높이 차이가 있었다고 한다.

"엉덩이뼈가 나간 줄 알았어."

요키가 당시를 되새기면서 말했다.

"얼마나 아픈지 고작 3미터를 끙끙거리면서 기어오르는데 한 시간은 족히 걸렸지."

벼랑 끄트머리에서 얼굴을 내민 요키에게 노코는 죄송하다는 듯이 꼬리를 살래살래 흔들었던 모양이다. 그 뒤로 석 달 동안 노코는 거의 밥을 먹지 않았다고 한다.

"왜요? 요키가 혼자 벼랑에서 떨어진 건데?"

"개가 어떤 일에 책임을 느끼는지 내가 어떻게 알겠어야?"

요키는 "가만히 내버려두면 금방 또 팔팔해진다"라고 하는데 나는 영 걱정이 되었다.

"수의사한테 데려가보는 게 낫지 않을까요?"

노코의 상태를 살피러 온 세이치 씨에게 내가 말했다. 세이치 씨는 "흐음" 하고 작게 소리를 내고는 노코를 쳐다보았다. 노코는 몇 번씩 끈질기게 이름을 불린 뒤에야 겨우 개집에서 나와서는 그대로 땅바닥에 엎드리더니 꼼짝도 하지 않았다.

세이치 씨와 함께 온 산타가 "노코, 왜 그래?" 하고 등을 쓰다

들어줘도 턱을 땅바닥에 붙인 채 귀를 힘없이 축 늘어뜨리고 있을 뿐이었다. 눈을 움직여서 산타를 한 번 올려다보더니 바로 흥미를 잃었는지 그대로 눈을 감았다. '아아, 나카무라 도련님이군요. 죄송하지만 저를 그냥 내버려두시죠'라고 말하는 듯했다.

"산불이 트라우마가 됐을까요?"

"그것도 있겠지만……."

세이치 씨는 잠시 생각하더니 "좀 도와줬으면 좋겠네" 하고 말했다.

툇마루에서 발톱을 깎던 요키를 부르더니 세이치 씨가 작전을 설명했다.

"그렇게 한다고 노코가 정말 힘을 되찾겠냐야?"

요키는 반신반의하는 표정이었다.

"그래도 해볼 만은 하잖아" 하고 세이치 씨가 자신만만하게 밀어붙였다.

본격적인 겨울에 대비해 요키네 집 처마 밑에는 장작이 쌓여 있었다. 흙바닥으로 된 부엌은 추위가 워낙 심해서 장작 난로를 쓴다. 그래서 겨울이 오기 전에 섶나무나 50센티미터 정도로 자른 통나무를 사람 키 높이 정도로 비축해둔다.

"섶나무 가지야 그렇다 치지만 통나무는 아니지 않나?"

요키가 자꾸 뒤로 뺐지만, 세이치 씨는 아랑곳하지 않았다.

"괜찮아. 바짝 말라서 가벼우니까."

"아무리 가볍다고 해도 열 개, 스무 개나 되는 거에 한꺼번에 얻어맞아봐. 그러다 다치기라도 하면 어쩌라고야?"

"야아야잖아요, 요키."

내가 진지한 표정으로 말했다.

"노코가 소중하다면서요?"

"내 몸도 소중하다고야!"

요키의 항의를 무시하고, "자, 각자 위치로" 하며 세이치 씨가 집 뒤쪽으로 숨었다. 나도 산타와 함께 세이치 씨를 따라갔다.

마당에 요키 혼자 남았다. 요키가 있다는 걸 잘 알면서도 노코는 여전히 고개를 쳐들지 않았다.

"에~, 으흠!"

요키가 부자연스럽게 헛기침을 했다.

"이런이런, 장작이 쓰러질 거 같은데? 안 되겠다, 내가 다시 쌓아야지."

뒤쪽에서 살그머니 내다보던 산타와 나는 요키의 발연기가 너무 웃겨서 서로 마주 보며 키득키득 웃어댔다. 요키는 노코 앞을 가로질러 처마 밑에 있는 장작에 손을 뻗었다.

"아이쿠~!"

와르르르 하고 큰소리를 내면서 장작더미가 무너졌다. 정확하게 말하자면 요키가 쓰러뜨린 것이다. 요키는 무너지는 장작과 함께 마당에 쓰러졌다. 이변을 감지한 노코가 무슨 일인가 하는 얼굴로 벌떡 일어났다.

"살려줘~!"

여기저기 흩어진 장작 몇 개를 배 위에 올려놓은 요키가 힘없이 신음했다.

"움직일 수가 없어. 노코, 나 좀 도와줘~!"

충직한 노코는 종종걸음으로 요키에게 다가갔다. 코끝으로 요키의 팔을 슬쩍 밀었다. 그러나 요키는 일어나지 않았다.

"아아~, 나는 이대로 죽겠구나야~!"

죽어가는 벌레처럼 흐느적거리며 노코에게 호소했다.

"가서 누구 좀 불러와야~!"

노코는 당황한 듯이 쓰러진 요키 주변을 왔다 갔다 하며 배회했다. 요키의 작업복을 입에 물고 당겨보기도 하고, 요키의 볼을 핥기도 했다. 그러더니 느닷없이 폭풍우처럼 격렬하게 짖어대기 시작했다.

노코는 평소에 짖는 일이 거의 없다. 산타가 귀를 잡아당겨도, 혹은 꼬리를 잡고 늘어져도 그냥 얌전히 내버려둔다. 그런데 주인인 요키가 궁지에 빠졌다고 생각하자마자 그야말로 완전히 다른 개가 된 것처럼 돌변했다.

필사적으로 '여기 큰일났어요!'라고 절박하게 짖어대는 노코의 모습을 보면서 나는 감명을 받았다. 노코가 너무 안쓰러웠는지 요키도 원래 짜놓은 각본을 무시하며 "어이, 노코. 그렇게까지 짖지 않아도 돼야" 하며 허둥지둥 말렸다.

"이제 슬슬 나서도 되겠다."

세이치 씨가 요키와 노코 쪽으로 가려고 하는 그 순간 현관 장지문이 벌컥 열리더니 집 안에서 미키 씨가 뛰쳐나왔다.

"노코, 도대체 왜 그렇게……" 하고 말하려다 말고 장작더미 속에 쓰러져 있는 요키를 발견하더니 "여보!" 하고 외쳤다.

"어떻게 된 거이야?!"

미키 씨는 요키를 안아 올리면서 마구 흔들어댔다.

"죽으면 안 된다, 어이야! 요키~!"

이러면 안 되는 것 아닌가? 그런 생각으로 세이치 씨를 돌아보았다.

"우리가 연극한다는 걸 미키 씨한테 깜박하고 말 안 했네요."

"응. 일단 좀더 지켜보자."

아무것도 모르는 미키 씨가 등장한 덕분에 연극은 훨씬 더 진짜처럼 보였다. 미키 씨가 몸을 흔들어대는 바람에 요키는 혀를 깨물 지경이었다. 노코는 미키 씨와 하나가 되어 요키를 격려하려는 듯이 짖어댔다.

"자, 잠깐, 미키. 난 괜찮아야. 아, 그, 그렇게 흔들면 어지러워지잖아야."

미키 씨의 격렬한 행동을 간신히 멈추게 한 요키가 노코를 꽉 끌어안았다.

"노코, 네 덕분에 내가 살았어야! 넌 세계 최고의 충견이야!"

요키의 발연기는 여전히 너무 부자연스러웠다. 그래도 요키가 쓰다듬고 한껏 칭찬해주자 노코는 기쁘다는 듯이 꼬리를 세차게 흔들었다. 노코는 요키의 냄새를 맡고 무사함을 확인하더니 '아아, 피곤해. 그래도 내 할 일 잘했네' 하듯이 개집으로 돌아갔다. 그러고는 밥그릇에 산더미처럼 쌓였던 사료를 와구와구 먹기 시작했다.

"이제 건강해졌네!" 하며 산타가 손뼉을 쳤다.

"그런데 어째서 갑자기?"

고개를 갸웃거리는 나에게 세이치 씨가 설명해주었다.

"말하자면 노코는 산불이 났을 때 자기가 아무 도움이 되지 못해서 자신감을 잃었던 거다."

"네~? 개가 불을 끌 수는 없으니까 당연한 거 아니에요?"

"그래도 우리 조의 멤버라고 자부하는 노코한테는 자존심 상하는 일이었던 거지."

그렇구나. 방금 요키를 구출해낸(이라고 생각한) 노코는 조원으로서의 면목을 세운 셈이다. 그래서 자신감을 되찾았고, 밥이 목구멍으로 넘어가게 된 모양이다.

나는 진심으로 감탄했다. 산에서 일한다는 것에는 개조차도 그만큼 자부심을 가지고 있구나.

마당에서는 요키가 미키 씨에게 "뭐야, 사람을 그렇게 놀라게 해놓고" 하며 야단을 맞는 중이었다.

"가서 이야기해주지 않아도 되나요?"

세이치 씨에게 물었더니 "그냥 내버려둬"라는 대답이 돌아왔다.

"노코도 자신감을 되찾았고, 요키는 미키 씨가 자기를 얼마나 생각하는지 알게 되었으니 일석이조가 된 셈이네."

그러고 보니 미키 씨의 잔소리를 들으면서도 요키는 뭔가 흐뭇한 표정이었다. 산타는 벌써 노코와 술래잡기를 시작했다.

속여서 미안하다, 노코. 그래도 네가 다시 좋아져서 다행이다.

나는 세이치 씨와 함께 여기저기 흩어진 장작을 다시 차곡차곡 쌓아올렸다. 웅장하게 솟은 가무사리 산은 꼭대기 쪽에서부터 붉게 물들려는 참이었다. 황금색 벼가 고개를 숙인 논 위를 빨간 잠자리가 무리 지어 날아갔다.

개 한 마리를 위해 다 큰 어른들이 진지하게 연극을 꾸미는 가무사리 마을이 어쩐지 조금 더 정겹게 느껴졌다.

산불이 난 이후로 나타난 변화는 노코 말고도 또 있었다. 마을 사람들이 나를 보는 눈이 약간 바뀌었다.

물론 이전에도 대부분의 마을 사람들은 나를 자연스럽게 받아들였다. 그렇지만 외지인이라고 고깝게 여기는 사람들도 분명히 있었다. 야마네 아저씨 같은 부류다.

그런데 산불이 났을 때 내가 열심히 활약한 게 영향을 미쳤는지 야마네 아저씨의 태도가 조금 부드러워졌다. 길에서 만났을 때 인사를 받아주게 되었다. 물론 '받아준다'고는 해도 내가 "안녕하세요" 하면 고개만 조금 까딱거리는 정도지만 말이다. 예전에는 완벽하게 없는 사람 취급을 했기 때문에, 야마네 아저씨가 처음으로 고개를 끄덕여줬을 때는 '드디어 까탈스럽게 굴던 야생 원숭이를 길들였다!' 하고 속으로 환호성을 질렀다.

점심 휴식 때 볕이 잘 드는 산비탈에 앉아서 그런 이야기를 했더니 "원숭이라니, 그건 너무 실례 아니냐?" 하고 이와오 아저씨가 웃었다.

"비슷한데 어쩌라고야?"

요키가 전에 없이 내 의견에 힘을 보탰다. 나무 그늘에다 오줌을 누던 사부로 할아버지가 바지 지퍼를 올리면서 돌아왔다.

"산불 때 유키가 얼마나 열심히 일했는데. 어디 새파랗게 젊은 놈이 이래야 저래야(이러쿵저러쿵) 따지고 들려고 해야."

사부로 할아버지 앞에서는 야마네 아저씨조차도 '새파랗게 젊은 놈'이 되어버린다.

"어찌 되었건 유키가 마츠리에 참가할 수 있을 것 같으니 정말 다행이네."

세이치 씨가 노코에게 자기 도시락의 소시지를 나눠주면서 말했다.

마을은 오야마즈미 님 마츠리를 앞두고 알게 모르게 분주하게 돌아갔다. 오야마즈미 님이 무엇인지, 어떤 마츠리가 열리는지 나로서는 여전히 오리무중이다. 어쨌든 매일같이 마을 어딘가에서 신령님을 위한 행사가 열렸다. 마츠리 당일을 '대통령 선거'라고 한다면, 그 이전의 작은 행사들은 '예비 선거'와 비슷한 성격인 모양이다.

예비 선거 비슷한 행사들은 소리 없이 시작했다가 어느새 끝나는 식이다. 마을 여기저기에 있는 작은 사당들이 어느새 말끔하게 청소가 되어 있다거나 어느 날 갑자기 가무사리 강에 금줄이 둘러쳐져 있거나 한다. 자기 담당의 일을 맡은 마을 사람들이 소리소문없이 진행하는 것 같다.

"사당들을 깨끗하게 치우는 건 마을 안을 정결하게 한다는 뜻이 있는 거이야."

이와오 아저씨가 알려주었다.

"강에 금줄을 치는 건 나쁜 게 마을로 들어오는 걸 막기 위해서야. 이렇게 준비를 다 갖춰놓고 온 마을이 말끔해진 다음에야 드디어 오야마즈미 님의 마츠리를 시작할 수 있는 거이야."

뭔가 으리으리하니 거창하게 일을 벌이는 느낌이어서 깜짝 놀랐다. 마츠리 본 행사는 11월 중순인데 이런 자잘한 행사들이 한 달 전부터 계속 이어졌다. 감독인 세이치 씨는 모든 일을 지휘 감독해야 하는지 무척 바빠 보였다.

가장 깜짝 놀란 것은 추수가 끝나자마자 논 한가운데 느닷없이 무대가 세워졌을 때였다. 10월 중순의 토요일이었고 산에 올라가지 않는 날이어서 무대를 살펴보러 갔다. 네 귀퉁이에 벼 이삭 다발을 매달아놓은 높다란 목조 무대 위에 큰북이 있었다. 사람은 아무도 보이지 않았다.

뭐 하는 거지 하고 궁금했는데 점심 무렵 큰북을 두드리는 소리가 온 마을에 울려퍼졌다. 서둘러서 밖으로 나가보니 북소리에 맞춰 목조 무대 주변을 열 명가량의 남녀가 돌고 있었다. 봉오도리(盆踊り, 오봉 축제 기간 밤에 마을 주민들이 모여 추는 춤의 일종/역주) 비슷한데 노래가 없다. 모두가 무표정한 얼굴로 말없이 천천히 손만 올리고 내리고 하면서 무대 주변을 돈다. 더구나 새하얀 전통 의상이다.

뭐야 이거? 너무 무섭잖아!

"호넨 춤이야."

옆에서 보던 사부로 할아버지가 말했다.

"이걸 보면 마츠리가 다가왔다는 실감이 난단 말이지야."

"어째서 노래도 안 부르고 손장단도 없어요?"

"어째서라니?"

"무슨 UFO를 부르는 의식 같아서 좀 으스스하고 그렇잖아요."

"신령님께 바치는 춤이니 당연히 엄숙하게 해야지야."

으음, 이해 불가다. 내가 아는 봉오도리는 동네 주민회가 주최하고, 대개는 훨씬 시끄럽게 스피커로 음악을 틀어놓고 하는 거였는데. 말 그대로 오봉 때 하는 거였고.

가무사리 마을의 '호넨 춤'은 관중도 거의 없고, 하얀 옷을 입은 마을 사람들이 무대 주변을 도는 춤을 끝낸 다음에 박수를 치는 사람도 없었다. 게다가 그날 저녁에는 마치 아무 일도 없었다는 듯이 목조 무대 자체도 철거되었다.

정말이지 이게 다 뭐야?

이런 식으로 의미를 알 수 없는 행사들이 계속되다가 드디어 마츠리 당일을 맞이했다.

그날은 이른 새벽부터, 아니 새벽이 아니라 한밤중이라고 해야 하는 2시에 집안 사람들이 나를 억지로 두들겨 깨웠다. 그 뒤로 끝없이 이어지는 마츠리 의식에 동원되어야만 했다. 정말이지 몇 번이고 '저는 그냥 외지인으로 남아 있을 테니 여기서 그만 빼주세요' 하고 싹싹 빌고 싶을 정도였다.

마츠리 하면 먹고 마시고 즐겁게 춤추고 하는 게 기본 아니었던가? 그런데 여기는 전혀 달랐다. 신사의 여름 마츠리는 가무사리 마을의 겉치레에 불과했다. 오야마즈미 님 마츠리는 가무사리 마을의 속내다. 마을 사람들의 본성이 그대로 드러난 마츠리였다.

그들의 본성을 요약하자면 '야아야'이면서 '파괴적'이다. 생전 처음, 심각하게 이대로 가다가는 죽을 수도 있겠다는 생각이 들었을 정도로 말도 못하게 힘든 일을 겪었다.

하지만 그 이야기를 하기 전에 나오키 씨에 대해서 써야겠다.

금붕어를 받은 밤 이후로 뭐라도 진전이 있었는가 하면……. 안타깝고 서글프게도 아무런 일도 없었다.

나도 그냥 가만히 있었던 것은 아니다. 나오키 씨는 종종 세이치 씨네 집으로 놀러 왔다. 그래서 나도 오토바이 엔진 소리를 들을 때마다 볼일도 없으면서 세이치 씨네 집에 찾아가곤 했다. 요키가 놀려댔지만 그게 문제가 아니었다.

나오키 씨는 산타와 색칠 놀이나 종이접기를 했다. 부엌에서 언니인 유코 씨를 도와 밤 조림을 만들기도 했다. 나는 목말을 태워달라는 산타를 안아 올리면서 그런 나오키 씨를 몰래 쳐다보곤 했다. 나오키 씨는 내 시선을 모르는 척하면서 언제나 세이치 씨에게 눈을 고정하고 있었다.

그러나 세이치 씨는 항상 예의에 맞게 나오키 씨와 거리를 두었다. 어디까지나 '아내의 여동생이니 나에게도 소중한 동생입니다'라는 태도였다. 나오키 씨의 마음을 알고는 있는 건가? 물론 알고 있겠지? 빈틈없는 사람이니까.

알고 있지만 모르는 척. 세이치 씨는 나오키 씨의 마음을 받아줄 생각이 없다. 나는 마음이 놓이는 한편으로 서글프다는 생각도 조금 들었다. 틀림없이 존재하는데 없는 것같이 여겨진다. 나오키 씨가 그걸 어떻게 느낄지 상상해보니 슬퍼졌다. 나오키 씨에 대한 내 마음과 똑같다는 생각이 들어서.

문제는 유코 씨다. 동생이 자기 남편에게 마음을 품고 있다는 사실을 과연 알고 있을까?

유코 씨의 언행을 유심히 살폈는데 도무지 알아낼 수가 없었다. 유코 씨는 야무지면서도 항상 상냥하게 웃는 사람이다. 세이치 씨에 대한 믿음을 온몸으로 드러낸다. 미키 씨처럼 과격하게 질투를 하거나 나오키 씨처럼 속으로만 끈적하게 짝사랑하거나 하는 일 따위는 전혀 없을 것처럼 보인다. 그래서 거꾸로 속내를 알 수가 없다.

"그야 당연히 세이치네 색시는 다 알고 있지."

요키가 말했다.

"그런데도 아무렇지도 않아 보이는 건 자신이 있어서야. 남자가 눈을 딴 데로 돌릴 수 없을 만큼 끝내주는 여자니까야."

능글능글 웃는 요키의 허벅지를 미키 씨가 힘껏 꼬집었다.

"남자 눈을 딴 데로 마구 돌아가게 하는 여자라서 아주 미안하네야."

"아야야야. 누가 그런 말을 했다고 그래야."

요키네 집 식탁에서는 부부 사이의 툭탁거림이 수시로 있는 일이라 이제는 새삼 놀랍지도 않았다.

"아무리 그래도……" 하고 내가 끼어들었다.

"만에 하나 둘 사이에 무슨 일이 일어나면 어쩌나 하는 불안이 전혀 없을까?"

"절대 없어야."

요키와 미키 씨가 나란히 고개를 저었다.

"세이치는 그런 쪽으로는 돌부처처럼 확실한 남자거든. 그런 인간이 처제한테 정신 팔리는 걸 보느니 가무사리 마을의 산들이 모조리 민둥산이 되기를 기다리는 게 더 빠를 거이야."

"게다가 나오키도 착한 애니까 산타나 유코 씨가 슬퍼할 일을 저지를 리가 없지야."

하긴 그렇다. 그럼 나오키 씨는 고백도 해보지 못하고 그저 옆에서 세이치 씨네 가족을 지켜보는 수밖에 없다는 말이네. 너무 괴롭겠다.

"살다 보면 도저히 어쩔 수 없는 일도 있다는 걸 받아들여야 한다는 뜻이지야."

말없이 이야기를 듣던 시게 할머니가 녹차를 후루룩 마시면서 말했다.

"하지만 그렇다고 그쪽을 포기하고 유키랑 결혼해줄까 하는 점은 또 모르는 일이지야."

"겨, 결혼이라니요?"

사레가 들릴 뻔했다.

"누가 그런 생각을 한다고 그래요!"

"흐어, 흐어!"

시게 할머니가 웃었다.

"일단은 마츠리에서 남자다운 모습을 보여주도록 노력해봐야."

"그거 좋은 생각이네야."

요키가 손뼉을 딱 치면서 끼어들었다.

"너도 마츠리에서 활약할 기회가 있어야. 이게 다 내 덕분인 줄 알아야."

"어째서 요키 덕분인데요?"

"내가 메도로 선발되었으니까. 메도가 있는 조는 마츠리의 핵심이거든. 그러니까 이 기회에 확실하게 남자다움을 보여주도록 해야. 알았지?"

그러니까 메도가 뭐냐고? 무엇보다도 요즘 시대에 어떤 여자가 '마츠리에서 남자다웠다'고 반하느냔 말이다. 그게 가능한 일이기는 해?

나오키 씨가 나에게 몰래 중얼거린 적이 있다.

"언니는 너무 치사해."

밤껍질을 과도로 열심히 까면서 문득 입에서 나온 말이었다. 부엌에는 마침 나 혼자만 있었고, 그러니까 나오키 씨는 혼잣말처럼 중얼거렸는지도 모른다.

"형부가 가무사리 사투리를 거의 안 쓰는 이유가 뭔지 알아? 도쿄에서 시집온 언니가 적적할까봐 그런 거야. 참 어이없지 않아?"

나는 가만히 있었다. 나오키 씨는 부엌 흙바닥에 있는 평상에 앉아 다 깐 밤이 들어 있는 그릇을 무릎 위에 얹고서 작업하는 중이었다. 어두컴컴한 그곳에서 나오키 씨가 요리조리 움직이는 과도의 칼날만 반짝였다. 발치에 밤껍질이 어지럽게 널려 있었다.

"예전부터 언니는 항상 그런 식이었어. 자기가 원하는 대로 남자들을 움직이게 했거든."

말의 뾰족한 날이 나오키 씨 자신에게 상처를 준다는 느낌이 들어서 반박하지 않을 수 없었다.

"그래도 나오키 씨는 유코 씨가 싫은 게 아니잖아요?"

"그렇지. 싫은 게 아니지."

나오키 씨는 움직이던 손을 멈추더니 살짝 웃었다.

"차라리 남자로 태어날 걸 그랬어. 그러면 너처럼 형부랑 같은 조가 돼서 산에서 일할 수 있었을 텐데."

밤을 까느라 까매진 손을 씻기 위해 나오키 씨가 일어났다.

"아아. 내가 지금 뭔 소리를 하는지 모르겠다. 방금 한 말은 안 들은 걸로 해줘."

어떻게 안 들은 걸로 할 수 있겠는가? 산타가 "놀자"며 나를 부르러 올 때까지 부엌에 멍하니 서 있었다.

"그런 아픈 짝사랑을 잊게 해줄게" 하고 거창하게 장담할 수도 없을뿐더러 그러고 싶은 마음도 없었다. 다만 오야마즈미 님 마츠리가 나오키 씨의 마음을 정리할 수 있는 계기가 되었으면 좋겠다고 생각했다. 그렇게 될 수 있도록 열심히 해야겠다.

원래 마츠리라는 게 흥분하고, 죽을 것 같은 느낌이 들고, 그러다가 새롭게 태어나는 그런 거잖아?

그렇게 조용한 결의를 다지고서 마츠리 당일을 맞이하기는 했는데……. 그 결의는 수도 없이 무너지고 엎어질 뻔했다.

우선 한밤중인 오전 2시에 큰 소리로 불어대는 소라고둥 소리가 온 마을에 울려퍼졌다.

동시에 요키가 장지문을 벌컥 열더니 "일어나! 마츠리 시작이다!" 하며 내 침실로 쳐들어왔다.

이런 한밤중에 마츠리가 시작된다니 금시초문이다!

나는 잠이 덜 깬 상태로 이불에서 끌려나왔다. 마루에서 기다리던 시게 할머니가 보자기를 나에게 내밀었다.

"이게 뭐예요?"

"물 수행을 마치면 이걸로 갈아입어야."

무, 물 수행? 뭔가 엄청나게 안 좋은 예감이 드는데.

"꼭 살아서 돌아와야 해야."

미키 씨가 그렇게 인사하더니 현관 앞에서 부싯돌을 딱딱 부딪치며(집에서 나가는 이를 위한 액막이 의식/역주) 배웅해주었다. 항상 씩씩한 줄로만 알았던 미키 씨의 눈에 눈물이 어른거렸다.

"살아서라니요? 그게 무슨 뜻이에요? 네, 미키 씨?"

"신경 쓰지 마라야. 미키가 과장이 심해서 그래야."

요키는 뭐가 뭔지 혼란스러워하는 나를 억지로 잡아끌고서 가무사리 강 쪽으로 갔다. 이래도 괜찮은 건가? 요키는 잠옷으로 입는 유카타 차림, 심지어 나는 티셔츠와 트렁크 팬티 차림이었다. 참고로 말하자면 가무사리 마을의 11월 중순은 거의 한겨울이나 다름없다. 밤이 되면 숨을 내쉴 때마다 입에서 허연 김이 나온다.

춥다. 부들부들 떨면서 백화점으로 이어지는 다리를 건너자 그곳에 한데 모여 있는 마을 남자들이 보였다. 몇 명이 손에 들고 있는 하얀 랜턴이 깊은 어둠 속에서 흔들렸다.

세이치 씨가 엄숙한 목소리로 선포했다.

"금년도의 메도는 가무사리 지구의 이다 요키. 보좌는 나카무라 세이치 조. 입회는 중간 지구의 구모토리 니스케 조. 선도는 아래 지구의 오치아이 츠요시 조. 이상에 이의는 없소이까?"

"없소이다!"

남자들이 한목소리로 대답했다. 뭐야, 이게? 사극이야? 깜짝 놀라서 입을 헤벌리고 있는데 의식(?)이 거침없이 진행되었다.

남자들이 손뼉을 치면서 노래를 부르기 시작했다.

"뱀이야, 슬금슬금, 토끼야, 어서어서. 가무사리의 신령님이야, 모셔오라. 야아야, 어이야, 야아야, 어이야."

노래를 부르며 차례차례 가무사리 강물로 들어간다. 물론 요키가 앞장서서 돌진했다. 제정신이야?! 지금 11월인데? 몸이 얼어붙을 텐데?

그 자리에서 움직이지 못하는 나를 사부로 할아버지와 이와오 아저씨가 양쪽 팔을 붙잡고 신발째로 강물로 끌고 들어갔다.

"으헉, 차가워!"

"참아라야."

"몸을 정결히 해야 가무사리 산에 올라갈 수 있어야."

안 올라가도 된다고요. 싫다고 버둥거리는데도 우격다짐으로 허리 정도 깊이의 물속에 몸을 담가버렸다.

심장마비가 오는 줄 알았다. 흐르는 강물의 수온은 차갑다는 말로는 모자랄 지경이었다. 아프고 저리고 감각이 마비되었다.

파르르 파르르, 자잘한 떨림이 온몸으로 번져나가 한순간에 근육통이 올 것 같았다. 온라인 쇼핑을 보면 '다이어트 벨트'라는 게 있다. "1분에 3,000번 진동합니다"라는 식의 물건 말이다. 그런 물건을 굳이 쓸 필요가 없을 정도로 냉수의 효과는 끝내줬다. 물론 생명을 보장할 수는 없지만 말이다.

나는 강 한가운데서 제대로 된 말을 하지 못해 "아으아으아으아" 하는 소리를 냈다. "야아야, 어이야" 하는 소리에 맞춰 남자들은 머리까지 물속에 들어가기도 하고 들고 온 나무바가지로 머리부터 물을 끼얹기도 했다.

"어이야! 어이야!"

남보다 훨씬 큰 목청으로 고래고래 소리를 지르면서 머리에 물을 마구 들이붓는 사람은 물론 요키였다. 못 살아, 정말.

"유키, 정신 차려라야."

이와오 아저씨가 말했다.

"이제 조금만 더 참으면 돼야."

"방금 물 온도가 아주 조금 올라가지 않았나야?"

사부로 할아버지가 말했다.

"내가 오줌을 눠서 미지근하게 만들었지."

아우, 드러워! 완전 최악이에요! 그렇게 항의하고 싶었지만 내 입에서는 여전히 "아으아으아으" 소리밖에 나오지 않았다.

영원할 것만 같았던 물 수행은 시간으로 보자면 5분이 채 안 지났을지도 모른다.

"야아야, 어이야. 오야마즈미 님께 가보자야."

노래가 끝나자 남자들은 앞다투어 밖으로 나갔다. 옷을 벗고 새하얀 수건으로 몸을 닦았다. 요키는 불이 붙지 않을까 싶을 정도로 심하게 수건으로 몸을 벅벅 문질렀다.

피부에서 모락모락 피어오르는 김이 랜턴 불빛을 받아 아지랑

이처럼 보였다.

보자기 안에 든 옷은 수행자용 하얀 의복이었다. 행방불명이 된 산타를 찾으러 가무사리 산으로 갈 때 입었던 옷이다. 나는 콧물을 훌쩍이면서 옷을 입었다. 손이 바들바들 떨려서 종아리에 끈을 제대로 묶을 수가 없었다.

"이제부터 뭐 하는 거예요?"

작은 소리로 물었더니 이와오 아저씨가 "쉿!" 하고 말했다.

"가무사리 산에 도착할 때까진 아무 말도 하면 안 돼, 어이야."

아래 지구의 오치아이 조가 수행자용 지팡이를 들고 선두에 섰다. 우리와 중간 지구의 구모토리 조가 그 뒤를 이었다. 그 뒤로 역할 분담 때 이름이 불리지 않았던 조의 남자들이 줄줄이 따라왔다. 마흔 명 남짓으로 보였다. 가무사리 마을에서 일할 수 있는 나이의 남자들은 모두 참가한 셈이다.

행렬은 한밤중의 길을 따라 가무사리 산으로 향했다. 차로 가면 금방이지만 걸어가면 기슭까지 한 시간은 족히 걸린다.

별들이 은색으로 반짝였다. 산에서 불어오는 차가운 바람에 향기로운 가랑잎 냄새가 실려왔다. 여기저기 띄엄띄엄 있는 집들은 모두가 고요했다. 어딘가에서 물이 솟구치고 물고기가 튀어오르는 소리가 들렸다.

마을 묘지를 지나자 인가는 완전히 끊어졌다. 자갈이 굴러다니는 비포장길을 걸었다. 그나마 신발만은 평소에 신던 작업화다. 익숙한 감촉으로 땅바닥을 밟았다. 그즈음에는 물 수행의 충격도 점차 사라졌고 몸의 떨림도 가셨다. 길가에 선 삼나무 가지가 검게 뻗어서 하늘을 가렸다.

입을 여는 사람은 아무도 없었다. 무언의 행렬이 어두운 밤 속을 걸어갔다.

나무들이 파도 소리를 내는 숲길을 지나 가무사리 산 등산로 입구에 도착했다. 작은 사당에 촛불이 켜져 있었다. 커다란 신목 두 그루에 새것으로 보이는 금줄이 둘려 있었다. 여기서부터는 숲이 울창하게 우거지고 산비탈로 올라가는 짐승들의 산길만 가느다랗게 이어질 뿐이다. 시간은 아마 오전 3시 반을 조금 지난 정도였을 것이다.

행렬은 사당 앞에 있는 작은 공터에서 멈췄다. 우리 뒤에는 풍부한 수량을 자랑하며 거침없이 흐르는 가무사리 강이 있었다.

설마 이런 한밤중에 산에 오른다고 하지는 않겠지?

"수고가 많으시네야."

어둠 속에서 목소리가 들렸다. 공터에 낯익은 중년 남자가 나타났다. 내가 가무사리 마을에 처음 왔을 때 임업 연수를 담당한 아저씨다. 그 사람 옆에 산에서 일할 때 쓰는 도구들이 산더미처럼 쌓여 있었다. 저걸 여기까지 혼자서 들고 왔다고? 역시 멧돼지를 집어던진 완력의 소유자답게 힘이 남다르다.

요키가 앞으로 나가서 아저씨한테서 도끼를 받았다. 옆에서 재촉하는 바람에 나도 앞으로 나갔다. 내가 애용하는 전기톱이 눈에 들어왔다. 아니, 어느새!

우리 조는 각자 손에 익은 작업 도구를 집어들었다. 불길한 예감이 점점 심해졌다.

공터에 모인 사람들을 대표하여 세이치 씨가 사당과 가무사리 산을 향해 신전 박수를 쳤다.

"가무사리의 신 오야마즈미 님께 삼가 여쭙니다. 와이라나 가테토 야스키히오 메구미타마완나 아리가타쿠 치니코메후리후리 야마니스미보로보로."

응? 뭔 소린지 모르겠다고? 그렇겠지. 나도 뭔 소린지 하나도 못 알아들었거든. 글자로 기록하는 게 불가능한 느낌의 묘한 주문이 1분 정도 계속되었다.

"사람과 짐승과 산의 기운을 영원무궁토록 지켜온 오야마즈미께서 진정하시기를 야아야~."

주변의 남자들이 한목소리로 "어이야!" 하고 외치는 바람에 나는 흠칫하고 놀랐다.

세이치 씨가 다시 신전 박수를 쳤다. 남자들이 모두 일제히 고개를 숙였다. 사부로 할아버지가 내 뒤통수를 내리누르는 바람에 나도 가무사리 산을 향해 머리를 조아렸다.

이제는 돌아가려나 하는 덧없는 희망을 품었는데 물론 어림도 없었다.

"힘내서 가자야!"

요키가 도끼를 들고서 팔을 휘두르기 시작했다.

"자, 빨리빨리 가자고야! 날이 새면 가무사리의 신령님에 대한 예의가 아니지야!"

요키는 그 말을 내뱉자마자 맨 먼저 가무사리 산의 산길을 향해 돌진했다.

"뒤따라가자!"

사부로 할아버지도 호령을 붙이며 비탈의 수풀을 헤쳐나가기 시작했다.

여기가 전쟁터야? 뒤따라가기 싫은데?

그렇게 생각하면서 가만히 있었는데 주변의 남자들은 그때까지 말없이 걸어온 게 거짓말인 양 온갖 소리를 질러대며 비탈을 올라가기 시작했다. 나 혼자 공터에서 이러지도 저러지도 못하고 있으려니까 눈앞으로 하얀 무엇인가가 가로질러 갔다. 노코다. 여기까지 뛰어온 모양이었다. 요키를 따라 노코도 산길로 사라졌다.

이런 젠장! 개한테까지 뒤처질 수는 없잖아!

마음속으로 각오를 다지고는 전기톱을 한 손에 들고서 비탈에 발을 들여놓았다.

도대체 무엇을 위해 가무사리 산에 오르는지, 다 오르면 거기에 무엇이 있는지 하나도 모르는 채 말이다.

숲은 깊고 어두웠다.

해뜨기 전의 가무사리 산을 비추는 것이라고는 선도 조와 입회 조가 들고 있는 10개 남짓한 랜턴 불빛뿐이었다. 머리 위를 뒤덮은 나무 그늘 틈새로 가끔 겨울 별빛이 얼굴을 내밀었지만 어둠을 밝히는 데에는 어림도 없었다.

함께 비탈을 오르는 사람들이 내쉬는 숨소리와 희미하게 느껴지는 체온에 의지할 뿐이었다. 맨 앞에서 오르는 요키의 작업화 밑바닥이 걸음걸이에 맞춰 흘깃흘깃 보였다. 나는 그것을 기준으로 삼아 한치 앞도 보이지 않는 길을 필사적으로 따라갔다. 일행은 산꼭대기를 향해 거의 일직선으로 비탈을 오르는 모양이었다.

경사가 워낙 가팔라 거친 호흡이 하얀 안개가 되어 차가운 공기에 떠다녔다. 인간의 한계를 벗어난 듯한 체력을 자랑하는 요키도 지금은 소리 지르던 것을 멈췄다. 이따금 손에 든 도끼로 앞길을 막는 덩굴과 수풀을 쳐내면서 앞으로 나아갈 뿐이었다.

우리 때문에 아침이 채 되기도 전에 새가 잠에서 깬 모양이었다. 갑자기 나타난 우리를 향해 커다란 떡갈나무 가지에서 경고의 울음을 날카롭게 우짖었다. 토끼인지 족제비인지 수풀을 흔들면서 재빨리 도망치는 기척도 났다. 밤중의 산은 온갖 소리로 가득하다. 나무도 새도 동물도 침입자인 우리의 동향을 가만히 살피는 게 느껴졌다.

그래도 한편으로는 뭔가 고요했다. 잎사귀를 흔드는 바람도, 새소리도, 우리의 숨소리마저도 숲을 이루는 몇백 년의 나이테에 빨려 들어가는 느낌이었다.

한 시간 정도 비탈을 계속 올라가자 땀이 나는데도 몸이 떨려왔다. 육체와 영혼이 산산조각 나서 숲의 양분으로 흡수되는 것 같았다. 내가 누구고, 여기가 어디고, 어디를 향해서 가야 하는지 갈피를 잡을 수 없을 정도로 산의 공기에 압도되었다.

"유키."

바로 그때 세이치 씨가 뒤에서 내 이름을 불렀다.

"저기 봐라. 아름답지?"

세이치 씨의 전기톱이 가리키는 쪽을 쳐다봤다. 어른 한 사람이 팔을 활짝 벌려도 안을 수 있을까 말까 할 정도로 커다란 삼나무 그루터기가 있었다. 말라 죽어서 이끼로 뒤덮인 그루터기 주변은 숲의 밀도가 약간 낮다. 그루터기 옆에 2미터 정도의 나무가 가지를 펼치고 서 있었다. 가느다란 가지에는 잎사귀라고는 하나도 없고, 대신 작고 붉은 열매가 무수히 달려 있었다. 부드러운 불꽃이었다. 마치 멀리서 바라보는 도시의 불빛 같았다.

"참빛살나무라는 나무다."

세이치 씨가 말했다.

"산은 가까이하기 힘들고 무섭기만 한 게 아니다. 아무도 보지 않아도 저렇게 아름다운 열매를 매년 어김없이 맺기도 하거든."

세이치 씨는 가무사리 산에 처음 본격적으로 발을 들여놓은 나를 걱정하면서 유심히 지켜보고 있었던 듯했다. 덕분에 마음이 진정되었다. 세이치 씨를 돌아보고 고개를 살짝 끄덕이면서 "이제 괜찮아요" 하고 말했다.

참빛살나무의 빨간 불이 옮겨붙은 것처럼 주위가 조금씩 밝아졌다. 처음에는 파랗고 창백하던 공기가 점점 새벽의 오렌지색으로 변하더니 이윽고 투명하고 깨끗한 아침이 찾아왔다.

비탈 중간에서 나는 발걸음을 멈췄다.

가무사리 산의 숲. 어둠 속에서 어디가 어딘지도 모르고 돌진하던 곳은 엄청난 숲이었다.

행방불명 되었던 산타를 찾으러 왔을 때 잠시 그 일부를 보기는 했다. 그러나 산속 깊이 펼쳐져 있는 숲은 더욱 대단했다. 무엇보다도 어마어마한 거목들의 집합체였다. 30미터는 족히 되는 팽나무, 잎사귀 안쪽의 하얀 색이 눈처럼 하늘을 뒤덮은 떡갈나무, 나무껍질이 갈라진 오래된 참나무. 지금까지 우리가 관리하던 산에서는 한 번도 본 적이 없던 어마어마한 삼나무와 편백나무도 있었다. 낙엽수, 상록수, 침엽수, 활엽수까지. 그 모든 나무가 인간이 정해놓은 분류 따위는 날려버릴 기세로 뒤섞인 채 제멋대로 뻗어 있었다.

인간의 손으로 심은 나무들이 있는 산과는 달리 혼돈이라는 질서 아래 수도 없이 많은 종류의 나무들이 만드는 짙은 녹색 공간에 숨이 막힐 지경이었다.

예전에 세이치 씨네 마당에서 본 커다란 감나무 목재. 그건 가무사리 산에서 벌채한 나무가 틀림없다. 이제야 알 수 있었다.

사양산업이라는 소리를 들은 지도 벌써 한참 된 임업에서 가무사리 마을이 그나마 성공을 거둔 이유. 그것은 계획적이고 효율적인 조림 전략 때문이다. 새로 영입한 사람과 오래 일한 사람들을 적절히 배치해서 후계 양성을 잘해왔기 때문이기도 하다. 그러나 그 무엇보다도 큰 요인은 가무사리 산이 있다는 점이다.

가무사리 산은 마을 사람들의 믿음의 대상이다. 마음을 의지할 곳이자 산에서 사는 사람들이 가진 자부심의 상징이다. 그뿐만 아니라 글자 그대로 '돈이 되는 나무'를 산출하는 소중한 보물창고이기도 하다.

멍하니 높은 곳에 있는 무성한 나뭇잎을 올려다보았다. 어디서부터 뻗었는지 가늠조차 할 수 없을 만큼 어마어마하게 두꺼운 뿌리를 작업화 끝으로 툭 쳐보았다. 이런 숲이 일본 작은 마을의 산에 있다는 사실이 믿기지 않았다.

방송국은 모르나? 가무사리 산의 모습이 방송을 타면 틀림없이 관광객들이 밀려오겠지. 그러면 정보를 제공한 나에게 어느 정도 사례금이 나올지도 모른다.

그런 악랄한 생각을 잠깐 하다가 서둘러 털어버렸다. 안 되지, 안 돼. 비밀의 숲에 대해서 외부에 알렸다가는 아무리 '야아야'로 사는 가무사리 마을 사람들이라 해도 나를 가만두지 않을 것이다. 다시는 마을 밖으로 나가지 못하게 가둬버릴지도 모른다. 마을 사람들이 모두 낫을 들고 쫓아올지도 모르고. 으아악, 그것만은 절대 안 돼.

어째서 마을 사람들조차도 평소에는 가무사리 산에 들어갈 수 없다고 하는가? 외지에서 온 내가 마츠리에 참가하는 것을 왜 못마땅해했을까?

그게 다 가무사리 산의 숲을 지키기 위해서였을 것이다.

가무사리 마을 사람들이 거목이 우거진 숲을 제멋대로 잘라내지 않고 얼마나 신중하게 관리하면서 오랜 기간 소중하게 이어왔는지는 이 풍경을 보면 알 수 있다.

이 마츠리에 참가했다는 건 내가 신뢰를 받았고, 마을 사람으로 받아들여졌다는 뜻이다. 그 사실을 깨달으면서 기쁨과 자랑스러움으로 벅차올랐다.

선도를 맡은 오치아이 조가 "능선이 나왔다!" 하고 길 앞쪽에서 알려왔다.

"좋았어!" 하며 요키가 기세 좋게 비탈을 뛰어 올라갔다. 이와오 아저씨, 사부로 할아버지도 내 옆을 지나쳐서 발걸음을 재촉했다.

"가자, 이제 조금만 더 가면 된다."

세이치 씨의 말을 듣고 다시 걷기 시작했다.

산기슭의 사당에서부터 거의 일직선으로 뻗어 있던 산길이 여기서는 비탈에 옆으로 누운 'U'자를 그리듯이 크게 돌아갔다. 이렇게 길이 크게 도는 이유는 금세 알 수 있었다. 앞에 커다란 바위가 가로막고 있어서였다.

그런데 그 마지막 경사가 너무 가팔라서 나는 혼자 대열에서 뒤처졌다.

"어~이! 언제까지 꾸물대고 있을 거이야?!"

멀리서 요키가 나를 불렀다. 나는 간신히 큰 바위 옆을 통과해서 능선으로 나갔다.

다들 어디 갔지? 하얀 옷을 입은 사람들을 찾아봤는데 숲이 너무 우거져서 도무지 제대로 보이지 않았다.

여기서 조난되면 어떡하지? 내심 조바심을 내면서 귀를 기울이며 앞쪽을 살폈다.

저 앞에 유달리 높이 튀어나온 삼나무 가지 하나가 보였다. 가지 주변에서 빨간 천과 하얀 천이 펄럭이며 춤을 추고 있었다. 마츠리를 위해 나무에다 천을 매달아놓은 것일까? 그런 생각을 하며 뚫어지게 쳐다봤는데 아무래도 두 명의 여자 같았다. 빨간 기모노와 하얀 기모노를 입은 여자들이었다.

"어엉?"

눈을 비볐다. 여러 번 눈을 떴다 감았다 하며 깜박인 다음 다시 한번 주의 깊게 가지 쪽으로 눈길을 돌렸다.

아무도 없었다. 파란색으로 맑게 갠 초겨울 하늘을 배경으로 삼나무의 초록색 가지가 높이 뻗어 있을 뿐이었다. 당연하다. 높이가 30미터는 되어 보이는 가지 주변을 사람이 날아다닐 리가 없지 않은가.

그런데 이상하게도 그냥 '저 나무 밑에 모두 모여 있겠구나' 하는 생각이 들었다. 나는 망설임 없이 삼나무를 향해 능선을 걸어 갔다.

가무사리 산에서는 음식을 먹어서는 안 되는 모양이다.

왜 그러냐고. 아침밥이 먹고 싶다고. 꼬르륵거리며 음식을 채근하는 배를 달래려고 옹달샘 물을 손으로 받아서 마셨다. 옆에 있는 노코는 은색으로 반짝이는 수면을 뚫어지게 바라보았다.

수행자 옷차림의 마을 남자들은 아까 그 거대한 삼나무 뿌리 부근에 모여서 뭔가를 논의하는 중이었다.

"어이어이, 니스케 할배요. 그리고 농허는 거이 작작하요(그런 농담은 적당히 하세요), 어이야."

"뭐이가 농이야 허나야(뭐가 농담이라는 거야), 요키. 너이면 허것다 소리 안하야(너라면 할 수 있다는 소리 아니냐). 내 말이, 어이야."

나이 드신 분들이 많은 데다가 다들 말이 빨라서 가무사리 사투리를 알아듣기가 더 힘들었다. 도대체 뭘 가지고 이야기하는지 조차 잘 모르겠지만 아무래도 삼나무에 대해서 요키와 입회 조의 구모토리 니스케 씨가 격론을 벌이는 모양이었다. 사부로 할아버지는 "잘한다!" 하며 옆에서 부추기고, 야마네 아저씨는 "야아야로 가야지, 어이야" 하며 말리고 들었다. 세이치 씨는 두 사람의 주장에 말없이 귀를 기울이는 듯했다.

물로 배를 채운 나는 땅 위로 뻗은 삼나무 뿌리에 걸터앉았다. 땅 위로 드러난 뿌리만 해도 내 무릎 높이까지 온다.

지금까지 직접 눈으로 본 살아 있는 삼나무 중에서 가장 큰 삼나무였다. 뿌리 부근의 지름은 3미터 가까이 될 것 같다. 벽처럼 하늘로 치솟은 웅장한 나무 기둥에는 부드러운 이끼가 돋아 있다. 작은 도마뱀이 이끼 위를 쏜살같이 가로질렀다. 하늘 위로 아득히 뻗은 녹색 가지에서 산새들이 쉴 새 없이 지저귄다.

얼마나 많은 수의 생물들이 이 나무에 터전을 잡고 있을까? 기둥에 옆얼굴을 대보았다. 습기를 머금은 나무껍질이 서늘하게 느껴졌다.

"못해도 수령이 1,000년은 되겠구나야."

격론의 장에서 벗어난 이와오 아저씨가 내 옆에 자리를 잡았다.

"아마 속도 꽉 차 있을 거이야. 대단한 나무지."

"보기만 해도 안이 비었는지 아닌지 알 수 있어요?"

"대충은 알지. 가지 뻗은 거나 나뭇잎이 얼마나 생생한지를 보면 나오니까야."

그렇구나. 감탄하면서 고개를 끄덕인 다음 눈을 감고 나무줄기에 기댔다.

바람이 산을 타고 다녔다. 숲 어딘가에서 나뭇잎 쌓이는 소리가 들렸다.

"아까 신기한 걸 봤어요."

내가 말했다.

"여자 두 사람이 이 삼나무 꼭대기에서 날아다니더라고요. 길을 잃을 뻔했는데 그걸 본 덕분에 찾아올 수 있었어요."

아침부터 헛것을 봤냐고 웃을 줄 알았더니 뜻밖에도 이와오 아저씨는 "그랬구나야" 하며 아무렇지도 않게 맞장구를 쳤다.

"빨간 기모노와 하얀 기모노를 입고 있지 않았나야?"

"네, 그랬어요. 뭔가 하늘하늘하고 예쁜 천으로 된 거요."

"오야마즈미 님네 따님들이야."

이와오 아저씨가 내 어깨를 툭 쳤다.

"축하한다, 유키. 산신령님께서 너를 좋아하시는 모양이네야."

그게 뭔 소리야? 싶었는데 이와오 아저씨는 더할 나위 없이 진지했다. 장엄한 숲의 분위기에 취해서 그런지 나중에는 나까지도 '그런 일이 있을 수도 있겠구나' 하며 납득했다.

"좋아야, 그렇게까지 말한다면……."

요키가 느닷없이 도끼를 높이 들었다.

"이다 요키, 남자의 자존심을 걸고 해주겠어야!"

"오오~!"

남자들이 박수를 보냈다.

"뭐예요, 저건?"

나는 황당한 표정으로 사람들을 쳐다보았다. 이와오 아저씨가 "여이차!" 하며 일어섰다.

"삼나무를 벌채할 방침이 정해진 거이야."

"벌채라니, 그럼 이 삼나무를 잘라버린다는 거예요?!"

자른다는 거다, 가무사리 마을 사람들은. 그러니까 가무사리의 신령님을 모시고 48년에 한 번만 치르는 큰 마츠리라는 것이 가무사리 산의 거목을 한 그루 잘라내는 일을 뜻하는 모양이다.

"일반적인 마츠리에서는 좀더 젊은 나무를 자르지."

세이치 씨가 설명해주었다.

"기껏해야 수령이 100에서 200년 정도 된 나무를. 작년에는 감나무였다."

젊다고 해도 100년 단위다. 숲의 나무가 모조리 없어지는 날이 오지 않을까 하는 생각이 들었는데 그럴 걱정은 없다고 한다.

"대신에 똑같은 종류의 묘목을 같은 자리에 심는다. 그냥 가만히 내버려둬도 어느새 무슨 나무든 자라게 되어 있다."

세이치 씨는 애정 어린 눈길로 커다란 삼나무를 올려다보았다.

"언제 시작했는지 가늠도 하지 못할 정도로 오랜 옛날부터 가무사리 산의 숲과 벌채 의식은 계속되어왔지."

"수령이 1,000년이나 된 나무를 잘라내다니, 요즘에는 그런 게 금지되어 있지 않아요?"

"이 마을에는 특별히 48년에 딱 한 그루씩 벌채가 허용된다. 중요한 제사의 일환이니까."

"자른 나무는 어떻게 해요?"

"알고 싶나?"

세이치 씨가 "후후후" 하고 웃었다.

"이제 금방 알게 될 거야."

아, 불길한 예감. 그래서 나는 가무사리의 신령님께 기도했다. 제발 무사히, 무탈하게 이 산에서 내려가게 해주세요라고.

우리 나카무라 세이치 조가 중심이 되어 벌채를 진행하게 되었다. 요키는 심하게 몸을 구부리면서 준비체조에 여념이 없다. 어떤 방법으로 벌채할지는 이와오 아저씨가 알려주었다.

"이걸 보라야."

가무사리 산의 도면을 펼쳐놓고 이와오 아저씨가 산등성이의 한 점을 가리킨다.

"우리는 지금 여기에 있어. 천 년 나무는 능선에서 비탈을 약간 내려간 지점에 거의 수직으로 서 있지야?"

"네."

"이놈을 능선에서 아래쪽 15도 각도로, 가지를 서쪽으로 향하게 해서 벌채한다."

비탈의 경사에 대해 옆으로 직각으로 나무를 자르는 건 아주 힘든 일이다. 더구나 천 년 나무의 서쪽에는 높이 15미터 정도의 잡목이 몇 그루 있어서 삼나무가 쓰러질 자리가 마땅치 않다.

"가로막는 나무가 있는데 왜 일부러 서쪽으로 쓰러뜨려요?"

"그쪽에 수라를 만들어뒀잖아야."

이와오 아저씨가 가리킨 곳은 삼나무의 동쪽이었다. 산허리를 대각선으로 가로지르듯이 조립된 수라가 보였다. 입회 담당인 구모토리 니스케 조가 보름에 걸쳐서 만들었다고 한다.

쉽게 말하자면 수라는 산에서 자른 나무를 비탈로 굴려서 내려

보내는 거대한 홈통이다. 떡갈나무나 삼나무 통나무로 뗏목을 조립하듯이 만든다. 그런 뗏목을 계속 이어지게 만들어서 땅바닥에 길을 내고, 높은 곳에서 벌채한 나무를 그 위로 미끄러져 내려가게 해서 산 밑으로 운반한다.

그럼 혹시? 마른침을 꿀꺽 삼키고서 물었다.

"천 년 나무를 수라로 내려보낸다는 거예요? 통째로?"

"그래야."

이와오 아저씨는 아무 일도 아니라는 듯이 웃었다.

"무게가 있는 뿌리 쪽을 앞으로 향하게 해서 수라 위를 미끄러져 내려가게 하는 거이야. 그러기 위해선 우선 가지가 서쪽을 향하게 쓰러뜨려야 하지."

"수라를 산 아래쪽까지 만들어놓은 거예요?"

"아니지. 아까 큰 바위를 돌아왔지야? 거기까지만 비탈을 가로지르게 해뒀을 뿐이야. 그 뒤로는 산길이 똑바로 나 있으니까."

그 말은 큰 바위 밑에서부터 산 아래까지는 삼나무 거목이 거의 직선 활강으로 땅바닥을 직접 미끄러져 내려간다는 뜻이다.

싫다! 그렇게 엄청난 작업, 난 절대 안 하고 싶다, 어이야!

속으로 나도 모르게 가무사리 말로 절규하고 말았다.

내가 아무리 싫다 해도 마츠리는 차질없이 진행되었다.

삼나무 뿌리에 세이치 씨가 들고 온 술을 부었다. 모두가 큰 나무를 향해 신전 박수를 쳤다. 그렇게 머리를 조아릴 바에야 차라리 자르지 말고 내버려두지.

그 자리에 있는 모두가 헬멧을 쓰고 먼지와 나무 파편이 튈 것을 대비해 고글도 꼈다. 하얀 수행자 의복에 헬멧을 쓰니 아주 묘한 차림새가 되었다. 하지만 모두 진지한 표정이다.

요키가 삼나무 주변을 몇 바퀴 돌며 다양한 방향에서 각도를 확인했다. 잔디의 결을 확인하는 프로 골퍼 같았다.

이윽고 "여기다!" 하며 위치를 정했다. 나무 기둥을 도낏자루로 두 번 탕탕 친 다음 도끼를 높이 치켜들었다. 그런 요키를 치켜보는 남자들이 노래를 부르기 시작했다.

"어이야, 어이야."

"오야마즈미 님이야, 지켜보시오소서. 우리에게 내리신 삼나무를 이제 우리가 자르겠나이다."

"어이야, 어이야."

딱! 건조한 소리를 내며 첫 번째 도끼날이 기둥에 들어갔다. 나무껍질이 갈라지면서 허연 속살과 신선한 나무 냄새가 진동했다.

요키는 우선 나무 기둥 서쪽에 도끼질을 해서 '수구'(쓰러지는 쪽의 홈)를 만들었다.

나무 벌채의 기본은 쓰러뜨리고 싶은 방향에 수구라는 홈을 만드는 일이다. 수구의 방향과 각도가 제대로 되지 않으면 원하는 쪽으로 나무가 쓰러지지 않는다. 따라서 아주 중요한 과정이다. '수구는 기둥에서 삼각형을 잘라낸다는 이미지로 만들어라'라는 요령이 마을에 전수되어 내려올 정도다.

다음으로 수구 반대편에 기둥과 직각으로 '추구'(쓰러지는 쪽 반대 방향의 홈)를 자른다. 수구와 추구는 터널의 출구와 입구 같은 것이다. 나무를 벌채하는 작업은 터널을 양쪽 끝에서 파고 들어가는 것과 비슷하다.

그러나 이 터널을 절대로 관통시켜서는 안 된다. 기둥 중심 부근에 반드시 '속'이라고 불리는 부분을 일부러 만들어놓는다. 속까지 다 베면 나무는 균형을 잃고 전혀 예기치 못한 방향으로 갑자기 쓰러지기 때문이다.

추구를 신중하게 베어가다 보면 속이 그 나무를 지탱하는 점이 되어 수구 쪽으로 천천히 쓰러지게 된다.

그런데 이것은 어디까지나 평소 산에서 일할 때의 요령이다. 이번 상대는 베테랑인 요키도 쓰러뜨려본 적이 없을 정도의 거목이다. 가장 두꺼운 부분은 둘레가 9미터 반에 이르는 1,000년 된 삼나무다.

신들린 듯한 도끼질로 커다란 수구를 만들어낸 요키는 도끼날을 갈기 위해 잠시 휴식 시간을 가졌다. 그 사이 조원 모두가 달라붙어서 추구를 자르기 위해 전기톱을 작동시켰다. 서로 호흡을 맞추고 교대해가며 수평을 맞춰서 잘 자르고 있는지 확인하면서 작업을 진행했다.

전기톱 돌아가는 소리가 록밴드의 기타 소리처럼 가무사리 산에 울렸다. 새들이 놀라서 가지에서 날아올랐다. 엄청난 양의 톱밥이 사방으로 튀면서 발치에 쌓였다. 가지에 달린 나뭇잎들이 몸부림치듯이 흔들렸다.

"요키, 슬슬 쓰러지겠다."

전기톱을 멈추고서 세이치 씨가 말했다. 날을 다 세운 도끼를 손에 들고 요키가 "좋았어!" 하며 다시 천 년 삼나무 앞에 섰다.

"도토리 나무(졸참나무)에 맞춰서 쓰러뜨린다."

땅바닥을 내리치듯이 쓰러지면 노목인 천 년 삼나무의 기둥은 자기 무게와 충격으로 부러지거나 갈라질 수도 있다. 그래서 요키는 삼나무 서쪽에 있는 잡목을 쿠션 삼겠다고 선언한 것이다. 물론 쿠션이 되는 졸참나무로서는 재난이 따로 없다. 덤프트럭과 격돌한 손수레나 다름없으니 완전히 박살이 날 것이다.

"편히 잠들어라, 도토리 나무야! 다람쥐야, 먹을 걸 빼앗아서 미안해야!"

요키는 도토리를 먹는 다람쥐한테까지 사과한 다음 도끼를 쳐들었다. 요키의 온몸에서 새파란 기운이 불꽃처럼 타오르는 듯했다. 남자들은 쓰러지는 나무에 깔리거나 다치지 않게 비탈을 뛰어올라 능선 위로 피했다.

우리 조원들은 요키의 기량을 충분히 잘 안다. 요키가 정한 방향으로 한 치의 오차도 없이 나무를 쓰러뜨린다는 사실을 믿는다. 그래서 세이치 씨와 사부로 할아버지와 이와오 아저씨와 나는 요키 뒤에서 움직이지 않았다.

탁, 탁, 탁. 요키가 추구를 향해 계속 도끼를 휘둘렀다. 드디어 천 년 삼나무가 서쪽으로 기우뚱하며 쓰러지기 시작했다. 가지가 활 모양을 그린다. 삼나무에 깔린 졸참나무가 산산이 부서졌다. 시간이 아주 천천히 흘러가는 것 같았다.

발치부터 전해지는 엄청난 진동에 정신이 들었다. 육중한 땅울림을 일으키며 천 년 삼나무가 몸을 눕혔다. 바깥으로 드러난 절단면의 나이테는 한순간 눈부시도록 하얀 빛깔을 숲에 뿌리더니 공기와 접촉하자 금세 연보라색으로 물들었다.

쿵, 쿵. 충격음은 가무사리 마을을 둘러싼 산들에 반사되어 여러 겹으로 겹쳐지면서 상당히 오랫동안 메아리쳤다.

"훌륭했다, 요키."

사부로 할아버지가 감개무량한 얼굴로 칭찬했다.

"이렇게 빈틈없고 깔끔한 벌채는 본 적이 없어야."

남자들이 달려와서 "어이야, 어이야" 하고 노래하며 춤췄다. 요키는 남자들에게 둘러싸여 이리저리 치이면서 우리를 향해 자랑스러운 표정으로 웃었다. 세이치 씨와 이와오 아저씨가 고개를 끄덕여주었다.

창피하게 나는 자꾸 눈물이 나서 눈앞이 뿌옇게 흐려졌다. 요키에 대한 감탄과 이 모든 일에 대한 감동으로 다리가 후들거렸다.

만약에 요키가 도시에서 태어났다면, 그래서 산에서 하는 일을 모르고 자랐다면 어떤 사람이 되었을까? 물론 요키는 어디서 태어났어도 즐겁고 씩씩하게 잘 살았을 것이다. 그렇지만 술과 여자에 빠져 살고 회사에서 상사 몰래 땡땡이를 치며 지냈을 유형이다.

산에서 하는 일에 천부적인 능력과 적성과 감을 모두 갖춘 요키. 그런 요키가 가무사리 마을에서 태어났고, 산을 사랑하는 성격이었다는 점이 기적과 같다고 생각했다.

가무사리의 신령님은 요키를 선택했다. 요키가 나무를 자르고 산을 관리할 수 있도록 받아들였다. 산과 숲과 그곳에 사는 모든 동식물의 명운을 요키에게 맡겼다.

요키는 가무사리의 신령님께 사랑받는 사람이다.

그렇게 느꼈을 정도로 천 년 삼나무를 쓰러뜨린 요키는 황홀하도록 찬란한 아우라를 내뿜고 있었다.

점심시간이 지나자 배고픔도 고비를 넘겼다.

새벽 2시부터 끊임없이 계속 움직였는데도 마츠리의 흥분으로 몸이 마비된 듯했다. 졸리다거나 피곤하다거나 하는 말을 입에 올리는 사람은 아무도 없었다.

천 년 삼나무는 요키의 기가 막힌 실력으로 수라의 방향에 딱 맞춰서 쓰러졌다. 이 정도면 거대한 삼나무를 최소한의 힘으로 수라에 실을 수 있다.

남자들은 우선 천 년 삼나무의 가지를 잘라냈다. 가지라고 하지만 흔히 보는 삼나무 한 그루만큼의 분량이다. 40명이 모조리 달라붙어서 땀을 뻘뻘 흘리며 작업했다. 그나마 한 시간 만에 끝낼 수 있었던 것은 최고의 나무꾼들이 모인 가무사리 마을이라서 가능한 일이었다.

가지를 모두 제거하자 천 년 삼나무는 통나무가 되었다. 나무 껍질을 벗기지 않고 운반한다고 했다. 통나무가 너무 커서 보고 있자니 신기한 기분이 들었다. 사물의 크기가 오락가락하는 이상한 세계에 들어온 느낌이었다.

"이렇게 큰 걸 산 밑으로 끌고 내려가서 쓸데가 있기는 한가?"

통나무에 올라타고서 혼잣말처럼 중얼거렸다. 통나무가 얼마나 큰지 지네 사다리를 걸치지 않으면 올라오지도 못할 정도다.

싫어하는 노코를 안고서 요키가 통나무 위로 올라왔다.

"쓸데는 얼마든지 있지야."

내 혼잣말을 듣고서 멋대로 대화를 시작했다.

"가무사리 마을의 큰 마츠리에서 벌채한 거목은 재수가 좋다고 해서 어디에 내놓더라도 사려는 사람들이 줄을 선단 말이야."

말도 안 되는 이야기를 지어내는 게 아닌가 싶어 의심의 눈초리로 요키를 쳐다봤다.

"난 이 마을에 올 때까지 가무사리라는 이름도, 큰 마츠리에 대한 소문도 들어본 적이 없는데. 도대체 어디를 가면 사람들이 알고 줄을 서는데요?"

요키는 겁을 내는 노코를 무릎 위에 올려 안으면서 "뭣도 모르는 놈이네야" 하고 말했다.

"신에게 올리는 마츠리 때 자른 거목이면 최고로 재수 좋은 나무라면서 통나무 상태 그대로 사는 사람이 있단 말이야. 지난번 큰 마츠리에서 벌채한 편백나무는 간사이 지역의 어떤 야쿠자 조직에서 사 갔다지 아마."

"야쿠자……."

"그런 사람들은 워낙에 재수가 있네 없네를 따지니까. 마침 두목의 저택을 고쳐야 한다면서 넉넉히 챙겨주고 사갔다고 했어야."

"이 삼나무는 값이 얼마나 할까요?"

"세이치한테 물어봐야. 가무사리 산도 명의상으로는 나카무라 집안 소유니까."

엄지와 검지로 동그라미를 만들어 보이면서 요키가 헤실헤실 웃었다.

"어쨌든 엄청난 돈이 된다는 것 하나는 분명해야. 이번에도 호쿠리쿠의 어느 신사가 사겠다고 벌써 나섰다던데."

으음, 내가 모르던 대단한 세계가 있었네. 내가 살던 요코하마의 우리 집은 얄팍한 나무판자로 만든 초라한 조립식 주택인데.

세이치 씨가 비탈에서 우리를 보고 소리쳤다.

"거기 두 사람. 딴짓하지 말고 빨리 움직여야지."

"네!"

"아주 담임선생 나셨구만."

땅바닥에 노코를 내려놓은 요키는 꿍얼거리던 것과는 딴판으로 맹렬하게 일하기 시작했다. 해가 저물기 전에 천 년 삼나무를 산에서 실어내려야 한다.

요키는 나무 절단면에서 3미터 정도 떨어진 기둥에 끌을 써서 구멍 두 개를 파냈다. 그렇게 생긴 구멍에 2리터 페트병 정도 굵기의 떡갈나무 막대기를 찔러넣었다. 삼나무 기둥에서 V자 모양으로 나무 막대기 두 개가 불쑥 튀어나온 모양이 되었다. 소나 용의 뿔 같았다.

"이게 메도야."

요키가 떡갈나무 막대기를 잡으며 만족스럽게 말했다.

"메도를 세우는 건 산에서 일하는 남자의 자랑이라야."

그냥 막대기로 보이는데. 그런 생각을 하는 사이 요키는 작은 칼로 솜씨 좋게 막대기 끄트머리에 골을 만들고 홈을 파기 시작했다. 두 개 모두 똑같이 말이다.

장식이라도 만들려고 그러나 하면서 지켜보던 내 얼굴이 점차 벌겋게 달아올랐다.

"요키, 혹시 그 모양은……."

"남자의 그거 맞아야" 하며 요키가 자랑스럽게 가슴을 폈다.

"메도는 남자의 물건을 상징하니까야."

왜? 어째서? 일껏 쓰러뜨린 이 대단한 천 년 삼나무에 남자 거시기 모양을 한 막대기를 굳이 찔러넣는 이유가 뭐냔 말이다!

여름 마츠리에서 요키가 메도로 뽑혔을 때 미키 씨가 부끄러워하던 이유를 이제야 알 수 있었다.

"남자 그거면 하나만 있으면 되잖아?!"

나도 모르게 친구한테 말하듯이 따졌다.

요키의 대답은 "그러고 보니 그러네야"였다.

"그래도 두 개 있으면 두 배로 즐겁지 않을까 하는 옛 조상들의 바람이겠지."

못 살겠다.

요키가 희희낙락 남자 거시기를 조각하는 사이에 사부로 할아버지와 이와오 아저씨는 절단면 끄트머리를 깎아서 부드럽게 만드는 작업을 했다. 절에 가서 보면 종을 치는 막대기는 끄트머리가 마모되어서 둥글게 되어 있잖나. 그런 느낌이다.

"이렇게 해두면 수라를 미끄러져 내려갈 때 나무가 파손되지 거든."

이와오 아저씨가 알려주었다.

"만에 하나 어디에 충돌하더라도 충격이 좀 덜하게 하는 것이기도 하고야."

사부로 할아버지가 말했다.

충돌? 또다시 불길한 예감이 들었다.

그 뒤로 우리 조원들은 메도에 굵은 동아줄을 몇 가닥 묶어놓았다. 그 동아줄을 기둥 위로 죽 이어서 군데군데 박은 말뚝에 고정해두었다. 천 년 삼나무를 용이라고 하면 메도는 뿔이고 그 뿔에서 시작해 등으로 이어지는 동아줄은 용의 고삐 같아 보였다.

어째서 고삐가 필요한 거지? 목숨줄이라도 되는듯이 동아줄을 단단히 고정해놓는 이유는 또 뭐야?

불길한 예감은 점점 커졌고 내 심장은 이유 없이 벌렁거리기 시작했다.

작업을 지켜보던 니스케 씨가 천 년 삼나무의 그루터기에 올라서서 말했다.

"이제 거의 다 됐네야. 다들, 있는 힘껏 당겨, 어이야!"

"어이야!"

마흔 명 남짓의 남자들이 제각기 손에 자기 키만 한 막대기를 들고서 천 년 삼나무에 달려들었다. 지렛대 원리로 통나무를 살짝 들었다. 그렇게 틈새가 생기자마자 가는 통나무를 끼워넣었다. 물론 '가늘다'고는 해도 천 년 삼나무에 비해서 그렇다는 소리다.

로프를 걸고 힘을 합쳐 천 년 삼나무를 당겨 통나무 위를 굴러가게 했다. 이집트의 피라미드 같은 대형 건축물도 나란히 깔아놓은 통나무를 이용해서 커다란 돌을 운반했다고 하는데 그것과 같은 원리다.

천 년 삼나무가 수라 위에 무사히 실렸다. 당장이라도 비탈을 미끄러져 내려갈 듯한데 아슬아슬하게 균형을 잡고 있다. 옆에 선 느티나무 기둥과 천 년 삼나무에 꽂은 메도를 굵은 동아줄로 묶어놓았다. 거대한 미끄럼틀을 타려고 나선 거대한 삼나무. 그것을 동아줄로 간신히 붙잡아놓은 형태다.

"좋았어, 다들 타라야!"

요키가 호령을 붙였다. 요키 자신은 통나무의 맨 앞부분에 서서 메도를 꽉 붙잡았다. 아아, 보기 싫은 그림이네. 그래도 메도가 남자 거시기라는 것만 빼놓고 보면 용의 뿔을 잡고 그 등에 올라탄 용감한 용사의 모습이라고 못할 것도 없다.

근데 "타라"는 건 또 뭐야? 남자들은 너나 할 것 없이 앞다투어 천 년 삼나무 통나무 위로 올라가 용의 등에 묶인 동아줄을 잡았다. 절대 떨어지지 않겠다는 결의가 엿보이는 표정들이다.

설마……. 내 얼굴이 파랗게 질려갔다. 설마 비탈을 미끄러져 내려가는 통나무를 타고 내려가는 거야? 우리가 올라탄 천 년 삼나무가 산비탈을 질주한다는 뜻이야?

안 돼! 난 절대 못 해!

아무리 거대하다고 해도 통나무는 당연히 둥글어서 안정감도 없고, 산에는 나무와 바위를 비롯한 장애물이 말도 못하게 많다. 방향도 조종하지 못하는 통나무를 타고 아무 탈 없이 무사히 산 아래까지 내려갈 수 있을 리가 없다.

"뭐 하고 있어? 빨리 올라와야!"

"우물쭈물하다가는 해가 다 지겠다, 어이야."

"내가 메도라서 같은 조인 너도 메도를 잡을 수 있는 거이야."

"스모 경기에서 선수가 뿌리는 콩을 입으로 받는 것보다 훨씬 재수 좋은 일이야."

조원들이 나를 불러대며 말했다. 물론 네 사람 모두 통나무의 선두 자리를 차지하고 서서 메도를 꽉 잡은 상태다.

나 때문에 마츠리 진행을 늦출 수는 없는 일이다. 어쩔 수 없이 통나무 위로 올라가 세이치 씨와 요키랑 같이 V자의 왼편에 있는 메도를 잡았다. 오른쪽 메도는 사부로 할아버지와 이와오 아저씨가 꽉 잡고 있다.

"이 마츠리에서 죽은 사람도 분명히 있을 텐데요."

절망적인 마음으로 물었다.

"옛 문서를 보면 지금까지 여덟 명 정도 죽었다던데야."

사부로 할아버지가 아무 일도 아니라는 듯이 대답했다. 기록에 남은 사람만 해도 여덟 명이다. 이제 끝이다. 내가 아홉 번째다. 내가 운이 지지리 없는 놈이라는 것 하나는 자신 있게 말할 수 있다. 영문도 모른 채 이런 산골까지 오게 된 것만 봐도 얼마나 운이 나쁜지 알 수 있지 않은가.

다들 너무해.

말도 안 되는 취직자리를 소개한 구마얀, 아무 생각 없이 나를 여기로 보내버린 엄마, 아들을 멀리 보내면서 달랑 3만 엔밖에 안 준 아빠. 모두 원망할 거라고!

"걱정 마라."

세이치 씨가 말했다.

"견습생이라고는 해도 나카무라 임업에 정식으로 등록된 사원이니 산재보험은 나올 거다."

지금 그게 문제가 아니지 않나?

"떨고 있나야? 무슨 사내 간댕이가 콩알만 해 가지고."

요키가 호쾌하게 웃었다. 그야 요키는 안 무섭겠지. '섬세함'이라는 것과 연관된 신경세포는 전멸한 사람이니까. 혼자 속으로 욕을 하면서 우리 조원들 중에 그나마 가장 상식적이라고 생각하는 이와오 아저씨에게 동의를 구했다.

"아저씨도 무섭죠?"

"아니, 하나도 안 무서워야."

이와오 아저씨는 환한 표정이었다.

"난 어렸을 때 신령님이 숨긴 적도 있는 남자야. 가무사리의 신령님께 사랑받는 몸이야. 그런 나를 신령님이 마츠리에서 죽게 할 리가 없지야."

도대체 뭐냐, 이 황당한 믿음은?

"자, 여러분."

세이치 씨가 엄숙하게 말했다.

"각오는 다 되었소이까?"

남자들이 일제히 대답했다.

"됐소이다!"

나는 아직 안 됐다니까!

"자, 그럼 가자야!"

요키가 도끼로 느티나무에 묶어두었던 동아줄을 잘랐다. 노코가 멍멍 짖으면서 달려와서 그루터기를 발판 삼아 내 발치로 뛰어 올랐다. 롤러코스터가 맨꼭대기에 도달했을 때처럼 천 년 삼나무는 수라 위에서 비탈을 향해 천천히 기울어졌다. 날에 커버를 씌운 전기톱은 커버 밴드를 비스듬히 묶어서 각자 등에 짊어졌는데, 한순간 중력이 없어진 것처럼 그 전기톱이 등에서 붕 뜨는 느낌이 들었다.

으아악!

머릿속으로 비명을 지르는 동시에 천 년 삼나무가 비탈을 미끄러져 내려가기 시작했다.

"어이야!"

기둥에 묶인 동아줄을 잡고서 남자들이 하울링 하듯이 소리쳤다. 내가 잡은 메도가 삐걱거렸다. 비탈을 미끄러지는 거목 아래에서 수라를 구성하는 가는 통나무 몇 개가 무게를 이기지 못하고 부러진 모양이다. 타닥, 타닥 하고 마른 기둥이 파열음을 내며 부러졌다. 나무 파편들이 고글과 헬멧을 치면서 날아갔다. 양옆에 선 나무들에서 뻗은 가지가 뺨을 때렸다.

"아야야야!"

"멍청아, 혀 깨문다!"

요키가 날카롭게 질책했다. 하긴 입을 벌리기도 힘든 지경이다. 천 년 삼나무는 가속도가 붙으며 질주하기 시작했다.

마치 낡은 기관차에 올라탄 승객이 된 기분이었다. 철로의 침목이 갈라져서 기차 바퀴가 지나는 곳마다 선로가 무너져 내리는데도 폭주 기관차는 거침없이 앞으로 나아간다. 그런 기관차에 석탄을 정신없이 들이붓는 무모한 기관사는 물론 요키다.

"가라!"

웃으면서 메도를 잡고 몸을 앞뒤로 흔들어댄다. 롤러코스터 따위와는 비교가 안 되는 속도와 스릴인데도 그러는 걸 보면 어이가 없다. 그런데 그보다 더한 사람이 세이치 씨다. 평소와 전혀 다르지 않은 표정이다. 등을 움츠리지도 않고 미친 듯이 달리는 통나무 앞부분에 태연자약 서 있다.

역시 이 사람들은 인간이 아니야.

사부로 할아버지는 "휴~휴~" 하고 가늘게 숨을 내쉬면서 메도에 매달려 있는데 무서워서 그러는지 흥분해서 그러는지 분간이 가지 않는다. 이와오 아저씨는 뭔가 끊임없이 중얼댄다. 자세히 들어보니 "신령님 살려주세요. 신령님 도와주세요" 하고 비는 것 같았다.

신령님한테 그런 기도를 드릴 바에야 이렇게 목숨 거는 마츠리를 안 하면 되잖아.

동아줄을 잡은 뒤쪽 남자들은 "으아 흔들린다!", "나 죽네야!", "엄마!" 하며 제각기 비명을 질렀다. 그런데 어딘지 웃음과 흥분이 뒤섞인 듯한 목소리였다. 스릴이 너무 과하면 정신이 나가서 사람이 이상해지는 모양이다.

하긴 지금이니까 이런 분석이 가능하지 천 년 삼나무를 타고 비탈을 내려올 당시에는 아무 생각도 하지 못했다. 찔끔찔끔 지릴 것 같은 오줌을 참으며 진땀이 나서 미끌거리는 손으로 죽을힘을 다해 메도를 잡고 있느라 딴생각을 할 여유가 없었다.

땅바닥을 덮은 낙엽이 가루가 되어 허공에 흩날린다. 숲에 사는 새들은 공황 상태다. 울어대면서 하늘로 도망치는 모습이 줄처럼 가는 낙엽수의 가지 너머로 보였다.

눈에 보이는 풍경들이 순식간에 뒤로 멀어졌다. 천 년 삼나무는 모양은 용 같은데 질주하는 모습은 거대한 멧돼지 그 자체였다. 아름다운 숲의 모습도 천 년 삼나무의 속도와 심한 돌진 때문에 엉망진창이 된 색깔과 모양의 흐름으로밖에 보이지 않는다. 양동이에 초록색과 갈색과 붉은색 물감을 넣고 섞어서 벽에다 확 끼얹어버린 듯한 시야다.

비탈의 경사가 더욱 가팔라지면서 속도는 더욱 빨라졌다. 소매가 바람을 머금고 풍선처럼 부풀었다.

깨앵! 하고 노코가 구슬픈 울음소리를 냈다. 노코는 내 발치에서 나무껍질에 발톱을 박은 채 간신히 버티고 있었는데 기어이 힘이 다한 모양이었다. 통나무가 옆으로 살짝 흔들린 바람에 허공에 떠버렸다.

노코의 복슬복슬한 꼬리가 시야 끝을 천천히 가로질렀다.

"노코!"

나는 순간적으로 왼팔을 뻗어서 뒤쪽으로 날아가는 노코의 허리춤을 확 잡았다. 그러다 보니 몸이 비틀려서 메도를 잡은 한 손만으로는 도저히 내 무게를 지탱하지 못하게 되었다. 오른손이 미끄러지며 메도를 놓쳤다.

죽는구나!

모든 광경이 슬로모션으로 선명하게 보였다.

동아줄을 잡고 두 줄로 나란히 선 남자들의 눈이 휘둥그레지면서 노코와 더불어 하늘로 날아가려는 나를 올려다보았다. 야마네 아저씨의 입이 "안 돼" 하고 움직였다. 노코의 꼬리가 쪼그라들더니 가랑이 사이로 숨어버렸다. 내 왼손에 힘이 들어가며 노코의 털에 깊이 파묻혔다.

절대로 놓지 않는다. 놓으면 노코는 죽는다. 안 놓는다.

달리는 천 년 삼나무 뒤에서 두 명의 여자가 춤을 추고 있었다. 얼굴은 잘 보이지 않았다. 각각 하얀 기모노와 빨간 기모노를 입고 있다는 것만 알 수 있었다.

오야마즈미의 딸들.

나를 맞이하러 나왔나? 이대로 노코랑 같이 땅바닥에 떨어져서 죽는 건가? 신기할 정도로 평온한 마음으로 그렇게 생각했다.

두 여자는 우아하게 팔을 들어서 내 뒤쪽을 가리켰다.

응? 하고 생각한 것과 "유키!" 하고 부르는 요키의 목소리를 들은 것이 동시였다.

나는 노코를 안은 채 살짝 뒤돌아보았다. 요키가 왼손으로 메도를 잡은 채 오른손에 쥔 도끼의 자루를 내 쪽으로 뻗은 게 보였다. 불안정해진 요키의 몸을 세이치 씨가 한쪽 팔을 둘러서 잡아주며 전에 없이 다급한 표정으로 나를 보고 있었다.

"이거 잡아야!"

요키가 외쳤다. 나는 오른팔을 뻗어서 그것을 잡았다. 잘 길들어 반질반질한 도낏자루에 지옥으로 내려온 동아줄에 매달리듯 매달렸다.

강력한 힘이 나를 메도가 있는 쪽으로, 요키와 세이치 씨가 선 쪽으로, 죽음에서 생명으로 끌어당겼다.

"얼씨구!!"

관자놀이에 힘줄을 세우면서 요키가 고래고래 외쳤다. 장단을 맞추고 있을 때인가 싶었지만 나도 오른팔에 혼신의 힘을 담으며 소리쳤다.

"조오타!!"

앞으로 꼬꾸라지듯이 다시 요키와 세이치 씨 사이로 돌아왔다. 허겁지겁 메도를 잡았다.

아주 길게 느껴졌지만 실제로는 한순간에 일어난 일이었을 것이다.

뒤에서 남자들이 "오오!" 하며 안도와 기쁨의 소리를 질렀다.

'살았다'는 생각을 하자마자 온몸에서 땀이 확 뿜어져 나왔다. 얼굴에 흐르는 땀이 바람을 타고 뒤로 날아가는 게 느껴졌다. 아 저씨들, 미안해요. 짭짤한 비를 맞게 해서.

"멍청아!"

어깨를 들썩이고 숨을 쉬면서 요키가 소리쳤다.

"죽으려고 작정했나야?!"

하지만 노코를 죽게 놔둘 수는 없었다. 터무니없는 짓을 했다는 반성은 하지만 후회하지는 않는다. 노코는 내 팔에 안긴 채 풀이 죽어서 귀를 늘어뜨렸다. "미안해요" 하고 사과하듯이 바들바들 떨면서 나를 올려다보았다. 다행이다. 노코도 나도 살아 있다. 따뜻하다.

응……? 그런데 진짜로 배 있는 데가 뜨뜻한데?

"앗!"

노코를 옆구리에 안고서 내 배를 내려다보았다.

"노코, 너 쉬 쌌지!"

하얀 옷에 누렇게 물든 자국이 보였다.

"아하~!"

요키가 말했다.

"좋아서 쌌구나야, 노코."

아닐 것 같다. 무서워서 싼 게 틀림없다.

"어찌 되었든 무사해서 다행이다."

세이치 씨가 내 등을 가볍게 토닥였다. 살그머니 뒤를 돌아보
았다. 빠르게 멀어져가는 나무들 사이 어디에도 두 여자의 모습은
보이지 않았다.

환영이었을지도 모르지만 나는 마음속으로 인사했다.

"살려줘서 고마워야."

바로 그 타이밍에, 마치 내 마음을 읽은 사람처럼 요키가 그렇
게 말했다.

깜짝 놀라 요키를 보았다. 요키가 고맙다고 인사를 한 상대는
당연히 오야마즈미의 딸들이 아니라 나였다. 쑥스러운 표정으로
노코의 머리를 쓰다듬으며 한 말이었다.

나는 그제야 호흡과 심박수가 정상으로 돌아와서 노코를 발치
에 내려주었다. 물론 아직도 질주하는 천 년 삼나무를 타고 있었
기 때문에 여전히 평소보다는 심박수가 훨씬 빨랐다. 다시는 뒤로

날아가지 않도록 노코의 몸이 내 두 다리 사이에 꽉 끼게 자세를 잡았다.

"한고비 지나 다시 고비가 왔네야."

사부로 할아버지가 말했다.

"다들, 충격에 대비해, 어이야!"

이와오 아저씨가 큰소리로 주의를 환기시켰다.

큰 바위가 눈앞으로 다가오고 있었다.

수라는 큰 바위 바로 앞에서 끝난다. 산기슭으로 이어지는 길, 우리가 오늘 아침에 올라왔던 산길을 따라 천 년 삼나무가 미끄러져 내려가게 하려면 지금의 진행 방향에서 오른쪽으로 90도 틀어야 한다.

"방향 전환을 어떻게 하려고요?"

내가 물어도 대답하는 사람이 없었다. 진지한 표정으로 메도를 잡고 준비 태세를 갖출 뿐이었다. 뒤쪽의 남자들도 조금 전까지 "어이야, 어이야" 하며 서로 격려하듯이 소리를 질렀는데 지금은 쥐 죽은 듯이 조용해졌다. 귓가에 윙윙하는 바람 소리만 크게 들릴 뿐이었다.

날카로운 긴장감이 천 년 삼나무 줄기를 타고 번개처럼 내리꽂혔다.

설마. 마른침을 꿀꺽 삼켰다. 설마 이대로 큰 바위를 들이받을 작정이야?

"안 돼! 나 죽어! 살려줘~!"

있는 힘껏 절규했다.

"온다!"

"꽉 잡아!"

세이치 씨와 요키가 날카로운 경고를 날리자 모두가 반사적으로 등을 구부리고 목을 움츠렸다. 내 다리에 힘이 들어가 몸이 꽉 조인 노코가 "깽" 하고 울었는데 지금은 거기까지 신경 쓸 여력이 없었다.

내장이 입 밖으로 튀어나오나 싶을 정도로 엄청난 충격이었다. 천 년 삼나무는 왼쪽 반이 큰 바위를 올라타는 모양새로 들이받고는 미쳐 날뛰는 말이 앞다리를 들어올리는 것처럼 허공으로 거의 수직에 가깝게 튀어올랐다.

"흐억!"

중력이 끌어당기는 힘 때문에 다리가 미끄러졌다. 거의 두 팔만 가지고 온몸의 체중(그리고 노코까지)을 지탱하면서 메도에 매달렸다.

다음 순간 천 년 삼나무는 주변의 나무들을 모조리 쓰러뜨리면서 천천히 오른쪽으로 기울었다. 큰 바위와 충돌한 덕분에 방향이 바뀐 것이다. 다행이기는 하지만 너무 난폭한 방식 아냐? 좀더 안전하게 방향을 전환할 방법은 없냐고요.

둥근 호를 그리면서 산길로 몸을 뒤트는 거대한 삼나무. 이번에는 원심력이 작용했다. 떨어져 나가지 않게 다리에 힘을 꽉 주고 끌어안다시피 메도에 매달렸다.

천 년 삼나무는 엄청난 굉음으로 지축을 울리면서 산길로 들어섰다.

으가가가. 통나무의 진동으로 혀를 깨물 것 같아서 이를 악물었다. 왜 그런지 콧물이 터져 나왔고, 내 뜻과는 상관없이 흐르는 눈물과 땀으로 고글 안쪽이 젖었다.

여기서 힘이 잘못 작용해 천 년 삼나무가 옆으로 구르거나 통나무가 쪼개지거나 하면 여기 탄 모든 사람은 그대로 황천행이다.

제발! 이대로 산길을 따라 잘 내려가라!

두세 번씩 파도가 치듯이 퉁기며 나아가는 천 년 삼나무 위에서 몸을 웅크린 자세로 열심히 빌었다. 그런 내 머리 위로 뭔가가 획 하니 지나갔다.

어?! 상황도 잊은 채 고개를 들고 정체불명인 무언가의 움직임을 눈으로 좇았다.

야마네 아저씨다. 충격 때문에 손이 미끄러져서 동아줄을 놓친 모양이다. 야마네 아저씨가 내 머리를 지나 허공으로 날아가는 참이었다.

"어어~!"

나도 모르게 엉덩이를 들었지만 뛰어내려서 도와주러 갈 수가 없다. 천 년 삼나무는 산길에 끼워맞춘 듯이 정확하게 착지하여 이제 산 아래를 향해 일직선으로 비탈을 내달리는 중이다.

"야마네!"

"괜찮아~?"

내 뒤에서 남자들이 외쳤다. 안정을 되찾은 삼나무 위에서 모두가 날아가버린 야마네 아저씨 쪽을 뒤돌아 쳐다보았다.

야마네 아저씨는 하늘을 향해 완만한 궤적을 그리면서 산길 옆에 늘어선 삼나무의 초록색 가지 속으로 등으로 떨어졌다.

흔들리는 가지와 거기에 걸렸을 야마네 아저씨를 남긴 채 천 년 삼나무는 밀려가는 파도처럼 거침없이 전진을 계속했다.

"어, 어떡해요?!"

나는 다시 메도 쪽으로 몸을 돌리며 양쪽에 선 요키와 세이치 씨에게 외쳤다.

"야마네 아저씨, 저대로 죽는 건……."

"으음~!"

세이치 씨가 미간을 찌푸렸다.

"어떻게든 해주고 싶지만 아무것도 할 수가 없네."

하긴 이쪽도 통나무가 질주하는 중이라 어쩔 수가 없다. 천 년 삼나무를 멈출 방법이 없으니 야마네 아저씨를 찾으러 갈 수 없지만 아무리 그래도 너무하다.

"야아야" 하고 요키가 느긋하게 말했다.

"아까 떨어지는 걸 보니 아마 죽지는 않았어야. 가지가 쿠션 역할을 했을 테니까."

진짜로? 하지만 지금은 그렇게 바라는 수밖에 없다. 산길로 접어들자 비탈을 미끄러져 내리는 천 년 삼나무의 속도가 더욱 빨라졌다.

"야마네~!"

"죽지 마~!"

"나 죽네~!"

"안 돼~!"

내 뒤에서 소리를 지르는 남자들은 가지 사이로 사라진 야마네 아저씨를 걱정하는 건지, 아니면 아직도 천 년 삼나무를 계속 타고 가야 하는 자기 신세를 한탄하는 건지 모를 지경이었다.

앞쪽이 약간 밝아졌다. 나무들의 밀도가 조금 뜸해졌다. 피리와 큰북 소리가 아득히 멀리에서 들리기 시작하더니 이윽고 그 소리가 점점 커졌다. 남자들이 그 소리에 응답하듯이 "어이야, 어이야" 하는 소리를 다시 지르기 시작했다.

가무사리 산의 기슭이 가까워진 것이다.

아니, 잠깐만. 기슭으로 내려가는 건 그렇다 치고, 이 질주하는 거대한 통나무를 어떻게 멈출 작정이지? 가무사리 산의 등산로 입구에는 조그만 돌 사당이 있고, 작은 공터가 있을 뿐이다. 그 너머에는 계곡이 있고 그 아래로 가무사리 강이 흐른다.

어쩌자는 거야? 공터에서 나무가 멈추지 않으면 계곡 아래 가무사리 강으로 곤두박질치는 거잖아?!

온몸에 소름이 돋았다.

"어이야, 어이야."

남자들이 지르는 소리에 공터에 모여 있는 듯한 여자들이 화답했다. 질풍처럼 내달리는 천 년 삼나무를 달래서 자기들 쪽으로 이끌어오려는 듯이 경쾌한 목소리였다.

"어이야, 어이야."

녹색 장막 사이를 뚫고 미끄러져 내려온 천 년 삼나무는 드디어 산길에서 빠져나와 공터로 치달았다. 돌로 된 사당이 박살 나고 그러면서 쓸려나간 나무껍질이 사방으로 튀었다.

용이 모가지를 높이 치켜드는 듯한 자세가 되면서 가로막는 것이 없어진 햇살이 내 눈을 찔렀다. 눈부시다. 겨울 햇살이 이 정도로 위력적일 줄은 몰랐다. 방금 지나온 숲이 얼마나 어둡고 깊었는지 그제야 실감이 났다.

천 년 삼나무는 평평한 공터로 나가서도 움직임을 멈추지 않았다. 튀어오른 자갈이 빗방울처럼 하늘에서 쏟아져 내렸다.

가무사리 산에 올라오지 않은 마을 사람들 거의 모두가 공터에 모여서 우리가 도착하기를 기다리고 있었다. 대부분 여자들이다. 미키 씨, 작은 돗자리에 덩그러니 앉은 시게 할머니, 유코 씨, 나오키 씨. 나머지는 일에서 은퇴한 할아버지들. 남자들을 태우고 산에서 모습을 드러낸 거목에 모두가 환호성을 질렀다. 그러면서도 돌진하는 통나무를 피하려고 웃으면서 뿔뿔이 도망쳤다.

공터에서 사람들이 확 흩어졌다. 도망치지 못하는 시게 할머니를 미키 씨가 자기 몸으로 덮었다. 유코 씨와 나오키 씨는 그 옆에 서서 메도를 잡은 우리를 올려다보았다. 기도하는 듯한 표정들이었다.

이런 광경이 보인 것도 지금 와서 생각해보면 한순간이었다.

"멈~춰~라~!!"

질주를 멈추려 하지 않는 천 년 삼나무를 향해 외쳤다. 요키도, 세이치 씨도, 사부로 할아버지도, 이와오 아저씨도, 다른 남자들도 모두 제각기 있는 힘껏 소리쳤을 것이다.

보이지 않는 브레이크에 그 염원이 닿은 모양이었다. 천 년 삼나무는 공터에서 가무사리 강이 흐르는 계곡 낭떠러지로 4분의 1

정도 몸을 내밀고서야 겨우 움직임을 멈췄다.

한순간 정적이 흘렀다.

"어이야~!!"

천 년 삼나무에 탄 모두가 환호성을 질렀다. 나도 물론 고글을 목으로 내리고 양쪽 주먹을 하늘로 치켜올리면서 뜻도 모르는 큰 소리를 질러댔다. 수없이 많은 헬멧이 하늘을 향해 던져졌다.

공터에 있던 마을 사람들이 손뼉을 치고 좋아서 펄쩍펄쩍 뛰면서 천 년 삼나무 주위로 몰려들었다. 노코가 휘청거리면서 내 발치에서 기어나가 미키 씨 품으로 뛰어들었다. 땅으로 내려진 지네 사다리를 타고, 혹은 그조차도 기다리지 못해 통나무 옆면을 미끄러져 내려간 남자들이 땅바닥을 밟고 서서 서로의 건투를 칭송했다.

나는 요키와 하이파이브를 하고 이와오 아저씨와 악수했다. 사부로 할아버지가 '아이고야, 한 건 했네!' 하듯이 어깨를 돌렸다. 세이치 씨는 헬멧을 벗고서 가무사리 산을 향해 머리를 깊이 숙여 인사했다.

48년마다 한 번씩만 열리는 큰 마츠리. 거목을 산 밑으로 끌어내리는 의식은 이렇게 해서 무사히 끝이 났다.

아, 야마네 아저씨는 어떻게 되었냐고? 살아 계셨다, 진짜로. 해가 지고 한참이 지나서야 자기 힘으로 산에서 내려온 거다!

요키 말대로 삼나무 가지가 쿠션이 되었는지 약간의 찰과상만 입었을 뿐이다. 가무사리 마을 사람들의 생명력은 정말 끝을 알 수 없다.

우리는 야마네 아저씨의 생환을 기뻐하며 공터에 누워 있는 천
년 삼나무 옆에서 술잔치를 벌였다. 하긴 야마네 아저씨가 산에서
돌아오기 전부터 잔치가 벌어지기는 했지만 말이다. 사실은 다들
일찌감치 술기운이 올라서 야마네 아저씨의 행방에 대해서는 까맣
게 잊어버린 상태였다. 만약 산속에서 꼼짝도 못 하는 상황이었으
면 어쩌려고 그랬는지 모른다.

아니, 어쩌려고도 뭐도 없었을 것이다. 여기는 가무사리 마을이
다. 아마 야마네 아저씨가 가무사리 산에서 그대로 죽었어도 "야
아야", "어째도 못 해야" 하고 말았을 게 뻔하다. 마을 사람들은 지
나치게 야생적인 나머지 매정하다는 생각이 간혹 들 정도니까 말
이다. '산에서 위험에 처하는 건 당연하다'고 각오하면서 산다고
해야 하나.

그래서 당사자인 야마네 아저씨도 헐떡헐떡하면서 공터에 간신
히 당도하자마자 차가운 청주를 세 잔이나 연거푸 들이키고는 "죽
을 뻔했어야" 하며 웃었다.

"그라게야", "어쨌든 무사하니 천만다행이라야" 하고 다들 말로
위로해주고는 그걸로 끝이었다.

그 뒤로도 밤새 부어라 마셔라 하는 잔치가 이어졌다.

산자락 끝에 걸린 새하얀 달이 이끼로 뒤덮인 천 년 삼나무의
껍질을 부드럽게 비췄다. 모닥불을 쬐면서 찬합 안의 채소 조림을
집어 먹기도 하고, 누군가가 불기 시작한 피리 소리에 맞춰 춤을
추기도 했다. 걸어놓은 랜턴 아래 모인 마을 사람들은 입에서 허
연 입김이 나오는 추위에도 아랑곳하지 않고 환하게 웃으며 그 자

리를 즐겼다.

산타는 유코 씨 무릎을 베고 점퍼를 이불 삼아 누웠다. 밤이 깊어지니까 도저히 못 버티겠던 모양이다. 체온을 나누려는 듯 노코도 몸을 둥그렇게 말고 산타 옆에 딱 붙어서 눈을 감고 있었다.

한계가 도무지 보이지 않는 사람들이 마을 여자들이었다.

우리가 가무사리 산에 올라가 천 년 삼나무를 벌채해서 목숨을 걸고 비탈을 미끄러져 내려오는 동안, 온갖 음식을 해서 찬합에 담아 술병과 함께 이고 지고 공터로 모인 여자들은 랜턴과 모닥불을 준비해두고 피리와 큰북을 울리면서 자기들끼리 일찌감치 술잔치를 벌이며 거목의 도착을 기다렸다고 한다. 그러니까 대낮부터 쉬지 않고 계~속 공터에서 술을 마신 셈이다. 그런데 한밤중이 지나서도 취한 기색 하나 없이 하하 호호 즐겁게 웃으며 술을 마셨다.

공터 여기저기에 빈 술병이 뒹굴었다. 큰 술병뿐만 아니라 술통까지 있었다. 주량이 상상을 초월한다. 이 마을 사람들은 역시 인간이 아니라 요괴나 뭐 그런 존재인가……?

다시금 의심이 불거진 나를 요키가 불렀다. 소리 나는 쪽으로 돌아보자 공터 구석 돗자리에 세이치 씨를 뺀 나머지 조원들이 빙 둘러앉아 있었다. 시게 할머니, 미키 씨, 나오키 씨도 있었다.

술기운 때문에 볼이 발그레해진 미키 씨가 "이리 와~!" 하며 손짓을 했다. 나오키 씨도 싫은 표정은 아니었다.

아아, 요괴건 뭐건 상관없다. 너무 예쁘잖아. 시게 할머니야 딱 보기에도 말라비틀어진 찐빵 요괴 그 자체지만 말이다. 나는 헤실

헤실 나오려는 웃음을 애써 다잡고 술잔을 주고받는 사람들 사이에 끼었다.

"처음 하는 마츠리였는데 아주 잘했네야, 유키."

내 손에 든 종이컵에 녹차를 따라주면서 이와오 아저씨가 칭찬했다. 아직 오렌지주스가 남아 있는데요, 하고 말할 틈도 없었다. 이와오 아저씨는 이미 술이 거나한 상태 같았다.

"기다리는 것도 나름 재밌었어야."

미키 씨가 웃으며 말했다.

"남자들이 탄 천 년 삼나무가 비탈을 미끄러져 오잖아? 그러면 그 움직이는 데마다 새들이 확 날아오르거든. 그래서 지금쯤 어디에 있는지 여기서 봐도 한눈에 보이더라고야."

"삼나무가 여기 도착했을 때는 나도 모르게 합장을 했어야."

시게 할머니가 두 손을 모아 합장하는 시늉을 하면서 말했다.

"모두 크게 다치지 않고 내려와서 얼마나 다행이고 고마운지."

"그렇게 합장한 사람은 아마 시게 할머니 혼자가 아닐 거이야."

사부로 할아버지가 묘하게 소리를 높여서 말했다.

"메도를 잡고 선 유키의 모습을 본 가시나라면 다들 한눈에 반했을 거이야."

그렇게 말하면서 나오키 씨 쪽을 흘깃흘깃 곁눈질했다. 아, 그런 거였구나. 우리 사이를 이어주려고 그러는 건 고맙지만 너무 노골적인 것 아닌가?

불편하고 어색한 기분으로 은근히 공터를 둘러봤다. 세이치 씨가 보이지 않았다.

"감독은 유코 씨랑 산타를 집에 데려다주러 갔어야."

미키 씨가 속삭였다.

"이 기회를 놓치면 안 돼야, 유키."

시게 할머니도 말했다. 작은 소리로 속삭일 셈이었겠지만 할머니는 귀가 먹어서 그게 거의 불가능하다.

음~. 난처했다. 옆에서 계속 부추긴다 해도 막상 나오키 씨의 태도가 영 아니었다. 사람들의 속셈을 뻔히 눈치챘을 텐데도 안색 하나 바뀌지 않았고, 내 쪽으로는 눈길도 주지 않은 채 술잔만 기울일 뿐이었다.

아무래도 가능성이 없어 보이는데.

아무 말도 못 한 채 오렌지주스와 녹차를 섞은 요상한 칵테일을 마셨다. 황당할 정도로 맛이 없었다.

"에이, 할 수 없네야."

요키가 안달복달하듯이 책상다리를 한 무릎을 떨었다.

"유키. 메도의 권리를 너에게 양보하겠어야."

오오~! 사부로 할아버지와 이와오 아저씨가 놀라며 소리쳤다. 시게 할머니는 "흐어, 흐어" 하고 웃었고, 미키 씨는 뭔가 할 말이 있는 표정으로 요키를 쳐다봤다. 그게 도대체 무슨 뜻인지 영문을 모르는 사람은 이 마을에 온 지 얼마 안 된 나랑 나오키 씨뿐이었다. 그런데 영 불길한 예감이 들었다.

"그……."

내가 머뭇거리며 물었다.

"메도의 권리가 도대체 뭔데요?"

"큰 마츠리에서 무사히 산 아래로 나무를 끌고 내려온 메도 역할의 남자는 말이야……."

요키가 가슴을 확 펴고 당당하게 말했다.

"좋아하는 여자한테 잠자리를 신청할 수 있어야!"

자, 잠자리?! 술을 마신 것도 아닌데 갑자기 현기증이 일며 눈앞이 빙빙 돌았다. 아무리 그래도 이건 너무 막 나가는 거 아니야?!

"당신, 누구한테 메도의 권리를 쓰려고 그랬어야?"

미키 씨가 진지한 표정으로 요키를 다그쳤다.

"이 여자가 정말! 당연히 당신이지야."

요키가 미키 씨 어깨를 끌어안았다.

"그래서 그 권리를 유키한테 양보한다는 거이야. 굳이 신청하지 않아도 우리는 언제든지……."

"그만 좀 해라야. 창피하게!"

"뭐가 부끄럽다고 그래야, 응?!"

당장이라도 수풀 속으로 같이 들어갈 듯이 요키와 미키 씨가 꽁냥꽁냥 하기 시작했다. 못 말려, 정말!

말도 안 되는 권리를 양보받아 얼굴이 벌개진 나를 사부로 할아버지가 팔꿈치로 찔렀다.

"유키, 어서 해라야."

아니, 어쩌라고! 나는 나오키 씨의 얼굴을 슬쩍 훔쳐봤다. 나오키 씨도 얼굴이 빨개진 상태였다. 나랑 눈길을 마주치자 바로 얼굴을 돌려버렸다. 랜턴 불빛을 받은 그 옆얼굴이 어둠 속에서 하얗게 빛났다. 이제껏 꿈속에서 보아왔던 나오키 씨의 그 어느 모습보다도 아름다웠다.

"나오키 씨."

"싫어."

"아직 아무 말도 안 했는데요."

"안 들어도 다 알아."

에이 참. 고백 정도는 좀 하게 해주지. 나는 그냥 계속 말을 이어가기로 했다.

"나오키 씨를 좋아합니다. 일단은 데이트해주세요!"

"데이트? 어디서?"

나오키 씨가 작은 소리로 물었다. 하긴 그러고 보니 '어디서'도 문제다. 가무사리 마을에 데이트를 할 만한 곳이라고는 아무 데도 없다.

"사, 산에서?"

얼떨결에 대답했다. 그런데 그건 데이트라기보다 소풍 아닌가, 하는 생각을 하면서.

그런데도 나오키 씨는 고개를 살짝 끄덕였다.

"뭐, 데이트 정도면 괜찮아."

마른침을 삼키면서 추이를 살펴보던 사부로 할아버지와 이와오 아저씨가 "잘했어!" 하며 박수를 보냈다.

"산에 들고 갈 도시락은 내가 싸줄게야" 하고 미키 씨가 말했다. 그런데 미키 씨가 싸는 도시락은 항상 그 어마어마한 크기의 특대형 주먹밥 아니었던가?

"이렇게 해서 아이가 생기면 우리 마을 사람이 줄어드는 것도 조금은 덜해지겠지야."

시게 할머니, 그건 너무 앞서나간 이야기예요.

"에이, 답답하기는."

요키가 투덜거렸다.

"내가 일껏 양보한 메도의 권리는 어떻게 할 거이야?"

"잘 가지고 있어야지."

내가 대답했다. 언젠가 나오키 씨가 나를 좋아하게 되었을 때를 위해서.

"가지고 있어봐야 쓰지도 못하고 그냥 썩어나게 될걸."

나오키 씨가 퉁명스럽게 말했다.

이 쌀쌀맞은 태도, 이게 사람 애간장을 녹인단 말이지. 이런 식으로 생각하게 되는 나는 정신적인 피학성애자인가?

아니 아니, 그게 아니다. 그냥 될 때까지 버티는 끈기가 생겼을 뿐이다.

길고 긴 세월에 걸쳐서 나무를 기르는 임업은 어떤 비바람과 눈보라가 몰아쳐도 느긋하게 지켜볼 수 있는 성격이 아니면 도저히 버티지 못하는 일이다.

나는 기쁘고도 후련한 마음으로 밤하늘을 올려다보았다.

마츠리의 열기로 타오르던 가무사리 산이 어느새 평소의 고요함을 되찾은 듯했다. 별들이 반짝이는 능선으로 이루어진 산이 가무사리 마을과 마을 사람들을 보호하듯이 우뚝 솟아 있었다.

마지막 장

가무사리의 나날

자, 지금까지 긴 이야기를 썼는데 가무사리 마을에서 있었던 1년 동안의 기록도 이제 슬슬 끝나간다.

다들, 읽어줘서 고마워! 아니 그러니까, 다들이 누구냐고? 컴퓨터에 입력한 이 내용은 아무한테도 안 보여줬다니까. 내 비밀 기록이라고. 그래도 어쩌면 누군가가 읽고 있을지도 모른다고 생각하면서 쓰니까 생각보다 글이 잘 나오는 것 같네.

잠깐! 혹시 요키가 몰래 훔쳐 읽거나 하지는 않았겠지? 내 속마음을 그 인간이 고스란히 다 읽었다고 생각하면 너무 끔찍한데?

……마루에 가서 뭐 하나 보고 왔다. 요키는 시게 할머니랑 과자를 와작와작 먹으면서 TV를 보느라 정신이 없다. 내가 요즘에 열심히 글을 쓴다는 사실 자체를 모르는 모양이다. 하긴 애초에 요키는 컴퓨터를 다룰 줄도 모르니까. 좋았어.

이렇게 키보드를 두드리면서 내 손을 새삼스레 살펴봤다. 손바닥 가죽이 그사이에 엄청나게 두꺼워졌다. 전기톱을 휘둘러도 요즘에는 아무렇지도 않다. 전에는 물집이 터져 아파서 쩔쩔맸는데 이제는 아예 다른 사람의 손 같다. 몸이 변할 정도로 뭔가에 푹 빠져보기는 처음이다. 고등학교 때 손가락에 굳은살이 배길 정도로 공부를 했으면 가무사리 마을로 내려오지 않았을지도 모른다.

하지만 전혀 후회하지 않는다. 가무사리 마을에서 살 수 있어서 다행이라고 생각한다.

눈이 쌓이기 전에 나오키 씨와 몇 번인가 산에 가서 데이트를 했다. 데이트라기보다는 소풍 같았다.

점퍼를 입고, 장갑을 끼고(나는 목장갑이었다), 비탈을 걸었다. 겨울을 맞아서 단단해진 나무껍질을 열심히 벗겨 먹는 사슴을 봤다. 낙엽이 수북이 쌓인 지면은 푹신푹신하다. 낙엽이 지고 앙상해진 나뭇가지에 앉은 이름 모를 산새가 깃털을 한껏 부풀려서 추위를 막아보려고 안간힘을 쓰고 있었다.

우리는 커다란 떡갈나무 아래서 미키 씨가 싸준 거대한 주먹밥을 먹었다. 차가운 개울 물도 마셨다. 맑게 갠 파란 하늘 아래 희미하게 하얀 겨울빛이 감싸안은 가무사리 마을이 보였다.

별다른 대화를 하지 않았는데도 나는 그 순간이 즐거웠다. 옆에 앉은 나오키 씨도 아마 비슷하게 느꼈으리라 생각한다. 나오키 씨한테서 뿜어져 나오던 '가까이 오지 마라, 말 걸지 마라' 하는 기운이 점점 약해지는 걸 느낄 수 있었다.

사귀는 사이는 아니지만 같은 마을에 사는 단순한 지인이라기에는 둘이서 만나는 일이 많다. 그렇다고 사이 좋은 친구도 아니다. 뭐랄까, 아주 미묘한 관계다.

만약 도시였다면 사람은 많으니까 '이렇게 미적지근하게 지내느니 그냥 다른 여자를 알아봐야겠다'고 생각했을지도 모른다. 그러나 가무사리 마을에서는 시게 할머니 말대로 "잘하고 있는 것 같네야. 이제 조금만 더 있어봐야"라는 식이다.

"경쟁 상대가 없으니까 천천히 하면 되는 거이야. 젊은 남녀가 같이 있다 보면 저절로 좋은 사이가 되게 마련이야."

그렇게 간단한 일 같지는 않지만 마을에 경쟁 상대가 없다는 말은 사실이다. 아직도 나오키 씨가 세이치 씨에게서 눈길을 떼지 못한다는 것은 나도 안다. 그래서 앞으로도 초조해하지 않고 지금처럼 계속 기다려야겠다는 마음이 든다.

그렇다고 아무것도 하지 않고 가만히 있는 것은 아니다. 나의 장점을 꾸준히 보여줄 수 있는 작전을 실행에 옮기는 중이다.

(산에서 하는 일에) 능력 있는 남자가 되기 위해 매일 성실하게 일을 한다. 눈이 쌓일 때까지는 가지치기를 하거나 건조한 목재 운반을 돕거나 했다. 눈이 쌓인 이후로는 눈 일으키기를 하거나 밭에서 기르는 삼나무 묘목 뿌리를 짚으로 덮어주는 일을 했다. 할 일은 얼마든지 있다.

계절이 변할 때마다 비슷한 작업을 되풀이하는 것처럼 보이는데 실상은 그렇지 않다는 것을 1년이 지나고 나서야 겨우 조금 알 수 있었다.

산은 매일 다른 얼굴을 보인다. 나무는 순간순간마다 성장하기도 하고 마르기도 한다. 사소한 변화일 수도 있지만 그 사소한 부분을 놓치면 절대로 좋은 나무로 자라게 할 수 없고, 산을 최상의 상태로 유지하지도 못한다.

요키, 세이치 씨, 사부로 할아버지, 이와오 아저씨가 일하는 모습을 통해 그 사실을 깨달았다.

산에서 일어나는 여러 변화를 찾아내는 일은 작지만 큰 즐거움이다. 나오키 씨가 나에게 웃는 얼굴을 보여주는 횟수가 조금씩 늘어난다는 사실을 알아차렸을 때처럼 말이다.

오늘은 2월 7일이다.

가무사리 마을에서 산에 들어가면 안 된다고 하는 날이다. 예로부터 이날 산에서 크게 다치는 사람들이 많아서 그런 암묵적인 규율이 정해졌다고 한다. 그래서 2월 7일에는 산에서 하는 모든 일을 전면적으로 쉰다.

그 대신 저녁때부터 세이치 씨네 집에서 '**부름**'이 열린다. 부름이란 쉽게 말하면 그냥 잔치다. 감독인 세이치 씨가 마을 사람들을 집으로 초대해서 음식과 술을 대접한다.

오전에 세이치 씨네 집으로 준비를 도우러 갔다. 부엌에는 마을 여자들이 모두 모여서 각종 조림이니 튀김이니 덮밥 등을 만드느라 분주했다.

나오키 씨도 있길래 부엌 구석에서 연근을 자르는 척하며 언제 말을 걸어볼까 기회를 엿보려고 했는데……. 미키 씨한테 금방 쫓겨나고 말았다.

"아이참, 왜 여기서 방해하고 그래야? 여자들끼리 할 이야기도 많은데. 빨리 집에 가라야."

근처 아줌마들이 키득키득 웃어댔다. 내가 누구를 좋아하는지 다들 알고 있어서 처신이 참 곤란하다.

부엌에서 쫓겨난 사람은 나 혼자가 아니었다. 세이치 씨도 마루에서 산타랑 TV를 보고 있었다.

"원래부터 여성들이 쥐고 흔드는 마을이라 남자들은 시간이 될 때까지 얌전히 기다리는 수밖에 없다."

세이치 씨가 심심한 표정으로 그렇게 말했다. 산에서 일하지 않을 때는 감독도 별 쓸모가 없는 모양이다.

그래서 나는 대낮부터 컴퓨터에 이 글을 쓰고 있고, 요키는 시게 할머니랑 한가롭게 TV를 보는 것이다. 아마 지금 가무사리 마을에 있는 TV란 TV는 모조리 켜져 있으리라 확신한다. 시청자들은 당연히 갈 데가 없는 남자들이다.

아아, 빨리 시간이 갔으면 좋겠다. 그래야 맛있는 밥도 먹고 나오키 씨 얼굴도 볼 수 있는데.

아 참, 정초에 어땠는지를 써야겠다.

정초에도 하루만 쉬고 1월 2일부터 산에서 일을 시작하기 때문에 요코하마의 부모님 집으로 가지 않기로 했다. 생전 처음 부모님 없이 새해를 맞이하게 되어서 좀 외롭지 않을까 생각했는데 전혀 그렇지 않았다. 부모님이 오히려 적적하시려나 했는데 그 또한 쓸데없는 걱정이었던 모양이다.

세상에, 우리 엄마 아빠가 정초 연휴에 하와이에 다녀왔다는 거다. 무슨 연예인이세요?

연휴 지나고서 나한테 택배가 왔다. 마카다미아 초콜릿이었다.

왜 하필? 하와이에 갔으면 다른 선물 거리도 많았을 거 아냐?

편지가 같이 들었는데, '아빠랑 제2의 신혼을 즐기는 중! 너도 잘 지내. 마을 분들한테 인사 전해주고'라고 적혀 있었다. 잘 지내는 것 같아서 정말 다행이다. 초콜릿은 요키가 먹어치웠다.

그래서 무슨 이야기였더라? 아, 그렇지. 정초 이야기였지.

조원들이 모여 세이치 씨네 집에서 새해맞이를 했다. 나오키 씨도 같이 있었다. 산타는 12시까지 일어나 있을 거라고 고집을 부리더니 홍백가합전 제2부가 시작되기도 전에 잠들어버렸다. 너무 이른 시간 아닌가?

"산타는 항상 8시에 자고 5시 반에 일어나니까" 하고 유코 씨가 말했다. 너무 모범적인 생활이어서 깜짝 놀랐다. 하긴 아직 어린아이니까.

놀란 점은 또 있었다. 당연히 독신일 거라고 생각했던 이와오 아저씨한테 부인이 있다는 사실을 알게 되었다. 평소에는 농협에서 일하시는 모양이다. 길을 가다가, 혹은 모임에서 얼굴을 본 적이 있는 아주머니였는데 설마 이와오 아저씨의 부인일 줄은 꿈에도 생각하지 못했다.

"우리 아들은 산에서 일하기 싫다면서 오사카로 가버렸거든. 그래서 유키 군이 우리 마을에 와서 일하게 돼서 남편이 얼마나 좋아하는지 몰라."

아주머니가 그렇게 말해줘서 기분이 좋았다.

제야의 종소리가 울리기 시작할 즈음에 마당 쪽에서 소리가 났다. 요키네 집 마당에서 노코가 큰 소리로 짖어대는 게 여기까지

들렸다. 뭐지? 싶어 마루에서 바깥을 내다보니 우리가 매번 모이는 커다란 테이블 아래에서 짐승의 눈 두 개가 번뜩였다.

"밖에 뭐가 있는데요" 하고 말하자 술이 거나하게 들어간 요키가 "뭐야, 뭐야?" 하면서 어둠 속을 응시했다.

"너구리구만. 산에 눈이 쌓여서 먹을 게 없으니 여기까지 내려온 모양이네야."

"마침 잘됐다" 하고 미키 씨가 말했다.

"해넘이 국수에 얹을 튀김이 다 됐는데 이걸 좀 주면 되겠네야."

"안 돼야!"

큰 소리로 외친 사람은 사부로 할아버지였다.

"어째서요?"

"20년쯤 전에 너구리한테 튀김을 준 적이 있어야. 그랬더니 그 너구리 놈이 식중독으로 죽어버렸어야."

"네에?!" 내가 의심의 눈초리로 쳐다보자, "내 말이 맞지야?" 하며 사부로 할아버지가 시게 할머니에게 동의를 구했다.

"암, 그랬지, 그랬지야."

시게 할머니가 끄덕였다.

"내가 튀긴 머위 튀김이었는데 말이야."

"이건 잔새우가 들어간 채소 튀김인데야."

미키 씨가 큰 접시를 가리키면서 말했다.

"문제는 무슨 튀김이냐가 아닌 것 같은데야. 그걸 튀긴 사람이 시게 할머니여서 너구리 목숨이 그래 된 거 아니겠어야?"

요키가 그렇게 말했다가 시게 할머니한테 "그게 무슨 뜻이야?!"

하며 뒤통수를 얻어맞았다.

"안 된다니까!"

사부로 할아버지가 다시 큰 소리로 외쳤다.

"튀김을 먹으면 너구리는 죽어야!"

그렇게까지 말하는데 굳이 시험해보기도 망설여졌다. 결국 유코 씨가 귤과 삶은 달걀을 마당에 내놓았다.

산타 말에 의하면 초하루 아침에 귤과 삶은 달걀이 사라지고 없었다고 한다. 눈 위에는 작은 발자국이 남아 있었고 빨간 꽃이 핀 야생 동백나무 가지 하나가 현관 앞에 있었다고 했다. 그런데 그건 너구리가 고맙다고 인사한 게 아니라 요키의 장난이 아니었을까 싶다.

사부로 할아버지는 부인이 먼저 돌아가셔서 혼자 사시기 때문에 그대로 세이치 씨네 집에서 초하루를 보냈다. 나는 요키랑 미키 씨랑 시게 할머니와 함께 된장 국물로 만든 떡국을 먹고 가무사리 산의 사당으로 참배하러 갔다 왔다.

천 년 삼나무 때문에 박살이 난 사당은 해가 바뀌기 전에 새로 세워졌다. 48년에 한 번씩 하는 큰 마쓰리 때마다 사당은 어김없이 파괴된다. 그래서 마을 사람들은 아예 사당 건축 자금을 미리 모아둔다고 한다.

1월 2일은 '첫 벌채'라고 해서 새해 첫 작업을 하는 날이다. 그렇지만 본격적으로 일하지는 않는다. 산에 올라가 적당한 잡목을 잘라서 가지고 온다. 산에는 눈이 쌓였지만 그렇게 깊이 들어가지 않으니까 쉬운 작업이다.

그렇게 잘라온 잡목은 가지도 치지 않고 각자의 집 마당에 눕혀 놓는다.

"그런데 왜 나무를 마당에 놓나요?"

신기해서 이와오 아저씨한테 물어보았다.

"음~, 글쎄다. 왜 이렇게 하지야, 사부로 할아버지?"

"어엉?"

사부로 할아버지는 잡목에 청주를 이리저리 뿌리고는 나머지를 자기가 마셔버렸다.

"별 뜻 없을 것 같은데야?"

"크리스마스트리나 칠석날에 소원을 거는 것처럼 상징적인 뭔가겠지."

노코와 놀아주던 요키가 무릎을 탁탁 털고 일어나면서 말했다.

"소원을 거는 나무랑은 다르게 이건 땅바닥에 누워 있지만 말이야."

마당에 눕힌 첫 벌채의 나무를 내려다보며 세이치 씨가 말했다.

"그럼 소원이 적힌 뭐라도 장식해둬야지."

"잘은 모르지만 풍습 같은 거겠지" 하고 이와오 아저씨가 마무리해주었다.

"원래 이 마을에는 기원이나 의미를 알 수 없는 관습이 아주 많거든."

그렇게 말하니까 나도 그러려니 하는 수밖에 없었다.

자기 집 마당에 나뒹구는 첫 벌채 나무에 요키는 진짜로 소원이 적힌 나무판자를 걸었다. '1만 그루 벌채'라든지 '해를 넘기면서 마시지 않기(가능하면)' 등과 같은 어이없는 내용이었다. 그렇게 색종이로 만든 나무판자(소원 종이)를 산타가 흥미롭게 보고 갔으니 어쩌면 내년쯤에는 모든 집의 첫 벌채 나무에 장식이 달릴지도 모르겠다.

아, 산타도 양반은 아닌 모양이다. 지금 나를 부르러 온 것 같다. 어느새 바깥이 어둑어둑해졌다. 슬슬 잔치가 시작될 시간이 되었을 것이다.

"어이, 유키. 이제 세이치네 가보자야."

요키가 큰 소리로 나를 부른다. 알았어, 알았다고. 요키는 성격이 급하다. 미키 씨한테 "외출하려면 이것저것 채비를 해야 한단 말이야" 하며 항상 야단을 맞는다. 지금도 틀림없이 시게 할머니를 업고 자기 먼저 신발을 신고서 이 녀석이 왜 안 나오나 하고 있을 것이다.

창문으로 마당을 내다보았다. 노코의 머리를 쓰다듬던 산타가 내 얼굴을 보더니 손을 흔들었다. 나도 흔들어주었다.

오늘 밤 잔치에서도 나카무라 세이치 조의 면면들이 분명히 뭔가 소동을 일으킬 것이다.

그래도 기록은 일단 여기서 마쳐야겠다.

배도 고프고, 요키는 "빨리 나와야!" 하고 시끄럽게 재촉하고, 이제 곧 봄이 오면 산에서 하는 일에 더 집중해야 하니까.

나는 아마 이대로 가무사리 마을에 있을 것 같다. 임업이 내 적성이 맞는지 어떤지는 아직도 모르겠다. 젊은 사람이 거의 없는 마을에서 앞으로 어떤 식으로 살아가게 될지는 알 수 없다. 나오키 씨랑 결혼할 수 있을까? 아무리 그래도 결혼 생각은 아직 성급한가? 그런 생각을 하기 시작하면 내 또래 여자애들이 많은 요코하마가 그리워지기도 한다.

그렇지만 아직은 가무사리 마을에 대해서, 여기 사는 사람들에 대해서, 산에 대해서 알고 싶은 게 아주 많다.

분명한 점은 가무사리 마을은 지금까지 그래왔듯이 앞으로도 변함없이 여기 있을 것이라는 사실이다.

가무사리 마을 사람들은 "야아야" "야아야" 하고 말하면서 산과 물과 나무에 둘러싸여 매일을 보낸다. 벌레와 새와 짐승과 신령님, 그리고 가무사리 마을에 있는 모든 살아 있는 존재들과 마찬가지로 즐겁고도 엉뚱하게 말이다.

언젠가 생각이 나거든 가무사리 마을에 한 번 들러보기 바란다. 언제나 대환영이니까. 아니 그러니까, 이 기록은 아무한테도 안 보여줄 거라니까. ㅋㅋㅋ

그럼, 안녕!

감사의 말

이 책을 쓰면서 많은 분들께 도움을 받았습니다. 산에서 있었던 경험들, 임업과 나무에 대한 애정을 열정적으로 이야기해주고 가르쳐주신 모든 분께 깊은 감사를 전합니다.

작품 안에 사실과 다른 부분이 있다면, 의도했건 의도하지 않았건, 말할 것도 없이 모두 저자의 책임임을 밝힙니다.

미에 현 환경삼림부, 오타카 시 수산농림과, 마츠자카이난 삼림조합, 삼림조합 오와세, 임야청, 구마노 고도 센터, 구마노 고도 오와세, 오타카 목재시장, 다카기 재목점, 가지모토 명목점, 오타카 편백나무 프레커트 협동조합, 오타카 편백나무 내장재가공 협동조합, 우드메이크 기타무라

이시바시 나오조, 이치카와 미치노리, 이토 마사시, 이와데 이쿠오, 오이시야 유키사토, 오카다 가츠유키, 오구라 히로유키, 오자와 마토라, 가지모토 요시타로, 가라사와 미치코, 기타가와 나오토, 기타무라 히데타카, 구스노키 히데토시, 구니타 마사코, 사다 가즈마사, 시바타 사카에, 스기모토 미하루, 스도 히로, 다카기 도시오, 지쿠사 마사노리, 도야마 류이치, 나가타 노부, 누마타 마사

토시, 노다 겐이치, 노무라 마사미, 후쿠나가 미키오, 마쓰나가 미호, 민부 야스유키, 야마구치 가즈아키, 야마구치 치카라, 요시카와 도시히코, 와카바야시 데츠야

주요 참고 문헌

『프로가 알려주는 숲의 기술과 산의 예의』(新島敏行, 全国林業改良普及協)

『나뭇잎 열매 나무껍질로 확실하게 알아보는 수목도감』(鈴木庸夫, 日本文藝社)

『야쿠시마의 산지기 천 년의 일』(高田久夫 기록/ 野米松, 草思社)

『헤이세이 18년도 제5회 숲의 '듣고 쓰기 경진대회' 듣고 쓰기 작품집』(第5回 森の'聞き書き甲子園' 実行委員会)

『헤이세이 18년도판 삼림, 임업 백서』(임야청 편)

해설
'야아야'한 물음

가쿠하타 유스케(角幡唯介)

예전에 5년 정도 신문기자로 일한 적이 있다. 지금은 인원 조정이 되어서 달라진 모양인데, 당시에는 신문사에 기자로 입사하면 우선 지방지국에 배치되었다. 나의 초임지는 도야마였고 그다음은 사이타마의 구마가야였다. 그곳에서 무엇을 취재할지는 각자의 문제의식이나 관심에 따라 달라진다. 나는 학생 때부터 등산이 취미여서 일본 곳곳의 산과 계곡을 돌아다닌 경험이 있었기 때문에 아무래도 강이나 산골 마을이나 농촌처럼 자연환경에 뿌리를 둔 공간에 흥미를 느끼는 경우가 많았다.

산골 마을이나 농촌을 돌아다니면서 놀라우리만치 당연한 한 가지를 깨달았다. 일본의 산촌에는 이제 할아버지와 할머니밖에 없다는 것이다. 마을에서 젊은 사람들을 보는 경우는 거의 없었다. 젊은 사람은 고사하고 사람을 만날 기회조차 거의 없었다. 그렇게 눈 씻고도 사람을 찾아보기 힘든 것은 할아버지는 산에 나무하러 가고, 할머니는 냇가에 빨래하러 가서……처럼 한가로운 이유가 절대로 아니다. 어르신들은 이제 허리와 다리 관절이 아파서 밖으로 돌아다닐 수가 없기 때문이다.

돌이켜 생각해보면 도야마에서 만난 할머니부터 지치부에서 이야기를 들은 할아버지까지, 내가 이야기를 듣고자 귀를 기울인 분들은 하나같이 똑같은 이야기를 했다. 나로서는 그런 이야기를 들으러 간 것이 아니었는데 그분들은 무슨 주제가 나와도 한결같이 "젊은 사람들이 없어져서……"라고 쓸쓸하게 같은 말을 하고 또했다. 그렇다고 누구를 원망한다거나 하는 말투는 아니었다. 일찌 감치 현실을 있는 그대로 받아들였고, 마음으로도 정리를 끝냈고, 그 말을 한다고 해서 뭐가 달라지거나 하지는 않는다는 사실을 누구보다도 잘 알지만, 그래도 외지에서 사람이 오면 나도 모르게 말을 하게 된다……는 표정이었다. 그랬기 때문에 그 말은 더욱 비수처럼 내 가슴에 꽂혔다.

아마 일본의 어느 산골 마을에 가서 들어봐도 모두 같은 이야기를 호소할 것이다. 조금만 상상해보면 금방 짐작이 가겠지만, 현재 산골 마을에 사는 할아버지나 할머니는 5년 지나면 한 사람 없어지고, 10년 지나면 또 한 사람 줄어드는 식으로 앞으로 10년에서 20년 사이에 대부분이 돌아가실 것이다.

그때 일본의 산골 마을은 어떤 운명을 맞이할까? 그 생각을 하면 내 머릿속에는 '소멸'이라는 단어가 자꾸만 떠오른다. 일본의 문화나 풍습이나 정신성 대부분은 산이나 숲과의 상호작용을 통해서 발전해왔음이 분명한데도, 그런 우리의 고향이라고도 부를 수 있는 산촌 공동체가 지금 마지막 불꽃을 태우고 사라지려 하는 것처럼 느껴진다.

『가무사리 숲의 느긋한 나날』은 임업 소설로 분류되는 모양인데, 나는 이 작품이 단순한 임업 소설이라는 생각이 들지 않는다.

'단순한'이라고 하면 약간 어폐가 있을 수 있겠지만, 어쨌든 이 소설은 보다 근원적이고 규모가 큰 무엇인가를 그리고 있다고 생각한다. 그것은 임업을 생업으로 삼는 산골 마을을 무대로 그려지는 일본인의 정신세계라고 할 수 있다. 숲, 그리고 산과의 교류를 통해 형성된 일본인의 '코스몰로지(cosmology)'라고 바꿔 말할 수도 있다.

세이치의 아들 산타가 행방불명되는 장면이 상징적이다. 세이치와 사부로 할아버지, 유키와 요키가 작업하는 도중에 전화가 걸려온다. 마당에서 잘 놀던 산타가 보이지 않는다는 것이다. 걱정하는 마을 사람들이 모두 나서서 산으로 들로 찾으러 다니는데 산타의 모습은 어디에도 없다. 그때 시게 할머니의 머리에 문득 뭔가 떠오른다. 그래서 신탁을 내리듯이 말한다. "산타는……신령님께서 감추신 모양이다야."

요코하마 출신의 요즘 세대인 주인공 유키는 시게 할머니의 한마디에 '네? 신령님이 숨겼다고요? 이게 뭔 비과학적인 소리인지!' 하며 픽 웃으려고 했다. 그런데 주변 사람들은 더할 나위 없이 진지하게 신령님이 숨겼다는 말에 고개를 끄덕이고는 영매처럼 된 시게 할머니의 말에 따라 몸을 정결하게 하고 가무사리 산으로 맞이하러 간다.

이런 마을 사람들의 태도에서 일본인이라면 누구나 근원적으로 공유하던 '자연을 경외하는 마음'을 엿볼 수 있다. '자연'에 대한 정의를 내리기는 쉽지 않으나 '인간의 힘으로는 어쩌지 못하는 일'이라고 할 수 있겠다.

큰비가 내려 냇물이 불어나서 마을이 떠내려가고, 가뭄으로 기근이 발생하고, 지진으로 쓰나미가 밀려오는 것이 자연이다. 산골 마을에서는 생활 자체가 사람의 힘을 넘어선 자연에서 이루어지기 때문에 상식이나 생각의 전개도 그런 식이다. 사람의 힘으로 어쩌지 못한다고 전제한다. 그러니까 신령님이 숨겨서 행방불명이 되었다는 현상은 과학적이라느니 비과학적이라느니 하는 차원의 이야기가 아니라, '신령님 = 자연'은 때로 어린아이를 숨기기도 한다는 인식을 마을 사람들 모두가 공유해야만 비로소 발생하는 현상이다. 그리고 그렇게 신령님이 숨겨서 행방불명이 된다는 현상을 받아들이는 정신성이야말로 수천 년에 이르는 유구한 역사 속에서 만들어진 일본인들의 코스몰로지였다.

그러나 21세기의 도시 생활자인 유키는 일본인들이 예로부터 가지고 있던 세계관을 상실한 사람이다. 그래서 신령님이 숨기셨다는 말을 듣자마자 비과학적인 이야기라며 남들과 다른 반응을 보이고, '도대체 지금이 어느 시대인데!' 하고 마을 사람들을 다소 깔보는 듯한 태도를 보이게 된다.

유키의 이런 반응은 현대 일본인으로서는 지극히 일반적인 태도라고 할 수 있다. 미우라 시온의 대단한 점은 진득한 문체와는 정반대의 경쾌한 문장으로 유키라는 요즘 시대의 주인공을 잘 다뤄서 산과 숲과 사람과의 토속적인 관계를, 도쿄 한복판에 사는 여대생들도 이해할 수 있게 그려냈다는 것이다.

이 소설에는 신령님의 숨김 이외에도 예전 일본인들이 가지고 있던 세계관이 곳곳에 모습을 드러내는데, 우리 같은 현대 도시 생

해설 *307*

활자로서는 그런 인식이 그저 놀라울 따름이다. 산에서 살다가 산에서 죽는 게 당연하다는 이와오 아저씨의 말. 무라타 할아버지의 죽음에 대해 이야기하는 시게 할머니의 어딘가 담담한 태도. 수시로 보이는 요키의 한계를 모르는 성에 대한 욕망도 사실은 자연의 본질을 이야기하기 위한 중요한 요소라고 할 수 있다. 왜냐하면 성이야말로 인간관계 속에 볼 수 있는 가장 어쩌지 못하는 적나라한 자연이기 때문이다. 옛날에는 이렇게 자연에 농락되면서도 그 자연을 받아들이는 토양이 사람을 생동감 있게 만들었다. 거꾸로 말하자면 우리가 가무사리 마을의 세계를 신선하게 느끼고 이야기에 빨려 들어가는 이유는 이런 풍요로운 토양을 잃었기 때문이라고 할 수 있다.

미우라 시온은 원래 꼼꼼한 취재를 바탕으로 이야기 세계를 구축하는 작가로 정평이 나 있다. 이 책에서 유키가 바라본 세계는 아마 취재 과정에서 미우라 시온 본인이 들어가서 알게 된 세계일 것이다.

저자 본인의 감동이 유키의 감동이 되어 독자의 감동으로 이어진다. 많은 독자들이 미우라 시온의 소설에 공감하는 이유는 저자가 감동해서 글을 쓰고, 그 글을 읽은 사람이 다시 감동한다는, 저자와 독자의 건강한 관계가 지극히 정상적인 형태로 성립하기 때문일 것이다.

혹여 이 소설에서 미우라 시온이 말하고자 하는 바가 있다 해도 그것은 결코 우리가 가무사리 마을의 세계로 돌아가야 한다는 호소가 아닐 것이다. 다만 우리가 잠시 그 자리에 멈춰 서서 돌아보는 것도 괜찮지 않을까라는 조금 더 부드럽고 은근한 물음이리라는 생각이 든다. 우리가 버리고 가려는 것은 무엇인가? 낡았다는 편협한 생각 때문에 그냥 잘라내고 없애도 되는 것인가? 이 책은 우리에게 "야아야" 하고 잠시 그 자리에 멈춰 서서 생각해보라고 권하는 것이다.

그렇게 보면 이 소설 초반에 요키가 유키에게 중얼거린 한마디에 미우라 시온의 진정한 생각이 들어 있는지도 모른다.

요키는 이렇게 말했다.

"요코하마 정도는 아닐지 모르지만 가무사리도 좋은 데다"라고 말이다.

역자 후기

지브리와 피톤치드

전 세계적으로 인기가 많은 일본의 지브리 애니메이션에는 몇 가지 특징이 있다.

주인공(들)의 성장을 다룬다는 점, 휴대전화를 비롯한 디지털 기기들이 거의 등장하지 않는다는 점, 오래 전부터 전해지는 옛것의 전통을 소중히 여긴다는 점, 그리고 사람 사는 터전이 되어주는 자연에 대한 경외심을 가진다는 점 등이다.

산골 마을에서의 생활을 다룬 미우라 시온의 이 이야기에서도 지브리 애니메이션의 특징을 고스란히 발견할 수 있다.

우선 이 이야기는 주인공인 히라노 유키의 성장 스토리다. 요코하마에서 나고 자란 유키는 원래 공부도 못 하고, 미래에 대한 꿈이나 생각도 마땅히 없고, 그저 편의점에서 아르바이트나 하면서 적당히 시간을 보내던 흔해빠진 도시의 고등학생이었다. 그런 그가 어쩌다 보니 산골 마을의 임업회사에 취직하게 되고, 그곳에서 사계절을 거치면서 현대의 나무꾼으로 성장하는 이야기가 전개된다. 낯설고 싫기만 했던 이 생활을 받아들이고 정착하게 된 데에는 그 마을에서 만난 사람을 좋아하는 마음도 큰 몫을 차지한다.

이 마을은 휴대전화도 제대로 쓸 수 없는 산간벽지에 위치해서 기본적으로 디지털 기기가 거의 없다. 그래서 주인공도 예전부터 살아온 방식 그대로의 생활을 하게 된다. 휴대전화가 없는 삶이기에 하늘의 별을 보고, 산과 들을 보고, 사람을 보며 산다. 먹는 음식도 요즘 스타일의 가공식품이 아니라 제철 채소들로 만든 것들이 대부분이다.

전통적인 생활방식이기에 마을에 예로부터 전해지는 각종 관습을 따르고, 어르신들을 존중하고 옛것을 소중히 여긴다.

그리고 자연 속에서 살며, 자연이 없으면 이루어질 수 없는 나무꾼 생활이 기반이 되는 마을이기에 모든 이들의 마음속에 자연에 대한 경외심이 뿌리 깊게 자리잡고 있다. 그래서 현대 도시에서라면 미신이라고 치부할 만한 신령님에 대한 믿음을 한 치도 의심하지 않는다.

그렇다고 이 이야기가 이런 옛날 방식의 삶을 미화하면서 '그때가 좋았지' 혹은 '그때로 돌아가야 해'라고 주장하는 것은 아니다. 다만 숨 가쁘게 살아가며 무엇을 위해 사는지도 모르는 사람들에게 잠시 그 자리에 서서 우리가 뒤에 남기고 온 소중한 무엇인가가 없는지 되돌아보게 하는 이야기다.

이 이야기의 저자, 미우라 시온은 글을 시각화하는 데에 탁월한 작가다. 글을 읽다 보면 눈앞에 그 광경이 펼쳐지는 듯하고, 그 속에서 들리는 소리, 풍기는 냄새까지 전해지는 듯하다. 그야말로 독자의 오감을 자극하는 글을 쓰는 작가라고 할 수 있다.

이 이야기를 읽다 보면 녹음이 우거지다 못해 캄캄할 정도로 빽빽한 숲속에서 풍겨오는 피톤치드의 향기가 코끝을 간지럽히는 느낌이 든다. 하늘에 닿을 듯 꼭대기가 보이지 않게 우뚝우뚝 곧게 솟은 커다란 나무들. 그 나무를 타고 올라가 내려다보는 산속 마을의 모습. 한밤중에 전통 가옥의 툇마루에 앉아서 올려다보는 밤하늘의 쏟아질 듯한 별들. 어두컴컴한 저녁에 냇가 근처를 반딧불이가 떠다니는 환상적인 광경. 산불이 났을 때 불꽃을 뿜어내며 생나무를 둘로 쩍쩍 갈라지게 만드는 화염의 맹렬함. 한여름에 맑은 물이 폭포로 쏟아지는 개울에 들어가 피부가 아프도록 시린 물 속에서 헤엄치기. 그리고 질주하는 거대한 통나무를 타고 내려올 때의 그 미친 듯한 속도감.

역자로서 이 글을 우리말로 옮길 때 곱씹었던 이런 무수한 감각의 즐거움이 제대로 전해졌기를 진심으로 바란다.

이 책을 읽는 이가 지금 어디에 있건, 그 공간이 푸르른 나무들이 내뿜는 신선한 피톤치드로 가득한 숲속 한가운데가 되기를…….

2024년 봄
임희선